J. S. Wonda

VERY BAD TRUTH
Graduation Gala
Zweites Semester

W0392040

J. S. WONDA

VERY BAD TRUTH

KINGSTON UNIVERSITY

GRADUATION GALA

Meine Bücher und Produkte gibt es im:
www.wondaversum.de

VERY BAD TRUTH
Kingston University
Graduation Gala
2. Semester

Band 5 einer Reihe

2. Auflage
Copyright: J. S. Wonda, 2021, Deutschland
Bildmaterial: Shutterstock.com, freepik.com, rawpixel.com
Korrektorat: Katja Segin, Hannah Koinig

Bestellung und Vertrieb: Nova MD GmbH, Vachendorf

ISBN: 978-3-96966-972-3

CPI books GmbH, Leck
Printed in the EU

Alle Rechte vorbehalten.

Jane S. Wonda
Am Himmelkamp 10
30890 Barsinghausen
www.janeswonda.com
www.wondaversum.de

Du findest mich auf Facebook | Instagram | TikTok

FÜR ALLE, DIE WIE DIE SONNE GLITZERN, OBWOHL SIE UNTERGEHEN.

Du liebst die Lüge. So gut wie jeder von uns liebt die Lüge. Und diejenigen, die es wagen, uns die Wahrheit zu sagen, werden vernichtet. Wen hast du schon vernichtet?

WARNUNG

NICHT LESEN, WENN DU EINE TRIGGERWARNUNG BRAUCHST.

;-)

ICH HABE NIE VERSPROCHEN, DASS EUCH BESTIMMTE THEMEN ZWISCHEN DIESEN SEITEN NICHT BEGEGNEN. DENN DAS IST ES, WORUM ES HIERBEI GEHT, NICHT WAHR? DASS WIR ABTAUCHEN DÜRFEN, IN EINE WELT OHNE GRENZEN ODER MORAL.

WIR DÜRFEN LEIDEN. UND WIR DÜRFEN ES LIEBEN.

PROLOG

Ich blicke in zwei blaue Augenpaare. Sie starren mich nieder, jeder auf seine ganz eigene Art. Stehen vor mir, fixieren mich mit ihrem Blick. Und mit der Waffe, die auf mein Herz gerichtet ist.

Ich könnte sterben.

Das hier könnte mein Ende bedeuten.

»Wir haben dich alle gewarnt. Mehrmals. Jeder von uns.« Aus Jaxons Stimme ist jeglicher Glanz gewichen. Nur noch ein paar Atemzüge, dann hat er vielleicht abgedrückt. Was soll ich in den letzten Sekunden meines Lebens denken? Was soll ich erwidern?

Entschuldige?

Entschuldige, dass ich dir im Weg bin?

Dass du mich so sehr hasst?

Soll ich Mitleid empfinden für den Mann, der mein Leben von der ersten Sekunde an vernichten wollte?

Oder sollte ich mich selbst bemitleiden?

»Wenn ich jetzt ›Lauf‹ sage«, seine Stimme so dunkel wie der Abgrund, der in ihm darauf lauert, mich zu verschlingen, »wirst du dann endlich hören?«

Es ist nur ein leichtes Drehen meines Kopfes, aber er versteht die Geste.

Nein. Ich kann nicht.

Meine Füße sind wie festgefroren.

Mein Ende scheint unausweichlich, aber ich konnte noch nie vor ihm fliehen.

Vor keinem von ihnen.

Weil mich die Sehnsucht immer wieder zurücktreibt.

Jaxons Hand schließt sich um die Waffe, und sein Körper scheint zu zerbersten, bevor er den Abzug drückt.

Da stehe ich.

Und vielleicht ist es Amors Pfeil, der mich trifft, statt einer Kugel.

Denn neben allem Schrecklichen, das ich erlebt habe, weiß ich, dass ich nie zuvor so sehr geliebt habe.

Nie zuvor.

EINS

SYLVIAN

Vor neun Jahren

Als die Faust den Knochen trifft, stöhnt Maxwell auf und erschlafft im Stuhl.

»Diego«, donnert mein Onkel. »Geh Eis holen.«

Er nennt mich Diego, damit niemand auf die Idee kommt, der Typ unter der Sturmmaske sei sein eigener Neffe. Wie mechanisiert steuere ich auf den Kühlschrank zu, umfasse die Griffe mit meinen behandschuhten Fingern und suche nach Eis. Dieses drückt sich Maxwell kurz darauf gegen die Wange. Maxwell ist das heutige Opfer meines Onkels. Er sitzt in seiner stilvollen Küche vor uns und ist kurz vorm Heulen.

»Ich habe das Geld nicht, Lorenzo. Gib mir noch drei Wochen.«

»Drei Wochen«, lacht mein Onkel schäbig und grinst Vito zu. Vito ist sein Mann fürs Grobe, den er wie ein Accessoire mit sich herumschleppt, falls doch einmal eines seiner Opfer nicht den nötigen Respekt zeigt. »Ich habe dir schon drei Monate gegeben, Max«, blafft Lorenzo und tritt nah vor Maxwells Gesicht. Mein Onkel sieht seinem Bruder – meinem Vater – zum Verwechseln ähnlich. Ich hingegen komme nach meiner Mutter. Im Gegensatz zu Lorenzos braunen Augen sind meine grün, meine Nase weniger groß und die Lippen nicht schmal wie eine Kippe. Als Kind habe ich wie meine Mom ausgesehen und wurde gehänselt. Deswegen trug ich mein Haar bis vor Kurzem auf wenige Millimeter gestutzt. Die hässliche Bonzenkleidung von damals habe ich gegen Jeans getauscht, und Tattoos, die unter den knappen Ärmeln meines Shirts hervorlugen, lassen jeden vor mir davonlaufen. Niemand wird es mehr wagen, mich zu beleidigen. »Was soll ich nur mit dir tun, Max?«, fragt mein Onkel. »Ich hab 'n kleines bisschen das Gefühl, dass du die ganze Sache nicht ernst nimmst.«

Vito, der Schlägertyp, tritt bedrohlich vor.

»Doch, doch!«, stottert Maxwell schnell. »Ich nehme das ernst! Wirklich ernst!«

Mein Onkel seufzt. Ich weiß, was jetzt kommt. Er wird Maxwell zu Brei schlagen, es dabei so aussehen lassen, als wäre Maxwell die Treppe heruntergefallen. Dann gibt er ihm zwei weitere Wochen, um die Hälfte des Geldes aufzutreiben. Hilft das nicht, wird er Maxwells Tochter entführen, bis er das ganze Geld bekommt.

Gelangweilt lasse ich meinen Blick durch den Raum schweifen. Das Geschäft meines Onkels ist schäbig, aber wir können davon leben. Mein Großvater hat ihm zwar keinerlei Erbe zugesprochen, schickt ihn aber weiterhin als Geldeintreiber zu Leuten wie Maxwell, die ihre Fünf-Millionen-Dollar-Villa auf krummem Wege erstanden und dabei Schulden bei weniger netten Leuten gemacht haben. In der Hoffnung, das Geld nicht zurückzahlen zu müssen. Mein Onkel erhält von dem eingetriebenen Geld zehn Prozent. Der Rest geht an die Silvanos und damit an meine Mom. Ich weiß, dass sie ihm die Wahl gelassen haben, weiter für die Familie meiner Mutter zu arbeiten oder zu sterben. Jeden Tag erzählt er mir davon, dass mein Grandpa ihn umbringen lassen würde. Ich glaube ihm.

Grandpa würde jeden umbringen lassen, der ihm nicht gehorcht.

Ich schätze sogar, er steckt hinter dem Mord an meinem Vater.

Soweit ich das beurteilen kann, ist Lorenzo gut in dem, was er tut. Er hat sich darauf spezialisiert, die wirklich großen Fische auszunehmen, und schreckt vor nichts zurück.

Seitdem ich in der Highschool bin, will er mich in sein ›Geschäft‹ einarbeiten. Ich tue so, als hätte ich Interesse daran, mein Leben lang in protzige Villen einzubrechen und Leute zu bedrohen, damit er mich in Ruhe lässt. Außerdem arbeite ich lieber für ihn statt für meinen Großvater. Meine Mom hat längst einen neuen Lover, der mit fünf bissigen Hunden in unsere Villa eingezogen ist. Seitdem verbringe ich so wenig Zeit wie möglich zu Hause. Sie lässt mich gewähren. Ich habe genügend Geschwister, die meinen leeren Platz einnehmen können.

»Würdest du es ernst nehmen, Max«, antwortet mein Onkel gedehnt, »dann hättest du dich an unsere Absprache gehalten, nicht wahr?«

»Ich habe Probleme mit der Bank«, erklärt Maxwell hektisch. »Meine Ex-Frau nimmt mich aus und …«

»Deine Ex-Frau lebt in einer schäbigen Mietwohnung in Phoenix«, schneidet mein Onkel ihm das Wort ab. »Ich wette, sie weiß nicht mal, wie man das Wort ›Anwalt‹ überhaupt schreibt.«

»Du verstehst das nicht, ich ... ich ... du musst mir glauben!« Maxwell rutscht auf dem Stuhl hin und her, als würde er sich gleich einpinkeln, weil ihm keine Ausreden mehr einfallen.

»Ich verstehe sehr gut, Max.« Wieder fixiert mein Onkel unseren Schläger, der noch einen Schritt nach vorn setzt, sodass sich Maxwells Kopf in dessen Reichweite befindet. Aber anstatt ihm ein Zeichen zu geben anzufangen, wendet mein Onkel sich an mich. »Diego.«

Ich blicke auf. Für einen Moment hatte ich Hoffnung, er hätte mich vergessen. Es widerstrebt mir, zu tun, was er verlangt. Auch wenn ich mir sicher bin, dass Maxwell selbst schuld an seiner Misere ist, ist mein Onkel einfach ein Arschloch. Er liebt es, seine Macht auszuspielen, weil er selbst nur ein kleines Glied am Ende der Kette ist. Vor solchen Leuten wie Maxwell hingegen tut er so, als wäre er ein Mafia-Boss.

Was mein Großvater definitiv ist.

Mütterlicherseits.

»Noch mehr Eis?«, frage ich.

»Nein.« In die Augen meines Onkels tritt etwas wie unheilschwangerer Stolz. »Zeig Maxwell, was ihn erwartet, wenn er noch einmal nicht liefert.«

Meine Hände versteinern. Ich hasse es, wenn Lorenzo das tut. Unter normalen Umständen hätte ich einfach verneinen können, denn er zwingt mich zu nichts. Nicht mehr. Aber es gibt eine Regel, die ich aus eigenem Interesse befolge: Untergrabe niemals Lorenzos Autorität, wenn Typen wie Maxwell dabei sind. Sonst wirft er dich raus und du musst bei Mom und ihren kläffenden Hunden wohnen.

Fuck.

Wozu haben wir Vito mitgeschleppt, wenn mein Onkel mich vorschickt?

In seinem Blick lese ich, dass er sich diese Wendung spontan einfallen ließ. Er will mich testen. Testen, wie gehorsam ich bin. Testen, wie weit ich gehe. Testen, ob ich weiß, wann genug ist.

Das Problem ist nicht, dass ich – wie er vermutlich denkt – Hemmungen hätte, auf Maxwell einzuprügeln. Es ist vielmehr meine Angst davor, was passiert, wenn ich einmal anfange.

Deswegen verweigere ich mich.

Deswegen hasse ich es.

Ich hasse mich.

»Okay«, antworte ich, weil ich es antworten muss, und trete vor.

»Du bist doch noch ein Kind, Junge«, sagt Maxwell erstaunt, als er in meine Augen sieht. »Lorenzo, das sollte eine Sache zwischen Erwachsenen ... aaaargh!«

Ich habe ihm mitten ins Gesicht geschlagen.

Verdammt.

Blut klebt an meiner behandschuhten Faust und ich würde es am liebsten an seinem Hemd abwischen. Loswerden. Vergessen. Ich sollte einen Schmerz fühlen, dort, wo meine Knöchel sein Gesicht getroffen haben, doch ich spüre nichts als Verlangen.

Kampfrausch durchfährt mich wie ein Orkan und ich schlage ein zweites Mal zu. Ein drittes. Der Körper vor mir krümmt sich und ich muss mich beherrschen, nicht das Messer, das ich im Stiefel trage, hervorzuziehen und damit die Wunden noch tiefer zu schlitzen ...

Gefangen im Gewaltausbruch meines Körpers entgeht mir der Schatten an der Wand nicht. Im Spiegel, die Haustür.

Als würde das Adrenalin meinen Blutdurst stillen, trete ich zurück und entspanne meine Finger.

»Wer ist da gekommen?«, frage ich Maxwell, obwohl ich nicht unerlaubt mit Lorenzos Opfern sprechen darf.

»Meine Tochter«, bringt Maxwell nuschelnd über die Lippen. »Bitte macht mich los, sie darf mich so nicht sehen!«

»Kümmere dich darum, Diego«, befiehlt mein Onkel.

Wieder etwas, das ich nicht will. Wenn ich einmal von dem Rausch gekostet habe, der für gewöhnlich durch Gewalt in mir ausgelöst wird, will ich keine Kinder um mich haben.

Aber ich habe keine Wahl.

Schnell greife ich in meine Brusttasche und folge den Schritten in die Eingangshalle, während ich auslote, wie ich unbemerkt bleiben kann.

»Bin wieder zurück, Daddy!«

Meine Nackenhaare stellen sich auf. Die Stimme klingt mehr nach einer jungen Frau als nach einem kleinen Mädchen.

»Ich gehe nach oben und zieh mich um!«

Danke. Das hilft mir wirklich sehr.

Als ich sicher sein kann, dass sie in einem der oberen Zimmer verschwunden ist, nehme ich die Stufen hinauf. Die Villa ist riesig. Aber kein Vergleich zu dem Haus, in dem ich aufgewachsen bin, bis mein Vater beim Essen auf der Terrasse vor den Augen meiner Mutter und meiner Geschwister erschossen wurde. Ich weiß noch, dass ich damals jeden einzelnen Raum ausgemessen, modelliert und gezeichnet habe. Vielleicht hätte ich Architekt werden sollen. Obwohl ich nicht sicher bin, ob die Aufmerksamkeit, die ich Räumen schenke, nicht doch von der Wachsamkeit kommt, die das Leben als Silvano eben mit sich bringt.

Gerade nehme ich die ausgeklügelte Rundung der Treppe wahr, die sich in einem perfekten Kreis mit dem restlichen Raum schließt, die Empore, die dazu im goldenen Schnitt angelegt ist, und den Flur, der von Licht durchflutet wird, weil bodentiefe Fenster zu beiden Seiten die Sonne den ganzen Tag über einfangen. Ich wende mich nach links, dorthin, wo ich das Bad vermute. An dieses angeschlossen befindet sich meistens der begehbare Kleiderschrank, in den Maxwells Tochter verschwunden ist.

Ich trete ein, stelle fest, richtig gelegen zu haben, durchquere das Bad und linse durch den Spalt zwischen Tür und Rahmen. Im Raum dahinter steht sie. Sie zieht sich gerade um. Sie ist *definitiv* kein Kind mehr.

Langsam schiebe ich die Tür auf und sehe sie halbnackt vor mir. Ich kann mich nicht lange damit aufhalten, festzustellen, dass ihr Anblick etwas in mir regt, und trete von hinten auf sie zu.

Das mit Chloroform benetzte Tuch in einer Hand, die andere, um sie zu stabilisieren, wenn sie gleich fällt, rechne ich nicht damit, was sie tut. Statt ohnmächtig zu werden, weil ich ihr das Tuch gegen die Nase drücke, tritt sie mit voller Wucht auf meinen Schuh.

Den Schmerz spüre ich nicht, denn sie ist weder besonders kräftig noch ist mein Stiefel dünn, aber der Überraschungseffekt ist dennoch auf ihrer Seite. Sie reißt den Arm in die Luft, überschüttet mich mit einem Stapel Klamotten und will fliehen.

Instinktiv ziehe ich mein Messer aus dem Stiefel, als ich mich aus dem Kleiderberg befreie, hechte ihr hinterher und erwische sie, bevor sie ihr Schlafzimmer verlassen kann.

Wieder reiße ich sie an mich, doch jetzt hält das Messer an ihrer Kehle sie gefangen, nicht das Chloroform.

Ihr Puls schlägt mir himmlisch entgegen. Panik verdichtet sich in der Luft zu einem schmeckbaren Aroma, ihre Haut ist zart und viel zu dünn ... Wenn meine Klinge ...

»Was willst du, du Verrückter!«, faucht sie und versucht mich wieder zu treten. Sie ist in meinem Alter. Dass ich die Schönheit meiner Mutter geerbt habe, kommt mir in der Highschool zugute. Ich kann mich gar nicht retten vor Flirts und Liebesbriefen. Aber keine von den Mädchen weckt meine Gier.

Diese endlose Gier, die sich wie ein Monster in meinem Schatten verbirgt ...

»Lass mich los!«, keift sie und schlägt wild um sich.

»Schsch«, raune ich an ihrem Ohr und drücke die Klinge ein wenig gegen ihren Kehlkopf. »Dieses Messer ist *wirklich* scharf.« *Bring mich dazu, dich zu schneiden. Los. Lass mich sehen, wie dein Blut meine Klinge hinabtropft. Lass mich kosten ...*

»Diego.« Die Tür wird aufgetreten, Vito tritt herein. »Lorenzo will, dass du sie nach unten bringst.«

Ich lasse die Kleine sofort los, fasse nach ihrem Arm. Lorenzo wird sie als Druckmittel benutzen wollen, jetzt, da sie uns gesehen hat. Sie müssen von unten gehört haben, wie sie versucht hat, gegen mich zu kämpfen. »Okay«, entgegne ich spröde und gemeinsam zerren wir sie nach unten.

Sie keift und brüllt und heult, bis wir sie vor ihren Vater schieben und sie urplötzlich verstummt.

»Bitte«, wimmert Maxwell, auf dessen Kopf mein Onkel mittlerweile eine Waffe richtet.

»Diego, nimm«, verlangt mein Onkel und drückt mir die Pistole in die Hand.

Ich starre ihn an. »Was wird das?«, frage ich, nicht sicher, ob er jetzt verlangen wird, dass ich Maxwell erschieße.

»Stell nicht so dumme Fragen«, blafft er mich an.

Ich hebe die Waffe, stelle mich hinter Maxwell und muss dabei zusehen, wie Vito und mein Onkel nach dem Mädchen greifen. Dann geschieht etwas, mit dem ich bisher nicht konfrontiert worden bin. Ich wusste, dass mein Onkel ein Arschloch ist. Ich wusste, dass sein Schläger Vito eines ist. Aber ich wusste nicht, dass sie etwas derart Erbärmliches tun würden.

Alles in mir gefriert, als sie Maxwells Tochter den Slip herunterzerren. Sie zu Boden drücken. Sie festhalten. Maxwells lautes Geheule ignorierend.

Alles in mir wird zu festem, festem Eis.

Ich muss zusehen. Da stehe ich und muss dabei zusehen, wie mein Onkel eine Minderjährige vergewaltigt. Ich weiß nicht, was ich tun soll. Ist das mein Erbe? Ist das meine Familie? Ist das das Blut meines Vaters? Ist mein Großvater noch schlimmer?

Dass ich eben noch fast hart bei dem Gedanken geworden bin, die Kleine zu schneiden, ist nichts gegen das

Gefühl jetzt. Etwas von dem, was ich sehe, steckt auch in mir. Etwas von der Dunkelheit, die mir gerade offenbart wird, ist auch Teil von mir.

Ich darf diesen Teil niemals gewinnen lassen.

Niemals.

Mein Puls rast im Stakkato. Ich besitze nichts. Meine Taschen sind leer. Zu meiner Mutter werde ich nicht betteln gehen können. Auf meine Konten habe ich noch keinen Zugriff. Ich muss mich allein durchschlagen.

Ich muss fliehen.

Vor dem, was ich sein kann.

Was ich sein *werde*, wenn ich mich jetzt nicht dagegen entscheide.

Die Schreie des Mädchens brennen in meinen Ohren, der Anblick der zwei schweren Männerkörper, die sich nacheinander an ihr vergehen, wird mich in meine Albträume hinein begleiten. Aber ich tue das Richtige.

Ich entsichere die Waffe.

Trete von hinten an Maxwell heran.

Drücke sie ihm in die Hand.

Als er nach ihr greift und mich fassungslos anstarrt, ob ich ihm wirklich die Möglichkeit gebe, das Blatt zu wenden, bin ich schon auf der anderen Seite des Raumes.

Dann laufe ich. Nicht nur, weil Maxwell auf mich schießen könnte. Vielmehr könnte Lorenzo es schaffen, ihn doch noch zu überwältigen. Lorenzo würde meinen Verrat nicht dulden. Ich wäre tot, bevor die Sonne untergeht.

Daher laufe ich so schnell, wie ich noch nie gelaufen bin, ohne zu wissen, was wirklich in dem Haus passiert.

Stirbt Maxwell? Stirbt seine Tochter? Lorenzo? Vito? Wer?

Egal.

Von diesem Tag an schlage ich mich allein durch.

Bis ich mit einer Messerwunde im Wald liege und feststellen muss, dass ich niemals vor dem fliehen können werde, was ich bin.

ZWEI

ZAYN

Manchmal steckt mir das Soldatendasein noch in den Knochen. Ich bin ein Aufklärer, ein Fährtenleser, eine Wache, alles zusammen, als mir die Reifenabdrücke eines Motorrads im Sand auffallen.

»Hey, halt an.«

Romeo bremst scharf.

Wir fahren schon seit Stunden mit dem Tesla die Küstenlinie ab. Niemand von uns weiß, wo Sylvian hingefahren ist, aber wir kennen die Plätze, an denen er den Depressiven markieren würde.

Und da Harper meinte, er hätte vorgestern mit Amabelle gesprochen, gehen wir alle davon aus, dass er nach dem Gespräch latent depressiv war.

Seitdem ihm dieses Mädchen begegnet ist, ist er nicht mehr der Alte. Ich weiß noch, wie er war, als es nur Harper gab. Wie er sie benutzt und über sie gesprochen hat.

Sylvian war tausend Mal schlimmer, als Reece oder ich es je sein könnten.

Er kam knapp nach Romeo.

Nur dass Romeo ein bisschen eklig ist, weil er konsequent keine Frauen fickt, sondern sie anstarrt, wenn sie bewusstlos sind. *Whatever*.

Aber so oder so ist Sylvian mehr als sein Grad der Psychose. All die Partys, all die Nächte, all die deepen Momente, all das Lachen, all das Gutfühlen – die Kings sind meine Freunde. Jeder von ihnen. Ich würde lügen, wenn ich etwas anderes behaupten würde.

Und nur weil sie mich manchmal nerven, bedeutet das nicht, dass ich mich nicht vor jeden in den Kugelhagel werfen würde. Selbst vor Romeo.

Das ist krank.

Selbst vor Romeo.

Wir steigen aus und betrachten die Spuren im Sand genauer. Der Platz gehört zu den typischen Sylvian-Depri-Plätzen: Neben der Brücke, die die Landzunge Ocean Citys mit dem Festland verbindet, lässt es sich hinter ein paar Büschen aufs Meer hinaus starren, die Skyline überblicken und darüber nachdenken, ob man sich im Wasser ertränken sollte.

»Dieser ganze aufgewühlte Kies hier ...«, denke ich laut und bücke mich, um mit der Hand über den Stein zu fahren. »Ist das Blut?«

»Sieht nach einem Kampf aus.« Auch Romeo hat eine knallharte Militärausbildung hinter sich. Sein Vater ist ein General. Ich glaube, Romeo hat man die Scheiße mit dem Krieg schon als Säugling eingeprügelt. »Was haben sie mit ihm gemacht?« Romeos Gesicht liegt im Schatten da und ich hebe ratlos die Schultern. Plötzlich legt er die Hände an den Mund und brüllt: »SYLVIAN!«

»Alter, geht's noch?« Ich schubse ihn, damit er aufhört, merke aber, dass ich zu sehr im Kriegsmodus bin. Vermutlich werden nicht gleich die Taliban aus den Büschen hüpfen und schießen, weil wir auf uns aufmerksam gemacht haben.

»Wovor hast du Angst?«, fragt Romeo rätselnd. Dann ruft er Sylvian erneut.

Seine Stimme ist arschlaut, wenn er will. Ich folge den möglichen Spuren bis zum Waldrand. Als ich davor zum Stehen komme, raschelt etwas im Unterholz.

»Hast du das gehört?« Romeo ist sofort bei mir. Er schreit noch einmal nach Sylvian, und ich mit ihm. Dann horchen wir in die Stille.

Wieder Rascheln. Irgendwo, tief, tief im Wald.

»Vermutlich ein Tier, das von unserem Gebrüll verschreckt wurde«, bemerke ich wenig hoffnungsvoll.

Romeo verdreht die Augen und stürmt ins Gebüsch. »Wir teilen uns auf.«

Seufzend folge ich ihm und streife durch das Laub. Mit jedem Tag wird es wärmer, aber im Wald ist es kühl. »Sylvian, mach mal Piep!«, rufe ich.

Wieder raschelt es.

Ganz in der Nähe.

Ich sprinte los und finde ihn, wie er halb unter einem Busch liegend nach dessen dickstem Ast gegriffen und damit geraschelt hat. »Scheiße, was liegst du denn hier so rum?« Ich bücke mich und fasse an sein Shirt. Es war nie rot. Es ist rot verfärbt.

Unter Einsatz meines gesamten Körpers zerre ich ihn unter dem Busch hervor. Er ist total bleich. Bleich, erschöpft, halb leblos.

»Ich dachte schon, ihr kommt nie«, murmelt er.

Ich reiße an seinem Shirt und betrachte die Wunde. »Wer zur Hölle …«

»Ist nicht so tief, aber ’n Verband wäre echt gut.«

»Was ist passiert?!«, fragt Romeo, der vor uns auftaucht.

»Hilf mir.« Gemeinsam hieven wir Sylvian zum Tesla. Wir betten ihn auf die Rückbank. Es ist eine merkwürdige Frage, die ich stelle, aber gerade bei Sylvian kann ich mir einfach nicht sicher sein. »Krankenhaus oder Privatarzt?«

Er stöhnt auf der Rückbank. »Wenn ihr mich in ein Krankenhaus bringen wollt, lasst mich hier liegen.«

Romeo schmunzelt, holt sein Handy hervor und steigt vorne ein. »Wir bringen das Krankenhaus zu dir, keine Sorge.«

Ich wende den Tesla und düse los.

»Was ist eigentlich passiert?«, frage ich drängend. »Und wo ist dein Motorrad?«

»Irene«, murmelt Sylvian erschöpft. »Sie hat Eleanore gesucht und zwei ihrer Freunde auf mich gehetzt. Ich habe sie Schachmatt gesetzt und bin ihr in den Wald gefolgt. Habe nicht damit gerechnet, dass sie ein Messer bei sich trägt und es auch benutzen würde. Sie ist bestimmt mit dem Bike geflohen.«

»Irene«, presst Romeo hervor. »Sie hätte längst nicht mehr in Maryland sein dürfen. Ich werde mich darum kümmern.«

»Ach ja?«, frage ich ihn. »Und wie?«

»Das FBI wird auf sie aufmerksam werden. Wir schieben ihr das, was Eleanore getan hat, in die Schuhe. Dann ist sie für eine Weile in Untersuchungshaft. Wir haben Irene viel zu lange ignoriert. Scheiße.« Es ist selten, dass Romeo verbissen flucht. Ihm scheint Sylvians

Zustand tatsächlich Sorgen zu bereiten. »Das haben wir jetzt davon.«

»Wisst ihr …«

Weil das Auto geräuschlos vor sich hingleitet, hören wir Sylvians stimmloses Gehauche.

»Diese Nächte im Wald waren … Wir hätten nie … Jaxon.«

»Niemals Amabelle Weaver in einem aussetzen sollen?«, frage ich zynisch.

Sylvian antwortet nicht mehr.

Eine Art schlechtes Gewissen packt mich, weil ich es damals zugelassen habe, dass Romeo und Jaxon sie betäubt und mitgenommen haben. Und dann wird dieses schlechte Gewissen durch etwas anderes ersetzt. Genugtuung.

Wer nicht lernen will, muss leiden.

So sind die fucking Regeln, Dole.

Du wirst sie auch noch verstehen.

VANCE

Gerüchte verbreiten sich an dieser Universität wie Lauffeuer. Das kommt garantiert daher, weil die reichen Kids keinen wirklichen Lebensinhalt haben. Einige sind nur hier, um die perfekte Partie für ihr perfektes Leben zu finden. Wie auch immer. Jedenfalls hat irgendjemand euch belauscht und irgendjemand hat mich damit genervt, dass du angeblich mit … sorry, aber Jaxon Tyrell zusammen bist?

Habe ich was verpasst?

Ist irgendwas passiert?

Sollte ich ihn vielleicht doch mal zusammenschlagen, wenn er dich zu so einer Scheiße zwingt? Oder glaubst du – Hand aufs Herz, Mable –, dass er sich wirklich geändert hat?

Scheiße.

Ich habe mehr von dir gehalten.

DREI

MABLE

Zwei Wochen vor den Prüfungen nutze ich Goldmans Angebot und gehe zu ihm. Bisher war ›Wissen und Wirklichkeit‹ meine liebste Veranstaltung. Keiner hat es je gewagt, in Goldmans Beisein gegen mich zu schießen – oder vielleicht lag es auch daran, dass Jaxon, Reece und vor allem Romeo anwesend waren – und Harper an meiner Seite.

Heute ist wie letzte Woche niemand von den Vieren gekommen.

Meine Augen sind immer wieder zur Tür gewandert, in der Hoffnung, Jaxon wäre wie bei der ersten Vorlesung im Januar einfach nur zu spät. Tatsächlich scheint es aber ein paar wichtigere Dinge für die Kings und Harper zu geben als Goldmans Philosophie. Sie haben ihre Anwesenheitspflicht erfüllt und werden keine Prüfung schreiben, weswegen sie sich auch nicht für die Prüfungsvorbereitung interessieren.

Ich weiß nicht, ob ich enttäuscht oder erleichtert bin, sie alle heute nicht zu sehen. *Harper hat eine Affäre mit Goldmans Bruder. Jaxon und Reece spielen noch immer ihr Spiel. Und Romeo hasst mich eigentlich.*

Und selbst wenn keines von Sylvians Worten wahr wäre: Nichts wäre schlimmer gewesen als eine erneute Abfuhr von Jaxon. Vielleicht hätte er mich glatt ignoriert? Vielleicht wäre er ohne Gruß an mir vorbeigelaufen?

Die bittere Wahrheit, dass Jaxon mich nicht liebt und ich dem größten Irrtum überhaupt erlag, ist unerträglich. Ich schiebe sie von mir.

Wenigstens noch für ein paar Tage. Sollte ich am Ende erfahren, dass meine Gefühle von keinem der Kings und auch nicht im freundschaftlichen Sinne von Romeo und Harper erwidert werden, dann wird es mich genauso niederreißen wie der Moment der Wahrheit letztes Semester. Und noch eine Prüfungsphase unter diesen Bedingungen halte ich nicht aus.

Stur habe ich mich darauf konzentriert, Goldmans Worten zu folgen. Nichts ist wichtiger als meine Noten. Nur mit einem guten Abschluss bleibe ich unabhängig. Selbst ein Jaxon Tyrell wird mir nichts anhaben können, solange ich für mich selbst sorgen kann.

Für mich, meine Mom und Olive.

Goldman hat uns das Semester über anhand von Beispielen gezeigt, wie oft die Menschheit in der Vergangenheit von Institutionen betrogen wurde und dass einer der Gründe, weshalb es immer wieder dazu kommt, unser unumstößlicher Glaube ist. Wir sollen nicht nur den Glauben an sich überdenken, sondern vor allem unseren Glauben an Institutionen.

Das passt mir gut.

Mein Glaube an die Kingston Universität wird jeden Tag erschüttert.

»Professor …« Meine Frage kommt mir reichlich

dämlich vor und ich bin froh, wenn sie niemand sonst hört.

»Ja, Miss Weaver? Wie geht es Ihnen?« Goldman sieht von seinem Stapel Notizen auf, die er gerade ordnet, und setzt seine Lesebrille ab, um mich zu mustern.

Wenn er aufmerksam ist, ist ihm nicht entgangen, dass mich der halbe Hörsaal hasst und das Semester über nur darauf gewartet hat, dass die Kings mich wieder vorführen. Die andere Hälfte bewundert mich – vielleicht heimlich. Vielleicht ist es auch nur Neid.

»Ich habe eine Frage zu Kopernikus.«

»Nur zu.«

»Sie sagen, sein Durchbruch gelang ihm nur deshalb, weil er jegliches Wissen, das man ihm beigebracht hatte, hinterfragte, überdachte und zu verifizieren versuchte, wodurch er schließlich feststellte, dass es ›anders‹ sein musste als bisher angenommen ... Woher soll ich *wissen*, dass er richtiglag?«

»Gute Frage. Genau das können Sie nicht.«

»Muss ich erst Physik studieren, um zu *wissen*, dass die Erde sich tatsächlich um die Sonne dreht? Weil ich es sonst nur *glauben* kann?«

»Oh, ich bin nicht sicher, ob ein einfaches Physikstudium dafür ausreicht. Sehen Sie, in den Grundlagen am College lernen Sie nur, was Sie brauchen, um eine *Idee* zu bekommen, was Sie noch brauchen *könnten*. Wissenschaft ist ein gewaltiges Feld. Wenn Sie bereits nach ein paar Vorlesungen bei mir daran zweifeln, ob das heliozentrische Weltbild der Weisheit letzter Schluss ist, habe ich alles richtig gemacht. Nur wird diese *Zweifel* niemand verstehen. Man wird Sie auslachen.«

»Es ist also richtig, dass ich ... an so etwas zweifle?«

»Absolut. Zweifeln Sie an allem. Selbst daran, ob Bush wirklich ein schlechter Präsident war.« Er zwinkert und verstaut seine Blätter in seiner Ledertasche. »Es gibt absolut *nichts*, dessen Sie sich sicher sein können. Nicht einmal Ihre Existenz. Wieso sollten Sie dann ausgerechnet über unser Sonnensystem Bescheid wissen?«

»Sie halten es nicht für albern?«

»Ich halte es für *genial*. Für weniger genial hielte ich es, wenn Sie nun diesen Saal verlassen und behaupten würden, die Erde sei der Mittelpunkt des Weltalls. Das wäre das absolute Gegenteil von vernünftigem Zweifel. Denn nur weil das eine vielleicht falsch ist, muss das andere nicht richtig sein, stimmt's?«

Ich muss schmunzeln. »Hatte ich nicht vor.«

»Auf Sie ist Verlass.«

Sein Lächeln wärmt mich und für diese paar Minuten Gespräch genieße ich die Normalität, die sich mittlerweile in meinem Unialltag eingestellt hat. Wäre mein Gefühlschaos nicht, verliefe mein Studium fast normal. Kaum noch Mobbingattacken, keine Arena, keine Clarisse, kein Hilbredge. Ich bin eigentlich dort, wo ich sein wollte. Allein und glücklich.

Sobald ich aus dem Hörsaal gehe, zerplatzt diese wunderbare Blase der Normalität. Harper steht an der gegenüberliegenden Wand, wartet auf mich. Um sie herum tuscheln die Leute und in ihren Augen schimmern Tränen. Sie stürmt auf mich zu und reißt mich mit sich. Ihr kurzer Rock flattert – seitdem sie sich von Sylvian an Spring Break getrennt hat, zieht sie sich auffällig freizügig an.

»Was ist los?!«, fahre ich sie an, weil sie mich den

Gang entlang hinter sich herzerrt, als wäre ich ein kleines Kind und hätte etwas verbrochen.

»Sylvian«, sagt sie nur und zieht mich weiter.

Augen verdrehend folge ich ihr, bis sie mich draußen im frühlingshaften Sonnenschein loslässt. »Es ist etwas passiert.« Ihre Lippen beben, als sie die Worte hervorbringt.

»Und zwar?«

»Du musst unbedingt zur Kings-Villa mitkommen, okay? Sylvian ... Sylvian ist ...« Sie schürzt die Lippen und weitere Tränen quellen aus ihren Augen hervor.

Ich weiß nicht, was ich zu hören erwarte. Vielleicht, dass er verhaftet wurde, weil er am Campus mit Drogen dealt? Oder vielleicht will sie mich auch fragen, ob wir miteinander geschlafen haben, während er dabei ist? Warum auch immer sie das tun sollte.

Aber schließlich bringt sie ein paar wenige Worte hervor und alles in mir wird steif. »Er wurde angegriffen und ist verletzt.«

»Von wem?«

»Komm einfach mit, ja?«

Unglaube löst die Anspannung in mir ab. Nach all den Lügen, die mir schon erzählt wurden, halte ich mit jedem Schritt daran fest, dass Harper auch jetzt lügt.

Sylvian geht es gut.

Es ist nichts passiert.

Die Kings haben es nur erfunden, um mich zu sich zu locken. Zum Beispiel.

Sylvian geht es gut.

Es ist nichts passiert.

Die Kings haben das alles ...

Ich betrete hinter Harper die Verbindungsvilla. Im Salon sitzen einige Studenten beisammen und betrachten uns kritisch, als wir an ihnen vorbeigehen. Doch ich achte nicht auf sie. Das herrschaftliche Haus erfüllt mich nach wie vor mit tiefer Ehrfurcht. Einige der dunkleren Ecken könnten als Kulisse für einen Horrorfilm dienen, andere als Beispiel beeindruckendster Architektur.

Harper steuert auf Sylvians Zimmer zu, greift nach dem Türknauf und hält inne. Etwas scheint sie zu hemmen, in sein Zimmer zu gehen. Gequält sieht sie mich an. »Ich werde erst mit ihm sprechen und ihn darauf vorbereiten, dass du hier bist, in Ordnung?«

Ich kann nichts dagegen tun, wie sich die Eifersucht in meine Glieder frisst. *Harper* bereitet *Sylvian* darauf vor, dass ich ihn besuche?

So sehr ich das Vieleck zwischen den Kings und mir auch liebe, ich will keine Sekunde länger, dass Harper, Sylvian und ich diese Art von Beziehung führen.

Noch immer will ich nicht ganz glauben, dass Harper die Wahrheit gesagt hat, als sie im Zimmer verschwindet und mit entschuldigendem Ausdruck in den Augen die Tür hinter sich schließt.

Die Sekunden verstreichen, während ich auf das Holz der Tür starre. Harper hat mich belogen. Sylvian hat mich belogen. Jeder Scheißking lügt und lügt und lügt. Ich werde nicht blöd dastehen und mich ein weiteres Mal verarschen lassen.

Die Wahrheit muss endlich ans Licht!

Vorsichtig lege ich mein Ohr an die Tür und atme so leise wie möglich, um etwas zu verstehen.

»Aber was soll ich tun, Sylvian?«, höre ich Harper aufgelöst fragen. »Ich kann nicht zulassen, dass dir etwas passiert! Wenn ich dir egal bin ...«

Er antwortet etwas, doch ich verstehe ihn nicht.

»Aber ich habe nie aufgehört, dich zu lieben!«

Ein Stich in meiner Brust lässt mich zusammenfahren. Hat Sylvian nicht erzählt, sie hätte eine Affäre? Und vermutlich ist sie diese nur eingegangen, um sich über ihn hinwegzutrösten. Zu wissen, dass Sylvian etwas von mir will, muss sie ebenso verletzen wie es mich bis Spring Break verletzt hat, dass sie zusammen waren.

Ich höre nicht, was Sylvian antwortet. Auf die Gefahr hin, mich komplett lächerlich zu machen, weil ich es wie eine eifersüchtige Freundin nicht mehr aushalte, hier zu stehen und die beiden sonst was miteinander tun zu lassen, stoße ich die Tür auf.

Das Bild, das sich mir bietet, ist schlimmer als alles, was ich mir hätte ausmalen können. Okay, *fast* schlimmer. Harper und Sylvian sind nicht nackt. Dafür liegt ihre Kleidung über dem Sofa. Ein BH, zwei Slips, eine Leggings, ein Paar ihrer Schuhe. Der Couchtisch sieht aus, als hätte sie sich häuslich eingerichtet. Puder, Lippenstifte und zahlreiche ihrer überteuerten Eyeliner liegen neben ihren aufgeschlagenen Heften, die sie stets in rosafarbenes Papier einschlägt.

Sie sind wieder zusammen.

Mein Blick fällt auf Sylvians nackten Oberkörper und den breiten Verband, der an seinem Bauch entlangführt. Wenigstens die Scheißwunde war keine Lüge!

Aber er hat nicht mich angerufen. Nicht mir von seiner Verletzung erzählt.

Sondern Harper.

Sie steht neben dem Bett und betrachtet mich hilflos. »Sorry, Mable …«

Ich mache zwei Schritte rückwärts, schließe die Tür

hinter mir und laufe durch den Gang zurück.

»Mable, warte!« Harper ruft mir hinterher, aber ich will nicht stehenbleiben.

Warum wirken die beiden so vertraut?

Warum liegen ihre *Slips* bei ihm im Zimmer?

Hat er mir zuletzt in der Kapelle nicht etwas ganz anderes über sie erzählt?

Dass sie eine Affäre hat? Dass er nie wirklich mit ihr zusammen war?

Ich will schreien und um mich schlagen und weglaufen, alles gleichzeitig, bis ich mich am oberen Ende der Treppe zusammenreiße.

Die Wahrheit.

Du musst endlich die Scheißwahrheit herausfinden.

Als ich mich umdrehe, läuft Harper fast in mich hinein.

Ich fasse nach ihrem Handgelenk und zerre sie wortlos in den nächsten Raum. Es ist ein Schlafzimmer. Wesentlich kleiner als das von Sylvian oder Jaxon, aber immer noch luxuriös. Die Vorhänge sind zugezogen, das Bett ungemacht und auf dem Mahagoni-Schreibtisch liegen zig aufgeschlagene Bücher. Es überrascht mich immer wieder zu sehen, dass die Elite-Studenten tatsächlich studieren. Bei allem, was am Campus geschieht, traue ich den meisten nicht besonders viel Intelligenz oder Fleiß zu.

»Erzähl mir endlich, was diese ganze Scheiße soll, Harper!«, fahre ich sie an. Die Tür fällt hinter uns ins Schloss.

»Sylvian wurde angegriffen«, stammelt sie. Sie wirkt, als wäre ein Orkan durch sie hindurchgefegt.

»Ah, so weit waren wir schon! Und was ist *genau*

passiert? Wieso hast du mich hierhergeholt?«

»Drei Typen wollten Sylvians Motorrad klauen. Sie haben miteinander gekämpft, aber der eine hat ein Messer gezogen und Sylvian in den Magen gestochen.«

»Wie bitte?«, frage ich ungläubig.

»Es geht ihm gut.«

»Ihm wurde in den Bauch gestochen und es geht ihm gut?!«

»Das ist es nicht, weshalb ich Angst um ihn habe ...«

»Angst um ihn? Um Sylvian?! Nach allem, was er dir angetan hat?« Selbst ich scheine nicht so in Sorge wie sie zu sein.

»Hör auf damit!«, fährt sie mich an. »Ich will trotzdem nicht, dass er stirbt!«

Vielleicht ist es auch die Eifersucht, die aus mir spricht. Das ist verrückt. Eigentlich bin ich mit Jaxon zusammen, aber die Vorstellung, dass Harper und Sylvian ... Ach, verdammt. »Gut. Er ist offensichtlich nicht tot. Warum hast du Angst um ihn?«

»Weil nur du ihm helfen kannst.«

»Ich ihm helfen? Du bist doch bei ihm eingezogen! All deine Klamotten! Er will, dass *du* bei ihm bist. Wie soll *ich* da helfen?«

Sie schürzt die Lippen und sieht für einen Moment zur Decke. »Vielleicht sollte ich von vorne anfangen ...«, murmelt sie. »Damit du mir wirklich glaubst.«

»Das wäre echt super«, entgegne ich zynisch.

Harper atmet tief durch. »Ich weiß, dass Sylvian dir die Wahrheit gesagt hat. Über ... meine Affäre.«

»Warum tust du so, als wäre das etwas Schlimmes?«, frage ich unbeteiligt. »Ich habe auch mehrmals gelogen, wenn es um die Kings geht. Im Grunde habe ich dir drei Vierer verschwiegen ...«

»Hast du?«, fragt sie fassungslos, als wäre das, was ich ihr offenbare, um einiges schlimmer als eine Affäre mit dem *Trauzeugen ihres Vaters*. »Okay, mach weiter so«, sagt sie plötzlich hektisch. »Hab mit allen Sex. Aber trenn dich unbedingt von Jaxon. Noch vor der Gala, verstehst du? Du musst dich *vor der Gala von ihm trennen.*« Harper sieht noch immer so aus, als wäre ein Orkan durch sie hindurchgefegt. »Denn wenn du es nicht tust, wirst du dein Studium verlieren. Dein Stipendium, dein Studium, alles. Wenn du mit Jaxon zur Gala gehst, wird er dafür sorgen, dass es dein letzter Abend in Kingston war.«

»Mhm«, mache ich nur, schon zu müde davon, über Jaxons Beweggründe nachzudenken. »Und wie will er das tun?«

Harper reibt sich verzweifelt über die Augen und verwischt dabei ihr perfektes Make-up. »Ich weiß es nicht. Aber er wird es.«

»Was hat das mit Sylvian zu tun? Und warum sollte ich dir das glauben, Harper? Du hast mich angelogen. Du hast mich die ganze Zeit wegen Goldmans Bruder angelogen.«

Sie zuckt so heftig zusammen, als hätte ich sie geohrfeigt. »Ich weiß. Aber du kennst Sylvian. Er ist ein Wichser und ein Künstler darin, einen zu manipulieren. Ich dachte in Catskill wirklich ... Ach, keine Ahnung, was ich dachte. Meine Affäre mit Rodney ist zwar armselig und ich verdiene es, wenn mich niemand sonst mehr will, aber es geht jetzt nicht um mich. Oder das, was Sylvian getan hat. *Ich* habe etwas viel Schlimmeres zugelassen.«

»Und was?«, frage ich beklommen. Halte ich noch ›Schlimmeres‹ aus?

»Ich war nie deine Freundin.« Sie bringt diesen Satz hervor, presst die Augen zusammen und hält sich an einer Kommode fest, als drohe sie jeden Moment umzukippen. »Jemand hat mich auf dich angesetzt. Jemand, der möchte, dass du dein Stipendium unbedingt behältst. Jemand, der *gegen* Jaxon ist und *für* dich und der jemanden gefunden hat, den er erpressen kann, damit derjenige sich um dich kümmert. Mich.«

Ich starre sie an. »Wie bitte?«

»Ja.« Sie reibt sich mit dem Unterarm übers Gesicht und verschmiert damit ihr Make-up komplett. Ihr gesamter Körper zittert. »Ich wurde erpresst. Es tut mir leid. Ich sollte deine Freundin spielen, um dir zu helfen. Und ich habe es nicht geschafft.« Sie sieht mich flehentlich an. Ihre verweinten Augen sind groß und bittend und mein Herz wird hart wie Stein. »Ich sollte dich davor bewahren, von Jaxon vertrieben zu werden. Gott, ich bin so unfähig, ich sag's dir. Ich habe wirklich versucht, deine Freundin zu sein. Habe dir alles erzählt, mich den verdammten Kings und ihren jämmerlichen Regeln widersetzt, ich wollte für dich da sein, denn ich wollte es *wirklich.* Wie du Clarisse am ersten Tag begegnet bist, das war ... Du hast mich nicht bemerkt, oder? Ich stand in der Gruppe der anderen, als sie dich fertiggemacht hat. Ich stand da und sah dir dabei zu, wie du sie beleidigt hast und von diesem Moment an war ich ... beeindruckt. Und von diesem Moment an habe ich mir gewünscht, ich hätte dir sagen können, warum ich versuche, deine Freundin zu werden. Weil ich es wirklich sein wollte.«

»Wer …«, frage ich stimmlos, »wer hat dich auf mich angesetzt?«

Sie presst die verheulten Augen zusammen. »Jaxons Vater. Samuel Tyrell.«

»Aber …« Plötzlich verstehe ich überhaupt nichts mehr.

»Er hat mitbekommen, was Jaxon tut. Und er wollte nicht, dass er und die Kings es schaffen, auch dich zu brechen. Ich habe keine Ahnung, *warum*, Mable, wirklich nicht. Vermutlich, weil er besonders große Stücke auf deine Leistung hält und sein Stipendiatenprogramm kurz vorm Scheitern ist? So viele Stipendiaten haben Kingston schon frühzeitig verlassen. Vielleicht wollte er dafür sorgen, dass eines der vielversprechendsten Talente auf jeden Fall bleibt? Und er hatte recht! Du bist brillant!«

»Also … also war … alles eine Lüge?« Jetzt bin ich es, die zu zittern beginnt.

»Nein!« Harper schluchzt laut auf. »Ich konnte dir nicht die Wahrheit sagen, aber es war keine Lüge! Ich habe nie gespielt. Ich wäre darin sowieso viel zu schlecht. Schauspielerei ist nicht gerade eines meiner Talente … So zu tun, als wäre ich mit Sylvian zusammen, war die reinste Hölle für mich.«

Ich zucke zusammen, als ich an all die Male zurückdenke, in denen ich glaubte, die beiden wären ein Paar. »Aber … warum durftest du mir nichts von Mr. Tyrell erzählen? Was wäre so schlimm daran, wenn ich es erfahre? Das ist einfach nur dämlich, Harper!« Meine Stimme wird lauter. Am liebsten würde ich sie anschreien. »Wenn es wirklich Mr. Tyrell gewesen sein soll, der dich *erpresst*, damit du dich um mich ›kümmerst‹, wieso hat er es nicht von Anfang an offen kommuniziert? Du hättest irgendeine Art ... Freiwilligendienst für neue Stipendiatinnen machen können. Dann hätte ich zumindest gewusst, woran ich bin!«

Sie lacht hysterisch auf. »Was wäre wohl noch vor Semesterbeginn mit mir passiert, wenn Jaxon mitbekommen hätte, dass ich nur dafür da bin, dir zu helfen? Oh ... Die Kings sind schon ausgerastet, weil ich nur deine Freundin sein wollte, und wäre Sylvian nicht auf deiner Seite gewesen, hätten sie mich als Erstes eliminiert, glaub mir. Nein, Mable, das musste geheim bleiben. Niemand durfte es erfahren. Schon gar nicht Jaxon.«

»Aber jetzt, ausgerechnet jetzt darf er es plötzlich erfahren?«

»Jetzt ist es schon zu spät. Ich habe versagt und du hast dich für ihn entschieden. Also ... was macht es noch für einen Unterschied? Ich weiß, ich hätte es dir früher sagen müssen, aber ich mochte dich *wirklich*, verstehst du? Ich hatte Angst, dass wenn du es erfährst, unsere Freundschaft für immer ...«

»Wie recht du hast!«, fahre ich sie an. »Du hast mich genauso belogen wie jeder hier auf dem Campus! Danke, Harper!« Wie weit die Bedeutung ihrer Worte reicht, kann ich auf die Schnelle kaum erfassen. Alles war eine Lüge? Jeder intime, freundliche Moment? »Hast du ... hast du etwa mit Mr. Tyrell über alles gesprochen? Hast du ihm gesagt, dass ich mit Jaxon geschlafen habe? Und mit den anderen ...?«

Warum auch immer erfüllt mich plötzlich eine so

tiefe Scham, dass ich mich zusammenkrampfen muss. Mr. Tyrell hat mein Studium finanziert und ich hatte nichts Besseres zu tun, als mit dessen Sohn und seinen Freunden zu vögeln.

»Nein, natürlich nicht«, murmelt Harper. »Ich habe angedeutet, dass Jaxon es schafft, dich ›rumzukriegen‹, aber ich hoffe, Tyrell glaubt noch immer, dass du keinen Sex mit seinem Sohn hattest. Er hat die Videos gesehen und glaubt dir jedes Wort darin. Und da hast du nicht explizit über Sex gesprochen, oder?«

Zum Glück nicht. Fuck. Natürlich habe ich die Videos in dem Wissen gedreht, dass auch meine Professoren oder Mitarbeiter der Tyrell-Stiftung, die mein Stipendium finanziert, sie ansehen könnten. Trotzdem ...

»Weißt du noch, als die Kings dich dazu eingeladen haben, eine Nacht im Verbindungshaus zu verbringen? Ich wusste, dass sie dich die nächste Runde hätten gewinnen lassen müssen, wenn du wirklich nur dort übernachtet hättest. Also habe ich versucht, dir zu sagen, was du tun musst. Du hast mir nicht geglaubt. Oder du hast Sylvian mehr geglaubt, ich weiß es nicht.«

Ich presse die Zähne zusammen. *Ich war dumm. So endlos dumm. Und verliebt. Wie jetzt auch noch.*

»Als du mir die Nachricht geschrieben hast, dass du in Sylvians Zimmer bist, ich ... Ich wusste, was geschehen wird. Ich kenne Sylvian gut genug und mir war von Anfang an klar, dass er dich will. Dass er alles dafür tun wird, dich irgendwie zu bekommen. Und ich wusste, dass ich gegen ihn verlieren werde. Denn sein Charme ist ... Ach, egal. Ich war so sauer auf ... auf dich, weil du nicht auf mich gehört hast. Und ich wusste, dass ich Tyrells Erwartungen nicht erfüllen konnte. Deswegen ... deswegen war ich so mies zu dir. Ich wollte, dass du wieder verschwindest. *Obwohl* du alles über die Kings wusstest, hast du dich auf sie eingelassen. Ja, ich habe dich dafür gehasst. Nicht, weil du etwas mit Sylvian hattest. Das war irgendwie mies, klar, aber ich war vor allem sauer, weil du wie wir anderen so dumm warst, Jaxon und Sylvian und Reece zu verfallen. Und na ja ... Du hast damit auch mich ziemlich in die Scheiße geritten, weil ich mein Versprechen gegenüber Samuel Tyrell nicht halten konnte. Dachte ich zumindest erst.«

»Darum diese Verlobung mit Sylvian?«, frage ich tonlos. »Um dich an mir zu rächen?«

Sie zuckt mit den Achseln und blickt zu Boden. »Vielleicht. Vielleicht wusste ich die ganze Zeit, wie weh es dir tut, wenn wir vorgeben, dass wir zusammen sind. Einerseits war es gut, was Sylvian tat: Er zeigte dir, was für ein Arsch er sein kann, und als du im zweiten Semester zurückkamst, hat er mich sowieso dazu gebracht, zu glauben, es wäre das Beste für dich.« Sie schweigt für einen Moment. »Ich hätte nie gedacht, dass ich es schaffe, so ehrlich zu dir zu sein.«

»Womit hat Mr. Tyrell dich erpresst?«

Harper hat mittlerweile alle Farbe im Gesicht verloren. »Ich war im Sommer in einer Entzugsklinik. Tyrell hat mir einen Platz besorgt und mich gedeckt. Wenn mein Vater davon erfährt ... Wenn er erfährt, dass ich so etwas überhaupt nötig hatte ... Er wird mich vor die Tür setzen.«

»Ah, deshalb die Affäre mit seinem besten Freund? Verlierst du den einen Daddy, suchst du dir einfach einen anderen?«

Sie zieht die Nase hoch und reibt ihr Gesicht trocken. »Ich verdiene es, dass du gemein zu mir bist.«

Ich presse den Kiefer zusammen. »Ja. Tust du.«

»Jetzt weißt du es, Mable.« Sie reibt sich über die verheulten Augen. »Du solltest mit Sylvian sprechen. Es geht ihm schlecht. Er liebt dich und es geht ihm schlecht deswegen.«

»Und das glaubst du woher zu wissen?«

»Ich war die letzten Tage bei ihm. Er wollte nicht, dass du von dem Überfall erfährst. Dass er verletzt wurde. Dass du dir Sorgen um ihn machst. Ich habe versucht, ihn umzustimmen, aber gegen ihn bin ich noch nie angekommen. Erst als er gestern Nacht ...«

»Du warst nachts bei ihm?« Die Eifersucht schnürt mir beinahe die Kehle zu.

»Du brauchst dir keine Sorgen zu machen«, sagt sie fast spöttisch. »Er liebt dich. Und nur dich. Er hat mich gebeten, meinen Onkel beim FBI dazu zu bringen, etwas über die Täter, die ihn angegriffen haben, herauszufinden, ohne dass er dafür zur Polizei gehen müsste. Sylvian würden sonst zu viele Fragen gestellt werden. Also ist es auf diesem Wege besser. Aber ... als ich zu ihm kam, war er sehr schwach und ich bin geblieben, um mich um ihn zu kümmern. Ja, verurteile mich dafür, wenn du willst. Ich habe einfach versucht, eine Freundin zu sein.«

»Weil du ihn noch immer liebst«, murmle ich.

Sie zuckt mit den Achseln. Aber es stimmt. Sie hat es ihm eben nicht ohne Grund an den Kopf geworfen. »Spielt das eine Rolle, was *ich* fühle?«

»Ja, tut es. Mir sind deine Gefühle wichtig, Harper.«

»Ja? Deswegen hast du ihn auch gevögelt, obwohl du dachtest, ich wäre mit ihm zusammen?«

Ich beiße mir auf die Unterlippe.

Sie zieht die Nase hoch und schüttelt den Kopf, als wolle sie meine Antwort dazu gar nicht hören. »Gestern Abend schlief Sylvian, als ich kam, und er hat im Schlaf geredet ... Er meinte, er müsse sich ... er müsse sterben, um ... dich zu retten. Etwas in der Art. Ich habe es nicht mehr ausgehalten, dabei nur zuzusehen. Wenn ihm jemand helfen kann, dann du. Ich habe das Gefühl, er hätte seinen Lebenswillen verloren. Und ich weiß, dass er ein Arschloch ist und dass er dich verletzt hat. Und mich. Uns alle! Aber trotzdem ...« Sie schüttelt den Kopf und greift zum Türknauf. »Sprich mit ihm, bitte, ja?«

»Willst du jetzt einfach gehen?«, frage ich sie fassungslos.

»Was soll ich noch sagen?«

»Du kannst mir erklären, wie du es aushältst, einen alten Kerl zu ficken, statt einfach mir gegenüber ehrlich zu sein, deiner Freundin, die bestimmt eine Lösung für deine ganze Misere gefunden hätte!«

»Hättest du nicht!«, schreit sie verzweifelt. »Rodney ist gut zu mir! Er ist nicht wie die anderen Idioten auf diesem Campus. Er hat sein Leben schon gelebt und er will kein Drama oder Lügerei, und wieso darf ich nicht mit einem Mann schlafen, der mein Vater sein könnte, aber du mit drei Typen gleichzeitig?!«

»Und er ist sehr reich«, vermute ich abfällig. »Ein richtiger Sugardaddy, der für dich da sein wird, wenn dein Vater dich rauswirft, weil du statt zu studieren lieber Sylvians Drogen genommen hast.«

Sie hebt die Schultern. »Nicht alle Menschen sind so selbstlos wie du und möchten gerne arm sein.«

»Ich will nicht arm sein«, presse ich hervor. Fieses Miststück.

»Ich auch nicht!«, schreit sie.

Wir stehen voreinander wie aufgescheuchte Furien und ich bin dankbar dafür. Dieses offene Gespräch war so bitter nötig. Endlich ist dieses unterschwellige Gefühl, ich dürfe Harper nicht vertrauen, bestätigt worden. Aber wenigstens war nicht alles fake. Sie ist nicht durch und durch verlogen.

»Keine Ahnung, wie Tyrell reagieren wird, wenn du mit seinem Sohn bei der Gala auftauchst«, sagt sie schließlich trocken. »Vermutlich platzt unser Deal und er wird meinem Vater alles erzählen. Aber das ist natürlich nicht dein Problem. Dein Problem ist, dass Jaxon nicht zulassen wird, dass du zum dritten Semester zurückkommst. Er hat eine zweite Spielrunde eingeläutet und diese läuft noch. Er plant etwas. *Jeder* auf dem Campus kann es dir sagen. Und dass du dich für ihn entschieden hast, macht es nur noch schwerer, weil Reece zurecht pissed ist und dir nicht helfen wird. Und Romeo ist vielleicht manchmal ganz lustig, aber er wird *niemals* etwas tun, das sich gegen Jaxon richtet. Aber es ist deine Entscheidung, Mable. Tu, was du nicht lassen kannst.« Sie hängt sich ihre Tasche um, zögert einen letzten Moment, dann rauscht sie an mir vorbei und lässt mich mit all den schweren Wahrheiten zurück.

Allein.

Ich bin wie am Ende des letzten Semesters vollkommen allein.

Wie soll ich es dieses Mal schaffen, mich zu behaupten?

VIER

SYLVIAN

Für mehrere Stunden zu glauben, man würde sterben, fickt einen.

Ich bin ordentlich gefickt worden. Von mir selbst und von diesem Gedanken.

Mein verdammtes Leben hat sich immer nur von Pech zu noch mehr Pech gewälzt. Da liege ich, in einem Bett aus Gold, unter Decken aus Federn und gehöre so wenig an diesen Ort wie die Drogen, die in meinen Schubfächern lagern.

Noch mehr Stunden allein gelassen zu werden und nichts tun zu können, als dazuliegen und sein Leben zu überdenken, fickt einen einmal mehr.

Mir war nie bewusst, wie schnell es durch einen bescheuerten Zufall wie der mit Irene vorbei sein kann. Ich habe sie im Wald eingeholt, sie hat ihr Messer in Notwehr gezückt, hätte mich vielleicht töten können. Stattdessen hat sie mir eine Bauchwunde zugefügt, die mich zwar für einige Tage ans Bett fesseln, aber die bis auf eine Narbe keinen weiteren Schaden zurücklassen wird.

Nur sind allein diese Stunden, in denen ich einfach nur daliegen muss, schon eine Qual für sich.

Ungeduldig greife ich nach meinem Handy und rufe Harper an, als ich glaube, dass genug Zeit verstrichen ist.

»Und?«, frage ich sie. »Habt ihr gesprochen?«

Sie hört sich abwesend an, als sie antwortet. »Ja. Ich bin auf dem Weg in mein Apartment.«

»Was hast du ihr gesagt?«, hake ich nach.

»Ich habe ihr alles gesagt«, erwidert sie tonlos. »Auch die Dinge, die ich dir nicht erzählt habe. Vermutlich der Grund, weshalb du überhaupt nett zu mir warst. Weil du herausfinden wolltest, warum ich Mables Freundin sein wollte.«

Mein Kiefer verspannt und ich versuche, sie nicht wissen zu lassen, wie recht sie hat. Ich habe nur ihre Nähe gesucht, damit sie mir endlich ihr verdammtes Geheimnis verrät. Ausgerechnet von Harper Mitchell durchschaut zu werden, war nicht mein Ziel. »Wieso warst du ihre Freundin?«

»Das geht dich nichts an, Sylvian. Du hast für mich gelogen, ich habe für dich gelogen. Dann haben wir Mable beide die Wahrheit gesagt. Wir sind quitt.«

Dass Harper sich mir nicht anvertrauen will, nervt mich. Was zur Hölle ist so schlimm, dass sie es nicht einmal mir erzählt? »Wir sind quitt«, entgegne ich tonlos. »Aber ich habe nie für dich gelogen, Harper. Und du nicht für mich. Jeder hat für sich die Wahrheit verschwiegen.«

»Wie auch immer. Ich wünschte jedenfalls, ich wäre dir nie begegnet, Sylvian.«

Ich lache rau. Mir ist klar, dass sie sich das wünscht. Weil sie nicht von mir loskommt. Ich habe mich wie Gift in ihr Gehirn gesetzt und werde dort mein Leben lang für einen Vergleich sorgen.

Jeder Typ, der nach mir kommt, wird mit mir verglichen, und kein einziger wird ihr genug sein.

Dieses Gift, das ich Mable nicht in den Kopf setzen will.

Ich will nicht, dass sie mich auf toxische Weise liebt. Ich will ganz sein. Echt. Ich will *sie*, nicht ein Mädchen, das nicht mehr von mir loskommt, weil es ohne mich nicht glücklich sein kann.

Mable kann das. Mable liebt zwar, wie ich zu ihr bin, aber sie schafft es auch, unabhängig zu bleiben. Diese Stärke habe ich gesucht.

Und ich habe sie gefunden.

»Brauchst du sonst noch etwas?«, fragt Harper ins Telefon.

»Nein«, antworte ich und lege auf. Damit signalisiere ich, dass sie verdammt noch mal fernbleiben kann. Sie mochte es, dass sie die letzte Woche über Krankenschwester spielen durfte. Aber jetzt ist das vorbei. Nichts, nichts hat geholfen. Ich habe das ganze Studienjahr über kein Wort aus ihr herausbekommen. Nicht einmal jetzt will sie mit mir über ihr Scheißgeheimnis sprechen.

Ich liege mit nackter Brust in meinem Bett, die Wunde an meinem Bauch wird von einem Verband verdeckt. Den einen Arm kann ich wieder ohne Schmerzen bewegen. Wenn nicht jedes Husten dafür sorgen würde, dass meine rechte Seite sich geteilt anfühlt, hätte ich längst mehrere Schachteln Zigaretten aufgeraucht. Aber ich muss alles vermeiden, was meine Lungen verstopft.

Harper war die letzten Tage oft hier. Immer wieder sind ihre Augen über meinen nackten Oberkörper geglitten und das Arschloch in mir hat es genossen, dass sie sich heimlich nach mir sehnt. Natürlich hat sie ihre jämmerliche Affäre Rodney, aber mich wird sie immer lieben. Sie für all die Lügen bestrafen zu können, mit denen sie Mable von Beginn an eingelullt hat, gefiel mir. Harper war nie *nur* ihre Freundin. Vielleicht wollte sie nie Mables Freundin sein.

Sie hatte einen Grund.

Und ich wusste es.

Ich wusste es die ganze Zeit.

Aber was zur Hölle steckt wirklich dahinter?

Als sich meine Tür öffnet, sind Harper und ihre Geheimniskrämerei plötzlich wie weggewischt. Mable steht für einen Moment in der Tür, nicht sicher, ob sie hereinkommen soll, und tritt schließlich auf mein Bett zu.

Sie trägt ihre schlichte Kleidung. Eine Jeans, ein graues Sweatshirt, an ihren Handgelenken ein paar silberne Kettchen. In ihren braunen Augen finde ich Leere. Was auch immer Harper ihr offenbart hat, es hat sie mitgenommen.

»Ich habe sie nicht angerührt, Baby«, stelle ich klar. Dass Harpers Kleidung in meinem Zimmer herumliegt, nervt mich. Aber mir ging es die letzten Tage zu schlecht, um sie daran zu hindern, mehr oder weniger hier einzuziehen. Alles, was ich wollte, war, dass sie sich mir offenbart. Und ich hatte gehofft, sie würde es spätestens dann tun, wenn ich dem Tod knapp entkommen bin. »Noch nie, seitdem du nach Kingston gekommen bist.«

Ganz leicht verzieht Mable einen Mundwinkel, was mich die Stirn runzeln lässt. »Weißt du, was sie mir erzählt hat?«

Ich wünschte, sie würde näherkommen. Zwar habe ich nicht gewollt, dass sie mich so sieht, aber jetzt ist sie hier. Jetzt brauche ich ihre Nähe. »Nein. Du musst es mir nicht sagen«, lüge ich. *Ich werde es schon noch aus dir herausbekommen, Baby. Aber nicht heute. Nicht jetzt. Ich lasse dir etwas Zeit, zu glauben, du könntest deine Geheimnisse behalten.*

»Sie meinte, du hättest im Schlaf davon gesprochen, dass du dir selbst etwas antun willst, um mich vor dir zu beschützen.«

Mein Oberkörper verspannt sich und meine Wunde pocht schmerzhaft. »Wie bitte? Wann will sie das gehört haben?«

»Gestern Abend. Als du geschlafen hast und sie hier war. Weißt du, was mich daran am meisten erschreckt? Dass ich so etwas wie ... Erleichterung gefühlt habe. Die Vorstellung, dass du nicht mehr bist und mein Leben dadurch um einiges einfacher wird, ist ... erleichternd.«

Nein, das sagst du gerade nicht wirklich. »Baby«, raune ich.

»Hör auf!« Verzweiflung taucht in ihrem Blick auf. »Es ist die Wahrheit, Sylvian! Es gab Momente, in denen ich mir gewünscht habe, dass du ... dass du einfach nicht mehr bist.«

»Bist du jetzt hier, um mich zu töten?«, frage ich zynisch.

Sie tritt auf mich zu. »Nein«, raunt sie. Mir entgeht nicht, dass sie am ganzen Körper zittert. »Du weißt, dass ich das niemals könnte, Sy. Eben genau das ist das Problem.«

Ich lache rau. »Gib mir deine Hand.« Als sie sich nicht bewegt, beuge ich mich unter Schmerzen in meiner Leiste vor und umfasse ihr Handgelenk. »Ich habe gedacht, dass ich sterben werde. Für ein paar quälende

Stunden. Und mir ist klar geworden, dass meine Fehler fast unverzeihlich sind. Aber ich will, dass du weißt, dass ich … dich nur anzusehen brauche. Ich brauche dich nur anzusehen und ich vergesse alles um mich herum. Ich könnte ewig dasitzen und dich ansehen. Ob du nur lernst oder isst oder kellnerst oder von irgendjemandem gefickt wirst. Wenn ich dein Schatten wäre und nie Teil deines Lebens, es wäre zwar quälend, aber ich würde es akzeptieren, solange ich dich nur ansehen kann. Ich wünschte, ich könnte die Zeit zurückdrehen.« Meine Stimme bricht und ihre Wangen werden fahl auf meine Worte hin. »Jedes einzelne Mal, als ich dir wehgetan habe, würde ich gerne vergessen. Ich spüre das, was ich dir antue, zehnmal mehr in mir selbst. Es ist die Art, wie ich existiere. Ich existiere über den Schmerz. Auch ich habe gedacht, dass ich lieber sterben würde, um dich nicht weiter verletzen zu können. Ich fürchte zwar, ich würde selbst dann überleben, wenn man mich von einer verdammten Klippe stößt. Aber der Gedanke, dich nicht mehr verletzen zu können, ist mir wirklich sympathisch.« Ich lächle sie freudlos an. *Bitte, versteh mich, Baby. Ich hasse mich mehr, als du mich jemals hassen könntest. Und ich werde mich ändern. Ich werde dir versprechen, mich zu ändern.*

Ich werde dich beschützen.

Vor meinen Dämonen und denen der Kings.

Mables Gesicht ist eine Maske. Eine starre Maske ohne jede Emotion. »Warum erklärst du mir das alles? Wieso soll ich dir überhaupt glauben? Du hast mich so oft angelogen …«

»Ich bin der Einzige, der dich belogen hat, um dich zu beschützen!«, knurre ich. »Nicht, um dich einzulullen. Ich habe aus anderen, aus *guten* Gründen gelogen und ich wusste die ganze Zeit, was ich tue. Klar, die Zwillinge versuchen, ihre Identität zu verschleiern, deswegen lügen sie manchmal ebenfalls aus gutem Grund. Romeo ist wie Jaxon, wenn er lügt: Es steckt immer Wahrheit in seinen Worten, auch wenn er einen Teil der Wahrheit weglässt. Aber Reece und Jaxon im Speziellen sind sich nicht einmal *bewusst*, was sie tun. Vielleicht glauben sie sogar in irgendeinem kranken Teil ihres Gehirns, sie wären gut für dich. Ich wette sogar mit dir, dass zumindest Jaxon ... Sympathien für dich hat. Und Reece sieht in dir vielleicht eine Person, mit der zusammen er seine Zwillings-Spleens ausleben kann. Aber du bist ihnen *nicht wichtiger* als ihr Ziel. Und Zayn? Ich ... weiß, du magst ihn, aber Zayn ist ein Psychopath. Das Einzige, was ihn im Zaum hält, ist die Angst, wieder von seinem Bruder getrennt zu werden. Ansonsten hätte er längst einen Amoklauf gestartet, weil er die meisten Menschen gerne mit Kugeln durchbohrt am Boden liegen sieht. *Das ist keine Lüge, Baby.* Genau das ist die *bittere, hässliche Wahrheit.*«

»Ich bin mit Jaxon zusammen. Und das werde ich auch bleiben.« Als sie versucht, mir ihre Hand zu entziehen, halte ich sie umso fester.

Dummes Mädchen. Du glaubst, Jaxon würde dich jemals mehr lieben als das Verfolgen seiner Ziele?

»Ich weiß, dass du mich gewählt hättest«, raune ich, »hätte ich dich nicht darum gebeten, das Jaxon nicht anzutun. Dabei ging es mir nie um Jaxon. Ich wollte nur dafür sorgen, dass du *mich* nicht nimmst. Weil ich dumm war. Ich habe alles Gute in mir verleugnet, weil ich Schiss davor bekommen habe, dass ich so werde wie ...

mein Vater. Ich weiß aber mittlerweile, dass das *niemals* geschehen wird. Also vergiss deine jämmerliche Entscheidung. Ich war von Anfang an deine einzige Wahl.«

Plötzlich lächelt sie zynisch. Die Art, wie sie mich betrachtet, weckt meinen Zorn. *Du hast mich gefälligst nicht auf diese Weise anzusehen, wenn ich wie ein Krüppel vor dir liege, Baby.* »Ich habe Jaxons Namen nicht gesagt, weil irgendwer mich dazu gebracht hat. *Ihn will ich wirklich.*«

Gott, deine Lügen sind so schlecht. Ist es das, was ich aus dir gemacht habe? Bin ich daran schuld?

»Zwischen dir und mir war hingegen nie mehr als heißer, dunkler Sex«, führt sie aus. *Wie viel davon muss ich mir noch anhören, Baby?!* »Zwischen Jaxon und mir ist immer dieser ... Moment, der mich wissen lässt, dass er bei allem nur so tut, als wäre er ein Fiesling. Aber er hat nie meine einzige Freundin gevögelt!«

Fuck. Weck nicht das Monster in mir. »Jaxon hat dich verdammt noch mal von *Vance* entführen lassen«, erkläre ich ihr, als wäre sie zu dumm, um sich daran zu erinnern, »damit Clarisse glaubt, er würde zu ihr halten. Du wurdest *gefoltert* seinetwegen. *Er hat das riskiert!*«

»Und ich habe das nicht vergessen«, erwidert sie nüchtern. »Aber ich liebe ihn trotzdem. Er hat Gefühle, zu denen er immer noch nicht ganz stehen kann. Du hingegen verdienst meine gesamte Verachtung, Sylvian.«

Das tue ich. Diese Worte aus deinem Mund sind die Schmerzen, die ich dir zugefügt habe. Harper muss dich ganz schön gefickt haben, dass du ausgerechnet jetzt zu mir kommst und mir all diese Scheiße vor die Füße bettest.

Mable spricht unbeirrt weiter. »Ich will, dass du

weißt, dass ich mich von dir vögeln lasse, weil ich auf dich höre und mir nehme, was ich will. Aus keinem anderen Grund. Und ich werde Jaxon davon erzählen, was in der Kapelle geschehen ist, und dann wird er hoffentlich dafür sorgen, dass du dich für immer von mir fernhältst!«

Ich versuche, nicht zu lachen. Soll sie selbst herausfinden, wie Jaxon darüber denkt, dass ich sie in der Kapelle gefickt habe. »Du willst mit Jaxon zusammenbleiben? Wie fucking naiv bist du? Glaubst du auch nur eine Sekunde, er würde irgendetwas ernst meinen von dem, was er tut?«

Sie lacht kalt und wenn ich mich einfacher bewegen könnte, würde ich sie würgen, damit sie wieder klar wird. »Du meinst, ob es zwischen Jaxon und mir etwas gibt, das es zwischen dir und mir nicht gibt? Definitiv. Er kam noch nicht dazu, diesen Funken zu zerstören. Wäre das hier alles ein dämlicher Zug auf einem Gleis mit einer Weiche, würde ich die Lok definitiv in deine Richtung schicken. Für das, was du mir und auch Harper angetan hast, würde ich dich am liebsten *tot* sehen. Ist es nicht das, was du willst? Dass ich dich am meisten von allen verabscheue?«

Nichts von dem meinst du ernst, Baby. »Was hat Harper dir erzählt, dass du plötzlich so hässlich bist?«

»Ich? Hässlich?«, fragt sie und entreißt mir endgültig ihre Hand. »Es geht nicht um Harper. Ich bin hier, um dir klarzumachen, dass ich mir wünschen würde, du wärst kein Teil mehr von meinem Leben, weil du mir *so sehr wehgetan* hast. Weil du eine einzige Qual für mich bist. Ich habe *Harper* betrogen, weil du mich manipuliert hast. Du hast die *hässliche* Seite in mir erst geweckt! Und ich will das nicht mehr! Ich will mich nicht mehr weiter in diese Mable verwandeln, die ich nie sein wollte, nur um dein toxisches Hin und Her irgendwie auszuhalten!«

Scheiße. Diese Situation entgleitet mir.

»Bitte, Baby, ich weiß, dass ich deinen Hass verdiene. Alles, was du sagst, stimmt. Ich bin zu schwach. Ich brauche deine Nähe zu sehr. Ich denke jeden Tag an unseren Sex im Wald zurück. Die Erinnerung ist mein Feuer. Mein Antrieb. Noch nie war ich einem Menschen so ... ungefiltert nah. Seelisch *und* ... körperlich. Es war nicht richtig, dich von mir zu stoßen.« *Scheiße, sage ich ihr das gerade wirklich?*

»Doch«, sagt sie stimmlos, Tränen schimmern in ihren Augen. »Es war richtig. Wir sollten einen Weg finden, bei dem wir es schaffen, uns voneinander fernzuhalten. Ich werde mit Jaxon zusammen sein. Und du ... und du mit ...«

Ich schüttle den Kopf. *Wag es nicht.*

»Mit Harper. Ich kann dir mit nichts drohen, das weiß ich.« Sie sieht mittlerweile aus, als wäre sie kurz davor, sich zu erhängen. Bleich und schwach. Ein Windhauch würde reichen, um sie umzustoßen. »Du bist nicht erpressbar, Sylvian. Ich kann dir nichts von dem zurückgeben, was ich deinetwegen durchmachen musste. Du bist mächtiger, als ich es je sein werde. Aber wenn irgendetwas von deinen Worten wahr gewesen ist. Wenn du wirklich etwas für mich empfindest, dann willst du bestimmt, dass ich mehr in dir sehe als einen Mann, von dem ich mir wünschen würde, dass er tot ist, oder?«

Meine linke Hand hat sich unter der Decke zur Faust geballt.

»Wenn du willst, dass ich dir verzeihe, beweis mir, dass du es wirklich ernst meinst.«

»Ich meine es ernst«, knurre ich. »Ich habe dir all meine Beweggründe genannt.«

»Oh, hast du etwa gedacht, dass du mir nur offenbaren müsstest, warum du das alles getan hast? Damit ich dir in die Arme falle? Glaubst du, ich bin wirklich *so* armselig? Genauso *armselig* wie du? Dass dich überhaupt jemand mag, dass Jaxon dich an seiner Seite duldet, das ist ein echtes Wunder.«

»Du ähnelst Jaxon gerade mehr, als du es vermutlich willst.«

»Nein!«, zischt sie. Ich sehe all den Schmerz in ihrem Blick, all das Grauen, das ich über sie gebracht habe und ich wünschte, sie würde begreifen, wie sehr es mich selbst quält. »Jaxon ist im Gegensatz zu mir nicht *schwach.* Ich habe mir absolut fest vorgenommen, dir nie wieder zu vertrauen, also werde ich es nicht tun. Ich werde dir auch nicht glauben. Du manipulierst mich genauso wie Harper und alle anderen Frauen.«

»Harper ist *dumm*«, werfe ich ein. »Sie ist nicht klug. Sie ist es gewöhnt, zu bekommen, was sie will, und kann es nicht ertragen, wenn es anders ist. Sie ahnte unterbewusst die ganze Zeit, was ich für dich empfinde, aber sie hat mir trotzdem all meine Lügen geglaubt, weil es praktischer für sie war. Sie brauchte mich, um ihre Affäre zu decken, also hat sie es zugelassen. Sie hat dich in dem Glauben gelassen, wir würden ficken. Selbst nach Spring Break hat sie es nicht geschafft, dir zu sagen, dass du sie nie betrogen hast. Sie hat geflissentlich ignoriert, wie sehr dich das Ganze innerlich zerfetzt. Sie ist nicht deine Freundin, Mable. Auch wenn ich weiß, dass du sie magst.«

»Aber *ich* habe sie betrogen!«, hält sie hilflos dagegen.

»Zu Recht!«, herrsche ich sie an. Sie zuckt zusammen. »Ich *verstehe*, warum sie tat, was sie tat, und bin mir sicher, dass sie dich auch mag. Aber ein Mensch kann sich in wenigen Wochen nicht so zum Besseren wandeln, wie Harper es angeblich getan haben will. Sie war gerne die Königin an Clarisse' Seite. Sie war gerne ein bösartiger, schlechter, andere ausgrenzender Mensch. Sie trägt mindestens genauso viel Schlechtes in sich wie jeder in der Elite. Deswegen ist nur ein kleiner Teil in ihr deine Freundin, der restliche Teil ist hässlicher Egoismus. Vergleich dich nicht mit ihr. Das bist du nicht. Du bist nicht diese kalte, verletzende Person.«

»Offensichtlich bin ich das doch!«

»Es ist nur das, was wir aus dir gemacht haben. Genau davor hatte ich Angst.«

Mable atmet tief und bebend ein. Ihre Wangen glänzen mittlerweile wegen der vielen Tränen. »Harper liebt dich«, flüstert sie. »Beweis mir, dass du gut zu einem Menschen sein kannst. Sei zu ihr gut. Bewahre sie davor, diese furchtbare Affäre weiter am Leben zu halten. Sei für sie da, wenn ihr Vater sie vor die Tür setzt, falls es dazu kommen sollte. Du kannst doch so gut lügen, oder? Es wird dir leichtfallen, sie glauben zu lassen, dass du sie wirklich und wahrhaftig gern hast. *Sei ihr Freund.* Und vielleicht ... vielleicht kann ich dann jemals mehr in dir sehen als das Monster, das du bist. Und wir können auch Freunde sein.«

Ich schnaube.

»Harper ... Harper hat Fehler und ich sollte ihr nicht verzeihen, aber ich weiß, dass sie etwas Gutes in sich trägt. Sie verdient ihr Glück. Und wenn es dafür *dich* braucht, dann kannst du beweisen, wie sehr ich mich in dir getäuscht habe. Sei gut zu ihr.«

»Was ist mit meinem Glück?«, frage ich kühl.

Ihre Lippen verziehen sich zu einer abstoßenden Fratze. »Das liegt begraben im Wald, als du mich gevögelt hast. Wir hätten zusammenkommen können, aber du hast dich nicht getraut, den Weg dieses ›Glücks‹ zu gehen. Du verdienst kein Glück.«

»Scheiße. Du brauchst diese Show nicht vor mir abzuziehen, Baby.«

»Dann sag mir, wie ich mich sonst davor schützen soll!«, ruft sie aufgelöst. »Sag mir, was ich tun kann, damit ich aufhöre, deinetwegen zu weinen! Mir gleichermaßen zu wünschen, du wärst tot und würdest doch nie wieder von meiner Seite weichen! Sag mir, wie ich damit umgehen soll! Du hättest einfach nur da sein müssen! Als die anderen Kings mich am Boden sitzen ließen, im Crowns, als ich eure verdammten Getränke aufgewischt habe! Du hättest aufstehen und mich retten können, aber du hast es nicht getan! Ich bin lieber mit Jaxon zusammen. Mit ihm fliege ich gar nicht erst so hoch, dass ich tief fallen könnte. Ihm begegne ich von Anfang an auf Augenhöhe. Das ist es ... was ich will.«

Mein Kiefer hat sich vollkommen verspannt, und der Zorn über ihre dämlichen Worte hat mich so sehr im Griff, dass ich es nicht schaffe, ihn in Worte zu fassen. Sie hat mein Zimmer verlassen, bevor ich etwas entgegnen kann.

Im ersten Moment gewinnt das Tier in mir. Ich will Mable hassen für ihre Dreistigkeit, von mir etwas Derartiges zu verlangen. Aber dann verstehe ich, dass sie nur versucht, sich vor mir zu schützen. Und vielleicht ... ist das genau der richtige Weg. Vielleicht ist es die Strafe, die ich verdiene.

Wenn ich sterbe, worauf blicke ich dann zurück?

Nein.

Das Gute in mir ist das Einzige, das mir mehr gibt als Selbsthass. Und ich werde es gewinnen lassen. Ich werde es siegen lassen. Während ich Jaxon eine Nachricht schicke, kommt alles in mir hoch, was ich einmal war.

Ich war wie er und noch einmal schlimmer. Ich bin gebrochen und noch verlorener.

Jaxon war mein Freund, glaubte ich.

Aber eigentlich hat er seit vier Jahren dafür gesorgt, dass ich mich selbst verliere. Dass ich die schlechteste Seite in mir die Macht übernehmen lasse.

Du hast diese Runde gewonnen, Tyrell.

Er antwortet sofort.

Nein. Ich habe nur gewartet, bis du verlierst. Wir sehen uns nächste Woche bei meinem Kolloquium. Werd bis dahin wieder gesund, mein Freund. Denn das werden wir immer sein. Freunde.
Ob du willst oder nicht.

SYLVIAN

Ich habe Frauen an mich herangelassen, um sie tief und unwiderruflich zu zerstören. Ich bin nicht nur armselig, ich bin kaputt. Alles in mir ist einfach nur schwarz. Woher soll ich wissen, ob das, was ich empfinde, überhaupt fucking Liebe ist? Es könnte genauso gut nichts als Begierde sein. Eine Begierde, die so tief geht, dass ich seit Monaten kaum normal atmen kann. Die mich jede einzelne Sekunde fast zerrissen hat. Wenn ich einerseits zugesehen habe, wie dich die anderen ficken, und genossen habe, wie sehr es dir gefällt, und wie ich andererseits beobachtet habe, wie sie ihr verdammtes Spiel mit dir treiben. Immer und immer wieder all die Lügen, all die Unwahrheiten, all die kranke Show. Ich habe zugesehen. Ich habe es zugelassen. Ich verstehe, warum du fühlst, was du fühlst. Warum du glaubst, es wäre leichter für dich, wenn ich nicht mehr bin. Weil ich als Einziger eigentlich nichts Schlechtes für dich will und dir dennoch das Schlimmste antue.

FÜNF

MABLE

Stark sein. Das ist alles, was ich die nächsten Tage denke. *Sei stark. Du hast die Wahrheit über Sylvian und Harper erfahren. Das ist okay.* Damit werde ich fertig.

Jaxon tut nach wie vor so, als würde ihm sein Studium jede Sekunde Lebenszeit abverlangen.

Auch das ist okay.

Denn ich werde mich auf mein Studium konzentrieren. Dieses Vorhaben klappt sogar. Über den Campus hat sich eine bedeutsame Lerneifrigkeit gelegt. Es gibt kaum jemanden, der nicht in seine Lektionen vertieft ist. Das kommt mir zugute, denn ich werde ignoriert.

Trotzdem will mich das Schicksal nicht verschonen. Eine Woche später stoße ich beim Hinausgehen aus der Philosophievorlesung prompt mit Reece zusammen.

»Hoppla«, sagt er überrascht und umfasst meine beiden Oberarme, weil ich fast von ihm umgestoßen worden wäre. Seine blauen Augen sind matt, aber sein Strahlen scheint echt. »Du bist noch hier?«

»Willst du zu Goldmans Vorlesung? Du bist ein bisschen zu spät, oder?«, scherze ich, als wir mitten in der

Tür stehenbleiben und den Weg für die restlichen Studenten einengen. Es ist erst das zweite Mal, dass Reece in der Öffentlichkeit auf dem Campus mit mir spricht, als würden wir uns mehr als nur flüchtig kennen. Ich kann förmlich spüren, wie mir die Studentinnen um uns herum giftige Blicke zuwerfen, und will am liebsten sofort verschwinden. Nicht, weil ich vor dem Neid Angst habe. Vielmehr will ich nicht mit Reece darüber sprechen, dass ich mich für Jaxon entschieden habe. Ich will nicht wissen, dass ich ihn damit verletzt habe – und noch viel weniger will ich in Erfahrung bringen, dass es ihm egal ist. Dass alles wirklich nur ein jämmerliches weiteres Spiel war.

»Bist du auf der Flucht?«, fragt Reece lachend, als er meinen schielenden Blick an ihm vorbei bemerkt, und manövriert uns zurück in den Philosophie-Hörsaal, sodass die Leute an uns vorbeigehen können. Sie starren uns an. Die ›hässliche, unfickbare Schlampe aus dem Trailerpark‹ spricht mit Reece Crescent. Einige halten mich nach wie vor für einen ›Star‹, aber der Neid wird immer überwiegen.

»Es ist nur ungewohnt …« Ich beiße mir auf die Zunge. »Es ist ungewohnt, mit dir auf dem Campus zu sprechen.«

»Du hast recht. Wir sollten das öfter tun«, bietet er schief lächelnd an und ich erschaudere. Ich habe ihn seit der Nacht im Poolhaus nicht mehr gesehen. Wie steht er zu meiner Entscheidung? Soll ich sein Angebot als freundschaftliche Geste sehen? Oder steckt mehr dahinter?

»Klar, können wir tun.«

Er lacht Reece-like und schüttelt den Kopf, als würde ich ihn amüsieren.

»Mr. Crescent.« Goldman steht noch immer hinter dem Pult und sieht auf. »Warum mussten wir die letzten Vorlesungen auf Ihre bereichernde Anwesenheit verzichten?«

»Professor Goldman.« Reece geht mit einem freundlichen Lächeln auf ihn zu und reicht ihm eine Mappe. »Wir benötigen nur die Bestätigung unserer Anwesenheit für das Semester. Dass wir die letzten Male verhindert waren, tut uns leid.«

»Sie in Mehrzahl?«, fragt Goldman skeptisch. »Sind Sie nun Tyrells Botenjunge?«

Reece zuckt lässig mit den Achseln. »Ist das ein Problem?«

»Nein, natürlich nicht. Ich wundere mich nur immer wieder, dass er der lächerlichen Bezeichnung eines ›Kings‹ tatsächlich gerecht zu werden scheint. Ich gebe die Bescheinigungen direkt ins Direktorat.« Er steckt die Mappe ein und schultert seine Tasche. Da ich bei der Tür stehen geblieben bin, zwinkert er mir zu, bevor er den Raum verlässt. »Lenken Sie meine beste Studentin nicht zu lange ab, Crescent.«

Er lässt die Tür hinter sich zufallen und wir sind allein.

»Beste Studentin, soso.« Reece lehnt sich mit verschränkten Armen an die Wand neben der Eingangstür und mustert mich interessiert. »Und? Interessiert dich Goldmans zähes Gerede oder sind die Hausarbeiten einfach so leicht, dass man automatisch gute Noten bekommt?«, fragt er im Plauderton und wirft einen Blick Richtung Tafel. »Ich musste ja zum Glück nur anwesend sein für meine Credits.«

»Total zäh«, bestätige ich ihn, ohne es so zu meinen. »Möchtest du jetzt Small Talk machen oder können wir einfach Hallo und Tschüss sagen und so?«

Das Blau in Reece' Augen tanzt belustigt. »Lass uns Small Talk machen.«

Meine Handinnenflächen werden schwitzig. Jetzt, da er vor mir steht, kommt alles, was Zayn an seiner Stelle gesagt hat, wieder in mir hoch. Es ist, als könne mein Kopf das Geschehene nicht auseinanderhalten. Obwohl ich *weiß*, dass es Zayn war, der mir in Reece-Marnier vorgelogen hat, er würde nichts für mich empfinden, habe ich das Gefühl, der Reece, der vor mir steht, denkt genauso.

»Ich bin nicht der Typ für Small Talk«, weiche ich aus. *Feigling! Frag ihn einfach direkt, was das alles sollte!* »Wir sehen uns ja bei der Gala ...« Ich will an ihm vorbeigehen, aber er stellt sich mir in den Weg.

Seine Schönheit wirkt streng und ich fürchte mich davor, herauszufinden, was sich nach meiner Entscheidung zwischen uns verändert hat.

»Ich habe mitbekommen, dass du Jaxon zur Graduation Gala begleiten wirst. Das freut mich für dich.«

»Wirklich?«, frage ich misstrauisch.

Er wirkt offen und nett. »Absolut. Er ist gerade vielleicht etwas beschäftigt, aber ich denke, du wirst spätestens an dem Abend merken, dass er es nur gut mit dir meint.«

Ich hebe beide Brauen. »Sylvian und Harper haben mir etwas ganz anderes erzählt.«

»Sylvian sieht immer schwarz. Und Harper hat keine Ahnung.« Reece lächelt mich freundlich an. Zwanghaft versuche ich nicht an den Sex zu denken, den ich zuletzt mit seinem Bruder erlebt habe. Die beiden sehen einfach zu gleich aus, als dass mein Kopf einen Unterschied machen könnte. »Ich wollte dich fragen, ob es in Ordnung ist, wenn ich mit Clarisse zur Gala gehe.«

»Was?«, keuche ich und hoffe, seine Frage sei ein Scherz.

»Ich denke, es ist ein guter Schachzug. Ich *muss* ein Date wählen, und sie zu begleiten, würde die Wogen glätten. Zwischen dir, ihr und den Kings. Außerdem biete ich meinem Vater damit ein geeignetes Tischgespräch mit Clarisse' Familie. Du weißt ja sicherlich, dass auf die Gala nur ausgewählte Studenten und ihre Familien eingeladen sind. Die eigentliche Abschlussfeier ist bereits am Vormittag.«

»Du willst ... mit Clarisse ...« Ich bekomme nicht mal einen ganzen Satz heraus.

»Hör zu ...« Er tritt vor mich und umschließt sanft meine Oberarme. »Sie hat bekommen, was sie verdient, für das, was sie getan hat. Aber für jemanden wie mich ist sie keine schlechte Partie. Außerdem wird sie dich und Jaxon auf diese Weise in Ruhe lassen. Für uns alle ist das eine Win-Win-Situation, findest du nicht? Ich war die letzten zwei Wochen geschäftlich in New York. JP-Morgan hat mich nach der Verteidigung meiner Thesis eingeladen. Aber das, was Zayn zu dir in meinem Namen meinte ... Nun ja, das war ehrlich gemeint. Es *ist* so, dass ich dich niemals so sehr lieben werde wie Jaxon und Sylvian es tun. Er hat gesagt, was er in meinem Namen sagen sollte. Damit du dich entscheiden kannst und es sich nicht länger verzögert. Es tut mir leid, dass ich dich damit zu verletzen scheine. Aber es spricht wirklich nichts dagegen, dass wir Spaß haben, solange wir ungebunden sind. Ich freue mich für dich.« Seine Augen strahlen. »Wirklich.«

»Lass mich los«, wispere ich.

Ein besorgter Schatten huscht über Reece' Miene und er nimmt Abstand. »Bitte, Mable …«

»Du willst mit *Clarisse* zur Gala gehen? Wirklich, Reece?«

Er zieht die Lippen zusammen. »Ich kann auch eine andere fragen. Mir bedeutet die Begleitung für diesen Abend nicht viel.«

»Okay, bitte tu das.« Ich trete auf die Tür zu, aber er stellt sich mir wieder in den Weg. »Lass mich gehen!«

»Warum ist das plötzlich ein Problem für dich?«, fragt er abschätzig. »Du hast die ganze Zeit mit uns allen gefickt und so getan, als könnten wir … eine Art Fünfecksbeziehung führen. Dass das nicht möglich sein wird, war dir doch hoffentlich klar? Und jetzt, da du dich entschieden hast, bist du sauer auf *mich?*«

»Ich bin enttäuscht, dass du überhaupt darüber nachdenkst, Clarisse zu begleiten, die mich in einem verdammten *Klo* gefoltert hat!«

»Das gehört eben dazu!«, blafft er. »Was glaubst du, was Jaxon alles schon getan oder befohlen hat, was Romeo tat oder tun wollte oder was ich selbst zugelassen habe? Wenn du Jaxon verzeihen kannst, dann früher oder später auch Clarisse. Und ich werde mir sicher nicht wegen ein paar lächerlichen Moralvorstellungen, die sowieso nicht für alle gleich zu gelten scheinen, mein Date ausreden lassen.«

»Warum fragst du dann überhaupt?«

Er blickt wütend auf mich herunter. »Stimmt. Warum frage ich überhaupt? Mit Argumenten scheine ich bei dir nichts zu erreichen. Wir sehen uns auf der Gala, *Dole*.« Er spuckt das Wort anders als sein Bruder. Reece will mich wirklich verletzen. Mit einem abfälligen Ausdruck im Gesicht reißt er die Tür auf und verschwindet, während ich wie vor den Kopf geschlagen zurückbleibe.

Ich brauche noch eine quälende Sekunde, bis mir klar wird, was Reece' Worte zu bedeuten haben. Alles ist wahr. Was Zayn in seinem Namen sagte, war die *Wahrheit*. Das ist es, was ich nicht sehen wollte.

Reece Crescent hat nie etwas für mich empfunden. Sylvian hat recht. Es geht den Kings nur um ihr dämliches Spiel. Reece wollte mich nur gewinnen, um Jaxon eins auszuwischen!

Zorn flammt in mir auf und ich stürme ihm hinterher. Ich will ihn nicht zur Rede stellen. Nicht einmal ohrfeigen. Ich will nur, dass er es mir ins Gesicht sagt. Ich will von *Reece selbst* hören, dass er alles nur tat, weil wir uns noch immer in der zweiten Runde befinden.

Weil es darum ging, wer mich bekommt.

Ich will es von ihm hören und dann von Jaxon.

Und dann werde ich Sylvian auch alles andere glauben müssen, wenn Jaxon und Reece mir Sylvians Geschichte bestätigen.

Ich muss nicht weit gehen, um Reece einzuholen. Er steht mitten im Gang, das Handy am Ohr und regt sich nicht.

Studentinnen laufen an ihm vorbei und werfen ihm verliebte Blicke zu, die er zu ignorieren scheint.

»Und du willst jetzt, dass wir den Sommer über nach New York gehen?«, fragt Reece gerade, als ich an ihn herantrete. »Werde ich vielleicht auch mal gefragt?!« Sein

Rücken verspannt, als er die Antwort aufnimmt. Mit wem spricht er? Wer bittet ihn nicht um seine Meinung? Sein Vater? Jaxon? »Ach, leck mich.« Er legt auf und will weitergehen, doch ich greife schnell nach seinem Arm und halte ihn fest.

Mit niederschmetternder Aggression fährt er herum und starrt mich an. »Ach, du«, sagt er und glättet sofort die Miene. Sein Blick huscht durch den Gang, als würde er nicht wollen, dass jemand mitbekommt, wie sehr ihn das Telefonat aufgewühlt hat. »Was gibt es noch, Mable?«, fragt er lächelnd. Obwohl ich weiß, dass er sich verstellt, ist es schwer, seine Masche zu durchschauen.

»Du bist nicht *er*, oder?« Wenn er Zayn ist, bringe ich ihn um. Sofort. Keine Frage. Ich tue es *sofort*.

»Nein.« Er lacht offen, doch sein Blick ist warnend. Ich soll nicht vor allen Leuten im Gang nach Zayn fragen. »Tut mir leid, dass wir eben gestritten haben. Das wollte ich nicht.«

»Doch, ich glaube schon, dass du das wolltest.« Ich verschränke die Arme vor der Brust. »War alles in diesem Semester ein Spiel, Reece?«

Wieder schweift sein Blick durch den Gang. Wir bekommen mehr und mehr Zuschauer. Es ist wie letztes Semester, als ich Jaxon vor aller Augen angefleht habe, mir Zeit bis zu den Prüfungen zu lassen, um zu beweisen, dass ich das Spiel noch gewinnen kann.

Nur ist dieses Mal alles weitaus komplizierter, undurchschaubarer und ... tiefer.

»Was für ein Spiel?«, fragt er stirnrunzelnd.

»Du. Und Jaxon. Habt ihr um mich gespielt? Um ›meine Entscheidung‹? War es eine Wette? Wie die mit Sylvian, dass er es nicht schaffen wird, sich fernzuhalten?

Gehörte alles, was du getan hast, zur ›zweiten Runde‹? War … es eine Lüge? Jedes nette Wort?«

Reece hebt langsam die Brauen. Ich habe nicht leise gesprochen. Keine Ahnung, wie viele mir zugehört haben, aber es ist mir auch egal. Meine Beziehung zu den Kings wird auf dem Campus sowieso wie eine Art Real Life Soap mitverfolgt. Sollen sie denken und hören und mitbekommen, was sie wollen.

Reece zögert. Seine blauen Augen sehen überall hin, nur nicht in die meinen. »Es ging mir nie darum, dich zu verletzen«, weicht er aus.

»Aber es war ein Spiel. Du hast mit Jaxon gespielt. Um mich.«

Jetzt landet sein Blick doch in meinem und er wird hart und kalt. »Ja. Ja, war es. Jede einzelne Sekunde war Teil des Spiels. Wie wir es dir gesagt haben. Jeder von uns hat es dir gesagt. Aber du wolltest es nicht glauben. Noch was, Mable?«

»Also hast du gegen Jaxon verloren?«

Raunen entsteht im Flur.

Reece presst die Lippen zusammen. »Ja, willst du, dass alle es erfahren, Mable? Oder warum sprichst du es ausgerechnet hier im Gang an?«

»Was erfahren? Dass du ein verdammter Lügner bist? Ja!«

Er lacht kalt und plötzlich ist da ein Teil von Reece Crescent, den ich nie zuvor gesehen habe. Kälte und Hass paart sich mit Arroganz und Überheblichkeit. Ich weiß nicht, ob Zayn jemals so war. Vielmehr kommt es mir so vor, als zeige mir Reece endlich sein wahres Gesicht. »Ich bin ein Lügner, ja.« Er hebt die Stimme, damit jeder ihn hört. »Ich habe dich angelogen, *Dole*. Jeder hier hat dich angelogen. Alle haben dich glauben lassen, *du* hättest gewonnen. Dabei bist du einfach zu *blind* und zu *naiv*, um irgendetwas zu durchschauen, und wirst damit *immer* verlieren. Du bist hier, weil du unserer *aller* Unterhaltung dienst. Du bist eine Spielfigur. Ein süßes Pferdchen, eine geschlagene Dame, was auch immer du willst. Aber du stehst auf einem Spielbrett und wir alle applaudieren, weil es so unfassbar amüsant ist, dich beim Scheitern zu beobachten. Ist es nicht so?« Er ruft die letzten Worte, aber niemand reagiert.

Alle sind still und allmählich füllt sich der gesamte Gang.

»Und was soll das für eine Art von Spiel sein?«, rufe ich noch lauter als er. »Wie könnt ihr mich besonders heiß zum Höhepunkt vögeln? Ist das das Spiel? Welchen Nachteil soll ich genau davon haben? Was daran dient eurem Amüsement? Dass ich *Spaß* im Bett mit den reichsten und attraktivsten Singles Amerikas habe? Ernsthaft, Reece?«

Seine Lippen kräuseln sich vor angespannter Wut.

Wenn überhaupt möglich, ist es noch stiller um uns herum geworden.

Reece sieht noch immer aus wie ein Engel, als er mit stumpfer Abscheu auf mich hinabblickt. Ich kann mir nicht vorstellen, dass ich jemals glaubte, mich für ihn entscheiden zu können. Wenn das hier sein wahres Ich ist, bin ich froh, dass er gegen Jaxon verloren hat. Weil selbst Jaxon nie versucht hat, sein dunkles Selbst *so sehr* zu verschleiern.

»Jeder hier weiß, dass es dir nicht nur um *Spaß* geht, *Dole*«, erklärt er spöttisch. »Sie wissen alle, dass du dich verliebt hast. In jeden einzelnen von uns. Und das, obwohl wir die größten Arschlöcher waren. Wir haben dich ausgehöhlt, dich psychisch gebrochen. Wir haben dich misshandelt. Wir sind deine *größten Peiniger*. Und trotzdem«, er lächelt hässlich-süß, »hast du dein Herz an jeden von uns verloren. An Sylvian, an Jaxon, an mich. Selbst Romeo würdest du nicht von der Bettkante stoßen, nicht wahr? Nicht mal in ihm willst du das sehen, was er wirklich ist. Wir haben dir gesagt, was passieren wird, wenn du zurückkommst. Es wird schlimmer. Und jeder hier *sieht*, wie dein Herz bricht, weil dir klar wird, dass niemand von uns jemals deine jämmerlichen Gefühle erwidern könnte. Niemand von uns kann Abschaum lieben, der sich nur an den Geldern unserer Familien bereichern will.« Es scheint, als wäre er vor mir in die Höhe gewachsen, als er todesstoßähnlich lächelt. »Niemand.«

Seine Lippen weiten sich zu einem Feixen, als von allen Seiten applaudiert wird. Buhrufe und Beleidigungen branden um mich herum auf und ich spüre, wie jemand etwas nach mir wirft.

Dann etwas zweites.

Jeder bewirft mich mit irgendetwas, als wäre das hier eine Steinigung. Ich bleibe einfach stehen und sehe Reece offen an.

Ich glaube ihm kein Wort. Sein verletzter Stolz mag ihn zu all dem hier getrieben haben, aber es war nicht alles eine Lüge. Nicht alles.

»Verschwinde«, knurrt Crescent, aber ich rühre mich nicht. »Was muss noch passieren, damit du endlich erkennst, dass du nie eine Chance hattest?!«, ruft er über die Stimmen der anderen hinweg.

»Du verdienst Clarisse wie kein zweiter«, zische ich

und über sein Gesicht wandert ein derart dunkler Schatten, dass ich mich frage, ob ich ihn ausgerechnet damit getroffen habe.

Als alles mögliche auf mich niederzuprasseln beginnt, werde ich plötzlich seitlich gepackt.

»Einfach mitkommen, Weaver«, raunt Romeo und zieht mich mit sich. Er hebt den Arm und sofort hört jeder auf, seinen Müll nach mir zu werfen. Seine Hand hat sich wie ein Schraubstock um meinen Oberarm gewunden und ich muss ihm folgen, ob ich will oder nicht.

ZAYN

Ach, gib doch endlich auf, Dole. Alle sagen es dir. Sie halten dir die Wahrheit über Jaxon Tyrell vor die Fresse und du bist immer noch zu blind, um sie zu sehen!

Was soll noch passieren, damit du läufst, statt vom fucking Feuer verschlungen zu werden?

Dole, was?

SECHS

MABLE

»Warum hilfst du mir?«, frage ich Romeo innerlich bebend.

Ich ertrage keine weitere Lüge.

Ich ertrage keinen weiteren Verrat.

Ich bin am Ende.

Am fucking Ende der Strapazen meines Herzens.

»Crescent will dich leiden sehen, weil du dich für Jaxon entschieden hast«, erwidert Romeo, als wir das Gebäude verlassen haben und uns niemand mehr umgibt. »Aber er lügt.«

Mein Herzschlag dröhnt mir bis in die Ohren. »Sicher?«

Romeo lacht. Eines seiner schönen, seltenen Lachen. »*Du* solltest dir nicht sicher sein. Bis du selbst mit Jaxon gesprochen hast.« Er lässt mich los, geht aber weiter strammen Schrittes voran.

Ich habe Mühe, mitzuhalten. »Wo gehen wir hin?«

»Ich bringe dich ins Verbindungshaus.«

»Wirklich?«

»Nein, unwirklich«, erwidert er spröde.

Ich halte meine Klappe. Erst als wir die breiten

Steinstufen erreichen, hebe ich wieder die Stimme. »Warum täuscht mich mein Gefühl immer so sehr, Romeo?«, frage ich ihn. »Was muss ich tun, damit das aufhört?«

Er bleibt vor der Flügeltür der Verbindungsvilla stehen und blickt starr auf mich hinunter. »Keine Gefühle mehr zulassen.«

»Ist es das, was du tust?«

»Es ist das, was jeder in dieser Welt tut. Wenn du überleben willst, musst du wie sie werden. Du musst das Schwache in dir zurückdrängen und durch Gleichgültigkeit ersetzen. Was hast du gedacht? Dass Reece dich ... ›liebt‹ und dir niemals so etwas antun würde?«

»Ja.« Ja, ganz einfach. So ist es. Ich habe geglaubt, er sei der einzige ehrliche King.

»Nein. Crescent ist stolz. Er war nie ... ›verliebt‹. Du hast seinen Stolz verletzt. Das ist die Quittung. Lass es nicht an dich heran.«

»Warst du jemals verliebt, Romeo?«

Seine Augen blitzen schwarz auf. »Ja.«

»Und dann? Was ist dann geschehen?«

»Ich habe erkannt, dass Liebe allein nicht ausreicht. Aber vielleicht gibt es Hoffnung für dich und Jaxon.«

Ich schlucke hart. *Er spricht bei Jaxon von Liebe?*

Romeo stößt die Tür auf und macht eine Armbewegung zur Treppe. Er lässt mich allein den Weg zu Jaxons Zimmer gehen.

Mein Puls beschleunigt bei jedem Schritt.

Sylvian, der mich liebt, aber sich selbst dafür hasst.

Harper, die mich mag, aber nie ehrlich war.

Reece, der mich nur für ein Spiel für sich gewinnen wollte.

Und Jaxon. Was werde ich in seinem Zimmer vorfinden? Eine Szene, wie er Clarisse und ihre engsten vier Freundinnen vögelt? Wird er überhaupt da sein? Ist sein Zimmer vielleicht leer, stinkt nach Sex, überall liegen Kondome?

Was wird es sein, das mich nach all den Stunden Herzflattern und Schmerz erneut niederreißt?

Ohne zu klopfen, trete ich ein.

Sofort erstarre ich, weil ich mit dem Anblick nicht gerechnet habe. Ich finde Jaxon nicht zwischen den Beinen einer hübscheren Frau vor. Oder zwischen denen mehrerer. Er steht mitten im Raum zwischen Hunderten aufgeschlagenen Büchern, ausgedruckten Seiten und Ordnern, hält mehrere Notizzettel in der Hand und einen Stift zwischen den Lippen, trägt eine Brille, ein lockeres Hemd und eine helle Chino, und sieht auf. »Falsche Tür, Belle«, sagt er und nimmt den Stift aus seinem Mund zwischen seine Finger. »Sylvians Zimmer liegt auf der anderen Seite des Flurs.«

Es verschlägt mir die Sprache. Sein Anblick ist der Beweis dafür, dass er nicht gelogen hat. Was auch immer Jaxon tut, es sieht *mächtig* nach Lernstress aus. Mein Blick gleitet über all die aufgeschlagenen Bücher. Es sind welche in Spanisch und Deutsch darunter. »Ich wollte zu dir.«

»Ich habe keine Zeit. Sylvian schon. Er kann ein wenig Krankenbesuch gebrauchen und du fickst ihn doch gern, oder?« Er sieht nicht einmal auf, als er mir den Betrug vorwirft.

»Ich habe dich angerufen und *gefragt, ob …*«

»Und ich habe kein Problem damit, wenn du ihn heulend vögelst. Ich verstehe eure Verbindung. Wenn du nicht heulst und ihn fickst, ohne dass ich es weiß, *dann* werde ich mir Sorgen machen. Sonst noch was?« Er greift nach einem aufgeschlagenen Buch und macht sich eine Notiz dazu.

Für ein paar geschlagene Sekunden stehe ich einfach nur da und sehe ihn an. Habe ich damit gerechnet, dass er ehrlich zu mir war, als er meinte, er hätte wegen Lernstress keine Zeit für mich? Nein, habe ich nicht. Ich habe alles geglaubt, nur nicht das.

»Ich dachte, du hättest deine Prüfungen schon geschrieben?«, frage ich kleinlaut.

Er schenkt mir einen missbilligenden Blick durch seine superheiße Brille hindurch, die mich an den Hauptdarsteller von *Eiskalte Engel* erinnert. Gott. Wie ist es möglich, dass Jaxon Tyrell *noch* attraktiver wird? »Ich sagte dir doch, dass ich mich auf das Kolloquium zu meiner Thesis vorbereiten muss, Belle. Bitte zerknick nicht die Seiten von *Rich Dad, Poor Dad.*« Er wedelt mit dem Stift in der Hand in Richtung der Tür, die noch immer offen steht und fast gegen die Seiten eines aufgeschlagenen Buches gestoßen wäre.

Ich bücke mich, hebe es auf und lasse die Tür gleichzeitig zufallen. »Brauchst du ... Hilfe?« Meine Stimme ist mehr ein Fiepen. Gott. Ich muss, sollte und darf sauer sein. Aber dass Jaxon aus seinem Zimmer eine Art riesige Pinnwand gemacht hat, um die Verteidigung seiner Thesis vorzubereiten, beeindruckt mich ohnegleichen.

»Wie willst du mir helfen, Amabelle?«, fragt er, und ich bemerke, wie er sich bemüht, nicht abschätzig zu klingen. »Du müsstest all diese Bücher erst einmal lesen, um überhaupt *verstehen* zu können, wovon meine Thesis handelt.«

»Manchmal kann man mit einem Blick von außen die richtigen Fragen stellen …«

Er atmet tief durch, bevor er mich ins Auge fasst. »Ich habe *wirklich überhaupt keine* Zeit.«

»Ich geh schon.« Mein Herz ist nicht mehr ganz so gebrochen, als ich mich umdrehe. Auch wenn ich weiß, dass ich gerade jetzt ein Gespräch mit Jaxon bitter nötig hätte, beruhigt es mich ungemein, dass er wenigstens bei einer Sache nicht gelogen hat. Und auch wenn ich ihn am liebsten zur Rede stellen würde, weshalb ich das Gefühl habe, zwischen uns wäre seit meiner Entscheidung alles anders, kann ich ihm nicht gerade jetzt Stress machen. Umgekehrt würde ich *ihm* niemals verzeihen, wenn er mich vor einer solch wichtigen Abgabe stören würde.

»Warte.« Jaxon klingt wenig begeistert, aber ich höre schon seine Schritte durch den Raum hallen und drehe mich um. Er gelangt zu mir, ohne auf ein einziges Buch zu treten. Ihn nach all den Tagen endlich wiederzusehen, kann nicht das dumpfe Gefühl in meiner Brust vertreiben, das seine abweisende Art mir gegenüber hinterlassen hat. »Wenn du schon einmal hier bist: Was weißt du über Irene?«

»Irene?«

»Eleanores Schwester.«

»Ich weiß, wer Irene ist, aber warum fragst du mich nach ihr?«

»Sie und ihre Freunde haben Sylvian angegriffen.«

»Was?!«, keuche ich. »Wieso sollte sie Sylvian …?«

Jaxon hebt die Schultern. »Sag du es mir.«

»Ich weiß es nicht!«

»Sicher, dass das kein abgekartetes Spiel war?«

»Dass du überhaupt denkst, ich würde mit Irene zusammenarbeiten, um Sylvian zu verletzen!«

»Denke ich nicht.«

»Warum fragst du dann?!«

»Um sicherzugehen.«

»Toll! Bist du dir jetzt sicher?«

Jaxons Lippen werden schmal.

»Was habt ihr mit Irene getan?«, frage ich ängstlich. *Wie weit würden die Kings gehen, um sich an ihr zu rächen?*

»Irene geht es gut. Sie hat sich nur gewehrt.«

»Was habt ihr *wirklich* mit ihr getan?«

»Romeo hat ihr alles das, was Eleanore getan hat, in die Schuhe geschoben. Sie sitzt erst mal in Untersuchungshaft und kommt dort erst dann wieder raus, wenn wir es wollen.«

Wow. Die Kings in ihrem Element. »Und wo ist Eleanore?«

»Es reicht. Mehr musst du nicht wissen.«

»›Es reicht‹?«, fauche ich.

»Ja, es *reicht*«, zischt er. »Fragestunde beendet.«

»Oh, entschuldige, dass ich überhaupt wissen will, was ihr mit den Schwestern getan habt. Ich darf keine Gegenfragen stellen, richtig, Jaxon? Ich sollte am besten überhaupt nicht meine Stimme erheben, nicht wahr? Darf ich mich wenigstens wundern oder ist das auch schon zu viel?«

»Nein, eigentlich hättest du nicht mit Sylvian ficken dürfen, verdammt!«, fährt er mich an und ich zucke zurück. Er streicht sich durchs Haar und bringt es damit vollends durcheinander.

»Es tut mir leid«, wispere ich. »Du hast vollkommen recht.«

Er schüttelt den Kopf, als würde er seine Worte am liebsten zurücknehmen wollen. »Wie läuft deine Prüfungsvorbereitung?«

»Was?«, frage ich verwirrt.

»Kommst du gut voran?«

Überrumpelt von dem Themawechsel antworte ich auf seine Frage. »Ich ... denke schon.«

»Ja? Oder nein?«

»Es klappt ganz gut, Jaxon«, entgegne ich eine Spur zu hart. »Ich versuche, mich davon abzulenken, dass sich alles falsch anfühlt, seitdem ich mich für den vermeintlich Richtigen entschieden habe.«

Mit dieser Brille sieht er aus wie ein Engel aus der Bibliothek. Unmöglich, dass er jemals grausame Dinge getan hat. »Klappt es?«, fragt er tonlos.

»Ja«, entgegne ich kühl. »Im Notfall kann ich ja einfach Sylvian vögeln.«

»Gut.«

Gut? Ist das sein Ernst? Wir stehen da und sehen uns in die Augen. Alles zwischen uns fühlt sich an, als wäre dort nie etwas Intimes gewesen. Schließlich schüttelt er nochmals den Kopf. »Ich liebe Sylvian wie einen Bruder. Darum *kann* ich dir keinen Vorwurf machen, wenn du ihm guttust. Er wird immer ein Teil von uns *beiden* sein, richtig?«

»So ... einfach?«, frage ich schüchtern.

»Ich kann auch eifersüchtig sein und den Tyrannen markieren, wenn dir das lieber ist. Ganz wie du es genießt und brauchst.« Er grinst schief. »Aber jetzt habe ich keine Zeit mehr.«

»Ist das ein Freifahrtschein? In nur eine Richtung?

Denn ich hätte dich definitiv kastriert, wenn du es gewagt hättest, mit Clarisse auf einem Altar zu vögeln.«

»Auch noch der Altar?«, fragt er ironisch. »Böse, böse, Belle.«

»Hör auf, so zu sein!«, rufe ich wütend.

»Wie denn?«, fragt er lachend. »Er hat dir gestanden, dass er Harper nie gefickt hat, da wäre ich an deiner Stelle auch ziemlich wehrlos gegen seinen Charme geworden.«

»Woher zur Hölle weißt du das alles? Woher weißt du, dass Romeo mit Harper und mir den Nachmittag verbracht hat zum Beispiel? Redet ihr wirklich über *alles*? Hört ihr euch doch gegenseitig ab? Aber wieso weiß dann niemand, was genau du planst?«

»Was ich plane?«, fragt er interessiert. »Sylvian würde mir niemals etwas so Wichtiges wie Sex mit dir verschweigen. Und Romeo informiert mich via Nachricht, wenn er dieses oder jenes tut. Nein, die Aufnahmen, die Vance dir damals gegeben hat, stammen von Crescent. Die beiden schneiden alles mit, damit sie ihr Zwillingsding perfekt durchziehen können. In der ersten Nacht im Verbindungshaus kam Zayn erst nach dem Ganzen dazu. Deswegen lief das Tape noch.«

»Sie schneiden sogar *Sex* gegenseitig mit?«

Jaxon lacht. »Dass es dazu kommt, war nicht geplant, Belle.«

Stimmt. Ich erinnere mich.

»Dass die Brüder sich gegenseitig aufnehmen, hat Vance dir doch erzählt, oder?«

»Und woher weißt du *davon*? Als er mir das erzählt hat, waren wir *allein*.«

»Ich habe ihn gefragt«, sagt er schulterzuckend.

»Er meinte, ihr hättet die Aufnahme gefaked. Dass ihr sie extra gemacht hättet, damit es so aussieht …«

»Als ob wir verweichlichte Vollidioten sind, die nach dem Sex mit dir ziemlich berauscht waren?«, fragt er süffisant und öffnet damit mein Herz. Weit. Weit. Weit.

»Es war echt?« *Bitte lass es keine weitere Lüge sein, Jaxon. Bitte nicht.*

»Belle …« Sein Lächeln ist zögerlich, aber aufrichtig. »Glaubst du wirklich, ich hätte Sylvian jemals dazu bekommen, mir so etwas aufzusprechen, um dich zu täuschen? Du kennst doch mittlerweile seinen Hang dazu, dich von uns mit allen Mitteln fernhalten zu wollen. *Niemals* hätte er mir dabei geholfen, dich zu täuschen. Nein. Vance sollte nur die Story mit dem angeblichen Hack erfinden.«

»Sylvian hat mir auch gesagt, dass du etwas planst, das sich gegen mich richtet«, wispere ich, um wirklich alles zwischen uns aufzulösen. »Alle sagen mir, ich würde alles verlieren, wenn ich mit dir zur Gala gehe. Stimmt das?«

Jaxon bleibt vollkommen unbekümmert. »Keine Sorge. Ich habe mich verändert.« Er geht an mir vorbei und greift nach dem Türknauf.

»Du willst mich wirklich damit abspeisen? Romeo hat mich extra hierhergeschickt. Reece hat mich vor allen Leuten bloßgestellt. Harper hat …« Nein, ich werde ihm nicht verraten, dass sie von seinem eigenen Vater eingespannt wurde. Das fühlt sich falsch an. »… eine Affäre mit dem Bruder unseres Professors und Sylvian … Ach, verdammt!«

Jaxons hebt eine Braue. »Eine Affäre mit Goldman?«

»Seinem Bruder.«

»Witzig.«

Scheiße. Ich hätte es ihm nicht sagen dürfen.

»Gut, wenn es sonst nichts gibt …«

»Doch! Es gibt eine Menge! Könntest du dir *bitte* eine halbe Stunde Zeit für mich nehmen? Erklär mir, warum du das ganze Semester über Zeit für deine Partys findest, aber jetzt, nachdem wir angeblich zusammengekommen sind, nicht mal ein paar Minuten für mich erübrigen kannst? Was soll das alles, Jaxon?«

Er seufzt. »Du fickst Sylvian, aber ich soll mich erklären?«

Ich verschränke die Arme vor der Brust. »Es tut mir leid. Das war nicht richtig. Vielleicht habe ich geglaubt, zwischen dir und mir wäre sowieso nie etwas Ernstes gewesen. Er hat mir gesagt, es ginge immer noch um eine ›zweite‹ Runde. Dass Reece und du eine Art ›Wettstreit‹ am Laufen hattet, für wen ich mich letztendlich entscheide. All das hat bei mir zu einem emotionalen Overload geführt.«

Jaxon hebt eine Braue.

»Vielleicht liegt es aber auch an mir. Vielleicht bin ich zu dumm, um ihm zu widerstehen. Ich hätte nie mit ihm spazieren gehen dürfen. Das Problem ist nur, ich kann mich deshalb nicht mal wirklich schlecht fühlen, weil ich sowieso nicht das Gefühl hatte, es würde dich stören. Dass du dich überhaupt in irgendeiner Weise für mich interessierst. Alles, was Sylvian gesagt hat, hat Sinn ergeben. Und du hast es ja gerade auch noch mal bestätigt.«

Jaxon verdreht die Augen. »Wie auch immer. Ich habe keine Zeit, wegen irgendwelcher Storys, die dir irgendjemand über mich erzählt, zu streiten.«

»Sylvian ist nicht *irgendjemand*.«

»Schon klar. Eigentlich hättest du dich für ihn entschieden, nicht wahr? Aber er hat dich gebeten, es nicht zu tun. Und nur weil Zayn dich als Reece getäuscht hat, wurde es nicht Crescent, richtig? Weißt du was?« Das Blau in seinen Augen tanzt angriffslustig. »Das alles stört mich nicht einmal. Letztendlich hast du dich für mich entschieden, und an wievielter Stelle deiner Wahlmöglichkeiten ich auch immer stand, ist mir egal. Nur dass du mir ins Gesicht lügst, es wäre für dich in Ordnung, wenn wir uns bis zur Gala kaum sehen, weil ich das College mit Bestnoten abschließen will, das stört mich. Es stört mich massiv. Wir haben ab Mai Zeit für das alles. Können uns gegenseitig anlügen, streiten, vertragen, was auch immer du brauchst, um glücklich zu sein. Aber *jetzt* zählt der wichtigste Meilenstein meines Lebens und ich kann mir *keine Ablenkung* erlauben.«

In meinen Gedanken scheint alles durcheinander. Seine Masche ist geradezu undurchschaubar perfekt. Von dem Moment an, als Vance mich an Spring Break entführt hat, schafft Jaxon es, *mich* leiden zu lassen und es so hinzustellen, als wäre *ich* selbst schuld daran. Die Frage ist: warum. Ist das alles Absicht oder ist das einfach der wahre Jaxon Tyrell? Gefühllos, kalt, aber auch klar und direkt? Er lässt mich glauben, ich wisse mittlerweile, was ihn ausmacht. Aber tief im Inneren fühle ich, dass er alles hiervon geplant hat.

Die anderen Kings wenden sich von mir ab.

Das mit Sylvian habe ich selbst beendet, weil ich es nicht mehr ertragen habe.

Ob Jaxon auch über Harper Bescheid wusste?

Ich stehe allein da.

Der King der Kings hat mich in ein unausweichliches Dilemma gebracht, denn seine Täuschung ist zu gut, um nicht wie eine blöde Zicke dazustehen, wenn ich mich beschwere. Das Letzte, das ich sein will, ist eine ›Ablenkung‹. Er soll meinetwegen nicht schlechter abschneiden und meinetwegen nicht irgendwelche Fehler machen. Und dass mir das noch wichtiger ist als ihm, weiß er. Er kennt mich *zu* gut.

»Es tut mir leid«, flüstere ich, tue so, als wäre ich die eine liebevolle, naive Freundin, die sich von seinen Worten beeindrucken lässt. »Wir reden bei der Gala.« *Und wie wir reden werden, Jaxon.*

Mit diesem befriedigenden Gedanken drehe ich mich um und greife nach dem Türknauf.

»Belle …«

»Hör auf, mich so zu nennen!«, fahre ich ihn an. Scheiße. Ich konnte meine Enttäuschung doch nicht zurückhalten.

Jaxon starrt mich an, als hätte ich seine Penislänge beleidigt.

Ich seufze tief. »Was möchtest du noch, Jaxon? Ich werde dich in Ruhe lassen. Bis du dich bei der Gala dazu herablässt, mich wieder als Frau, für die du angeblich etwas empfindest, wahrzunehmen.« Mein Lächeln ist zuckersüß.

Sein Lächeln ist amüsiert. »Wir sind beide ziemlich unfähig darin, eine Beziehung zu führen, kann das sein?«

Hitze strömt mir ins Gesicht. »Du auf jeden Fall.«

Er lacht und dann tritt er auf mich zu. Und was er dann sagt, lässt mein Herz höherschlagen. Und leider, leider, leider vergesse ich jeden schrecklichen Moment von zuvor, als seine Lippen meine berühren.

SIEBEN

JAXON

Nichts hiervon ist geplant. Ich hatte erwartet, Romeo hielte mir den Rücken frei oder einer der anderen Kings würde sich um Amabelle kümmern.

Ich hatte erwartet, dass es für mich nichts Wichtigeres als das Kolloquium zu meiner Thesis am Montag gäbe, aber Amabelle stellt mich auf die Probe. Etwas in mir will vermeiden, dass sie leidet.

Was ist das für ein lächerliches Gefühl, das ausgerechnet du in mir weckst?

Auf der anderen Seite kann ich einfach nicht darüber hinwegkommen, dass sie verdammt noch mal verlangt hat, nichts mehr mit den anderen zu machen.

Sie nicht mehr gemeinsam zu ficken.

Nur noch wir zwei.

Aber dann Sylvian an dich ranlassen, hm? Bist du jetzt doch auf Monogamie gepolt, liebst eigentlich ihn und ich bin nur eine dumme zweite Wahl?

Fuck. Ich bin derbe am Arsch, wenn ich so einen Scheiß denke.

Das Problem ist, ich könnte es mir sogar vorstellen.

Ja, in mir regt sich nicht ein Hauch von Zorn, weil Sylvian und sie nicht voneinander loszukommen scheinen. Was zur Hölle fasziniert mich daran so sehr, wenn ich weiß, dass auch die anderen Kings sie kriegen?

Fuck, fuck, fuck.

»Ich empfinde nicht nur angeblich etwas für dich, Belle«, verspreche ich sanft und trete auf sie zu. Ihr Mienenspiel nach diesem Geständnis zu beobachten schickt Blut in meinen Schwanz. Ich küsse sie sanft und lasse für einen Moment zu, an ihr erhitztes Gesicht zu denken, während sie von den Crescent-Brüdern geleckt wird.

Nicht nur die Aussicht auf Sex macht mich geil. Sondern dass sie sich – trotz allem – für mich entschieden hat. Und das, *obwohl* ich mich oft genug nicht verstellt habe und *obwohl* sie nicht dumm ist und *obwohl* ihr mein verdammter Familienname egal ist.

Amabelle Weaver hat *mich* gewählt.

Ich denke, jeden von uns hat das überrascht.

Jeder von uns hat sich daraufhin noch ein wenig mehr mit dem Gedanken angefreundet, sie zwischen uns ... hin- und herzureichen. Ihre Verdorbenheit ist *echt*. Ihre Hingabe *nicht gespielt*.

Sie will *mich* und damit *uns Kings* mit allen Facetten, die unser Wichser-Dasein mit sich bringt. Wenn sie das nicht wollte, hätte sie Reece' Namen gesagt. Sie hätte sich für Reece entschieden, den Milliardärssohn, den gut erzogenen Gentleman, der immer nett zu ihr war. Aber sie will nicht den braven Musterknaben. Sie will mich.

Sie will uns.

Sie will die Kings.

Fuck.

Wenn es überhaupt möglich ist, habe ich mich wirklich in sie verliebt.

Da ist so eine Art lästiges Ziehen in meiner Brust, wenn ich mir vorstelle, dass sie mein Zimmer einfach verlässt.

Die Vorstellung, Amabelle jemals wieder aufzugeben, wird geradezu schmerzhaft.

Trotzdem hat mich der Gedanke gekillt, sie wolle sich nicht mehr teilen lassen. Ich bin ausgerastet, als sie meinte, ›wir könnten das nicht mehr tun‹.

Ja, was, Amabelle? Du willst, dass ich aufhöre, dich mit meinen Brüdern zu teilen? Ernsthaft?

Am liebsten hätte ich sie noch im Ferrari angeschrien. Und für einen kurzen Moment kam der Hass in mir hoch. Der Grund, weshalb ich das anfangs alles tat.

Ich tat es, damit sie diese verdammte Universität verlässt und meinen Platz im Zirkel nicht gefährdet. Aber jetzt steht sie vor mir, und ich verstehe, dass sie nicht mehr bereit ist, sich von mir herumschubsen zu lassen. Sie will mir auf Augenhöhe begegnen, und ich will, dass sie das tut. Vielleicht sollte ich also endlich ehrlich zu ihr sein?

Vielleicht sollte ich ihr endlich die ganze Wahrheit über die Kings, ihre Entscheidung, die Bedeutung dessen vor die Füße kotzen? Sollte ich ihr sagen, dass sie Kingston verlassen *muss*? Und was ich bereit bin, ihr im Gegenzug dafür zu geben?

Aber was ... wenn sie noch nicht bereit für meinen Vorschlag ist?

Wenn sie es nie sein wird?

»Ich glaube, ich bin dir eine Erklärung schuldig.«

Sie zuckt die Achseln, als wäre es ihr egal. Als wäre

ihr mein Verhalten egal. Als würde es sie nicht tangieren. *Du bist eine schlechte Lügnerin, Belle.*

»Ich glaube es nicht nur. Ich *weiß* es. Versprich mir, dass du mir Zeit bis zur Gala lässt. Dann werde ich dir alles erklären. In Ordnung?«

Feigling. Hoffentlich wird sie nie dahinterkommen, dass ich einfach nur Schiss hatte, sie zu früh zu fragen. Bin ich erbärmlich? Komme ich offenbar mit wahren Gefühlen nicht klar?

Definitiv.

Der Name Tyrell steht nicht gerade für aufrichtige Empfindungen oder gar so etwas wie Liebe. Meine Eltern haben mich im Reagenzglas gezeugt. Ich bin mir sicher. Vermutlich hatte ich sogar eine Leihmutter, von der ich nichts weiß.

Egal.

Schwangerschaften sind nicht das Thema, wenn ich nicht einmal mein Verlangen kontrollieren und meine Gedanken sortieren kann.

»Bis zur Gala«, murmelt Amabelle, und ich bin nicht taub genug, um die Enttäuschung in ihrer Stimme zu überhören. »Viel Erfolg noch, Jaxon.«

Meine Zähne fühlen sich wie Granit an, als sie sich erneut abwendet.

Sag es doch einfach, du kleiner Loser.

Ist das alles so schwer? Willst du, dass sie sich schlecht fühlt? Ja? Warum?

Oder willst du es nicht?

Du willst es nicht.

Das ist die bittere Erkenntnis.

Ich will es nicht.

Fuck it, Belle.

Du hast aus mir einen Loser gemacht.

»Was hältst du davon, wenn du bleibst und dir meinen Vortrag anhörst?« Ich sage es und frage mich gleichzeitig, ob ich das ernst meine. Was ist los mit mir?!

Wieder fährt sie herum. Dieses Mal starrt sie mich ungläubig aus ihren haselnussfarbenen Augen an. »Wirklich?«

Jetzt habe ich mich in die Scheiße geritten. Prima.

»Versuch, kein Buch zu zertrampeln, und setz dich aufs Bett.«

Scheiße. Wenn du wüsstest, dass ich es hasse, Vorträge vor Publikum zu halten, die noch nicht perfekt ausgearbeitet sind, dann wüsstest du auch, dass ich nur nach einem Vorwand suche, dich zum Bleiben zu bewegen, ohne meine Arbeit zu vernachlässigen.

Amabelle scheint ebenso verwirrt über meinen Vorschlag, wie ich es bin, und geht zögerlich zu meinem Bett. Es ist der einzige freie Platz im Raum, da alle meine Stühle und Sessel mit Notizen und Büchern belegt sind.

»Du wirst nur einen Bruchteil von dem verstehen, was ich erkläre«, beginne ich und krame in meinen Notizen. Scheiße, sie macht mich nervös. »Wenn ich es schaffe, dass du am Ende zusammenfassen kannst, worüber ich geschrieben habe, dann ist mein Vortrag gut.«

»Okay«, entgegnet sie.

Ich fahre mir durchs Haar und schalte meinen Fernseher an, um die Präsentation abzuspielen.

»Deine Lesebrille ist übrigens …«

»Was?«, frage ich ein wenig zu angriffslustig. *Wenn du dich über mich lustig machen willst, ist das der schlechteste Zeitpunkt, Belle. Wage es ja nicht.*

»Heiß.« Amabelle sitzt auf meiner Bettkante, die

Hände im Schoß gefaltet sieht sie wie eine brave Kirchenmaus zu mir hoch. Nach allem, was wir zusammen durchgemacht haben, kann ich mir kaum vorstellen, dass wir uns nicht einmal ein Jahr kennen.

Mir brennt die Frage auf der Zunge, weshalb zum Fuck sie die anderen nicht mehr vögeln will. Nur, weil sie befürchtet, sie dann noch mehr zu lieben? Aber das tut sie doch eh schon. Also was hindert sie wirklich?

Ich verschiebe diesen Gedanken auf später. *Keine Ablenkungen, richtig?* »Ich trage die Brille nicht, weil sie heiß ist.«

Sie grinst schelmisch. »Wenn du meinst …«

Ein tiefer Atemzug meinerseits und ich versuche meinem Schwanz zu erklären, dass jetzt nicht der richtige Zeitpunkt ist. Mit meinem Handy starte ich die Präsentation und umreiße Amabelle grob, welche Begriffe sie kennen muss, um mir von Anfang an folgen zu können.

Da sie erwartungsgemäß die Hälfte der Definitionen kennt, beginne ich meinen Vortrag. Natürlich lasse ich sie nicht wissen, dass mich ihre Anwesenheit verrückt macht. Während ich vor ihr stehe, bin ich das kühle, undurchschaubare Arschloch as always.

Sie weiß nicht, dass ich so etwas wie Neid spüre, weil sie jedes verdammte Wort zu verstehen scheint. Was ist mit diesem Mädchen los? Sie kann nicht einmal Reece und Zayn verlässlich auseinanderhalten oder meine Lügen durchschauen, aber versteht den Inhalt meiner Thesis?

Mit jedem weiteren Wort verspanne ich innerlich mehr. Die Fragen, die sie zwischendurch stellt, sind pervers gut durchdacht. Nur Zayn würde klügere Anmerkungen machen.

Ach, Scheiße.

Amabelle ist neben allem anderen einfach eine kleine Streberin. Während ich mir zusammen mit den Kings seit meinem ersten Semester so gut wie jedes Wochenende irgendwelche Scheiße eingeworfen habe, hat sie sich nicht ablenken lassen. Sie will das hier alles wirklich.

Sie *will* jedes Quäntchen Wissen aufsaugen, das sie kriegen kann.

Sie *will* mit Leistung und Wissen dem Elend entkommen, in dem sie aufgewachsen ist.

Sie ist klug, unerschrocken und stark.

Und sie sitzt ausgerechnet in meinem Schlafzimmer und hat sich ausgerechnet für mich entschieden.

»Was ist?«, fragt sie, nachdem ich geendet habe und sie für eine Weile nachdenklich ansehe. »Soll ich dir jetzt eine Zusammenfassung geben?«

»Nicht nötig.«

»Warum fühlst du dich noch nicht gut genug vorbereitet? Ich finde den Vortrag perfekt. Du führst gezielt an die Problematik heran und …«

»Ich *weiß*, dass er gut ist.« Von ihr in diesem Punkt Lob zu bekommen – von einer Zweitsemesterstipendiatin – ist weit unter meiner Würde. Zumindest unter der Würde, die ich einst innehatte. Jetzt stehe ich da und lasse mir von Amabelle Weaver Komplimente machen, als hätte ich es nötig.

»Gut«, sagt sie nur. Etwas an meinem kalten Blick muss sie verschreckt haben, weshalb sie sich schüchtern im Raum umsieht. »Wozu dann all die Bücher?«

»Im Anschluss werden mir Fragen gestellt«, erkläre ich ihr, als wäre sie ein kleines Kind. »Von Experten im Bereich Finanzwirtschaft. Verstehst du, Amabelle? Für jemanden wie dich mag alles, was ich sage, logisch klingen. Für andere nicht.«

»Für jemanden wie mich«, wiederholt sie spöttisch. »Du meinst, für eine mittellose Studentin, die keine Ahnung von Finanzen haben *kann*?«

Ich antworte ihr nicht, um sie in dem Glauben zu lassen, ich würde es genau so meinen. Stattdessen bin ich wütend über mich selbst, dass ich ihren Wissensstand völlig unterschätzt habe. Sie wird ihr Studium niemals aufgeben.

Nicht für mich und für niemanden sonst.

Mein Weg war der falsche.

Und mein Platz im Zirkel ist gefährdeter denn je.

»Weißt du, Jaxon«, beginnt sie sanft, mit leichtem Vorwurf in der Stimme, »ich glaube, du hast einfach nur genauso große Versagensängste wie wir anderen auch. Ja, vielleicht wird dir eine Frage gestellt, die du nicht beantworten kannst. Aber hey, niemand ist perfekt, weißt du? Und niemand muss perfekt sein. Brillanz ist nicht das Einzige, worum es hierbei geht. Es geht auch um die Fähigkeit, zu seiner Menschlichkeit stehen zu können. Zu seinen Fehlern. Zu seinen Schwächen und seinen Stärken. Ich studiere noch nicht lange in Kingston, aber diese eine Sache ist mir bereits klar geworden. Es geht nicht nur darum, was du kannst. Sondern darum, *wer du bist*. Und du bist Jaxon Tyrell. Ist es nicht so, dass die Leute eher Angst vor *dir* haben?«

»Wo kam das jetzt alles her?«, frage ich gepresst.

Amabelle hebt die Schultern. »Habe ich recht?«

Meine Hände ballen sich unwillkürlich zu Fäusten. *Warum lasse ich mir von dir überhaupt irgendetwas erzählen?* »Abgesehen davon, dass du absolut nichts von meinen Schwächen zu verstehen scheinst, hast du sicherlich ein paar von Goldmans Worten treffend wiederholt.«

»Professor Goldman hat nie über so etwas gesprochen! Und was meinst du damit, ich würde nichts von deinen Schwächen verstehen? Tue ich auch nicht. Weil du sie mir nicht zeigst. Du zeigst sie *niemandem*. Jaxon Tyrell ist immer fehlerlos, unnahbar, grausam, durchsetzungsstark. Und *wehe*, er kann auf eine Frage zu seiner Thesis nicht antworten. Dann würden die Menschen ja merken, dass er nur so *tut*, als wäre er übermenschlich. Und dass seine immerwährende Maske dafür da ist, seine Schwächen zu verbergen.«

Mein Blut kocht mittlerweile. Vor allem, weil ich ihr nichts entgegenzusetzen weiß. Eigentlich müsste ich den Ball nur zurückspielen. Wer von uns beiden ist der wahre Streber? Amabelle steht mir in nichts nach, was die Vorbereitungen für eine Prüfung angeht. Trotzdem bekomme ich kein Wort über die Lippen, denn es fühlt sich wie das größte Versagen überhaupt an, dass sie so weit hinter meine Maske blicken konnte.

Ja.

Bei meiner Verteidigung eine Frage nicht beantworten zu können und damit schlechter abzuschneiden als Sylvian oder Crescent, erfüllt mich mit tiefer Angst. Schon meine Arbeit ist nicht so genial wie die von Zayn. Wenn ich dann auch noch Punkte verliere, weil ich zugeben muss, nicht perfekt vorbereitet zu sein ... Nicht so ein fucking Freak zu sein wie Zayn, der ein

Buch nur ansehen muss, damit er dessen Inhalt sofort begreift.

Denke ich zu sehr im Einzelkämpfermodus?

Sollte es mir nicht egal sein, wie ich selbst abschneide, solange alle anderen Kings genauso wie ich in den Zirkel aufgenommen werden?

Aber die Sicherheit in mir bröckelt schon lange. Ich biete dem Zirkel im Grunde genommen *nichts*. Der Name meiner Mutter ist vergilbt, und ihre Kontakte reichen längst nicht weit genug, um nur ihretwegen in den Zirkel aufgenommen zu werden.

Mein Vater hat durch das dämliche Stipendiatenprogramm seine Sympathien als Mitglied so verspielt, dass der Name Tyrell in Verruf geraten ist. Ich muss daher meine Loyalität mehr beweisen als jeder andere.

Sylvian hingegen ist der Erbe einer der wichtigsten Familienclans Amerikas. Er ist der erste Silvano überhaupt, der Ambitionen zeigt, sich dem Zirkel anzuschließen. Sie werden ihn nehmen und nicht groß fragen, ob er wirklich alle Aufnahmeregeln befolgt hat.

Reece und Zayn sind reicher als der gesamte Zirkel.

Und Romeo?

Ihm war der Zirkel noch nie wichtig. Er würde beitreten, für uns. Aus keinem anderen Grund.

»Jaxon ...«, murmelt Amabelle und reißt mich damit aus meinen Gedanken. »Ich wollte nicht so hart sein. Irgendwie habe ich mir das mit uns ... anders vorgestellt. Und daher war ich eben besonders fies. Sorry.«

»Warum zur Hölle entschuldigst du dich?«, frage ich sie genervt.

»Weil ich aus irgendeinem verrückten Grund vielleicht nicht möchte, dass es dir schlecht geht?«

»Ja? So wie bei Zayn? Dessen Drogenkonsum dir auch nicht egal ist, obwohl er immer nur ein Arsch zu dir war?«

»Können wir *bitte* aufhören zu streiten? Ich habe mich für dich entschieden, Jax. Mir ist Zayn egal, Sylvian, alle. Mir geht es um dich. Um uns.«

Scheiße. Ich weiß selbst nicht, warum ich wie eine Pussy rumzicke. Wieder fahre ich mir mit beiden Händen durchs Haar.

»Was ich eigentlich sagen wollte …«, beginnt sie zögerlich. »Du könntest bei deinem Vortrag einfach Jaxon Tyrell sein. Die gute Variante. Die offene Version. Die, in die ich mich verliebt habe und in die sich die ganze Welt verlieben würde, sobald du sie nur öfter zeigst. Vermutlich ist das dieselbe Seite, die die Kings zu deinen Freunden werden lässt.«

»Du meinst die Variante von mir, die lieber auf Partys rumhockt und sich halbe Jungfrauen mit ihren Freunden teilt? Zayn ist ständig auf Drogen, um Reece' Lernpensum zu schaffen, Sylvian lebt quasi in einem Koksvorrat und Romeo macht nicht dieselben Fehler wie ich und verliert sein Ziel aus den Augen. Aber *ich* …« Mein Mund öffnet sich und mir wird klar, was ich ihr gerade offenbart habe. Bin ich absolut zerstört?

»Aber du nimmst keine Drogen und hast nebenbei auch ein bisschen Spaß, meinst du?«, fragt Amabelle sanft.

Ich presse den Kiefer zusammen. »Wenn du es genau wissen willst: Ich musste meine Abgabe verschieben, alles klar? Deswegen bin ich dezent im Stress. Irgendein Mädchen auf dem Campus hat meine Aufmerksamkeit gefordert, bis zu dem Moment, als sie endlich meinen

Namen hervorgebracht und mir damit gezeigt hat, dass sie mir verzeihen kann. Ich habe mich ablenken lassen. Und wie du siehst, mache ich dir nicht einmal einen Vorwurf. Also was willst du noch?«

Aus irgendeinem merkwürdigen Grund strahlt sie plötzlich. »Dein Vortrag ist perfekt, Jaxon.« Ihre Stimme ist so himmlisch sanft, dass ich mich hineinbetten will. »Ich glaube ganz ehrlich, dass du dich nicht besser vorbereiten können wirst. Aber wenn du möchtest, bleibe ich und versuche, mir alle möglichen Fragen aus den Fingern zu saugen, die jemand stellen könnte. Und ich höre dir auch gerne noch zehnmal dabei zu, wie du den Vortrag hältst. Bis du ganz sicher bist. Bis er fehlerlos ist.«

Ich hasse sie. Verdammt. Wieso ist dieses Mädchen so perfekt für mich? Einem inneren Impuls folgend gehe ich, ohne ihr nochmals zu antworten, durchs Zimmer zu meiner Kommode. Da ich normalerweise ein ordentlicher Mensch bin, liegt im obersten Schubfach nicht viel neben der schwarzen Papiertüte.

Wieder fluche ich innerlich, als ich danach greife, ohne Amabelle einen Blick darauf erhaschen zu lassen, und den Ring hervorhole.

Das filigrane Schmuckstück wiegt schwer, während ich es halte.

Damit verbunden ist alles. Mein Plan. Mein Platz im Zirkel. Das Ende des Spiels.

Amabelle Weaver muss mich heiraten.

Und Kingston verlassen.

Ich biete ihr *mehr*. Und gleichzeitig nehme ich ihr das Wichtigste überhaupt.

Was, wenn sie trotzdem Ja sagt? Wenn sie sich *ganz*

und gar für mich und ein Leben an meiner Seite entscheidet – was dann?

Bin *ich* überhaupt bereit dazu?

Oder würde ich wie jeder an dieser Universität heiraten, weil es die *beste Wahl* ist?

Ich lasse den Ring zurück ins Schubfach sinken, drehe mich um und gehe direkt auf sie zu. Ich liebe es, zu sehen, wie sich ihre Augen weiten, als ich erst kurz vor ihr innehalte und nach ihrem Haar greife.

Meine Lippen prallen auf ihre und ich atme ihren Geschmack ein.

Etwas fehlt mir.

Sie ganz für mich zu haben, ist mir nicht genug.

Ich will ihr dabei zusehen, wie sie sich auch für die anderen hingibt.

Das ist der wahre Grund.

Plötzlich begreife ich es.

Sylvian hat recht. Mit allem. Hätte er Amabelle nicht Anfang des Studienjahres vor uns gewarnt und damit gezeigt, dass er Interesse an ihr hat – und wäre sie auf Crescents Party nicht mit ihm mitgegangen und hätten Reece und Zayn nicht eine gewisse Art von Faszination an den Tag gelegt –, ich hätte sie niemals entführt.

Sie wäre mir egal gewesen. Ein bisschen Abschaum, der von meinem Vater durchgefüttert wird. Eine weitere Stipendiatin, die vertrieben werden muss.

Aber ... Sylvian hat in ihr mehr gesehen. Crescent hat in ihr mehr gesehen. Ich sehe in ihr mehr. Sogar fucking Vance Buchanan sieht mehr in ihr.

Fuck it, Belle. Weißt du was? Du bist begehrenswerter, als dir bewusst ist. Was Crescent dir heute gesagt hat, war eine glatte Lüge. Niemand kann dir widerstehen.

Und niemand von uns will dich wirklich für sich. Bis auf Fucker Zayn. Er kann dich ja meinetwegen für sich haben. Manchmal.

»Jaxon«, keucht Amabelle an meinem Mund. »Ich will dich nicht ablenken.«

»Fuck«, knurre ich und drücke sie aufs Bett. »Lüg mich nicht an, Amabelle. Du willst genau das hier. Du willst in meinem Bett gefickt werden, du willst, dass ich dich über alles stelle. Selbst über meine höchsten Ziele. Gib es einfach zu.«

Sie schluckt hart, weil ich ihre innersten Wünsche ausgesprochen habe.

»Findest du das schlimm?«, fragt sie schüchtern, immer mit dem perfekten Mix aus herausfordernder und devoter Haltung. Sie weiß nicht, wie sehr es uns allen gefällt, dass sie in dem einen Moment eine uns die Stirn bietende, taffe junge Frau ist und im nächsten eine sexwillige Katze, die den perversesten Scheiß zu genießen scheint.

Ich umrunde das Bett und betrachte sie von allen Positionen aus. In meinem Bett lagen viele Frauen, aber noch nie habe ich eine von ihnen ... gemocht. Eigentlich habe ich die anderen Weiber nur gefickt, weil ich sie gehasst habe.

Ihre hinterhältige Art.

Ihr hässliches Wesen.

Ihre endlose Gier.

Frauen sehen normalerweise nicht *mich*. Sie sehen Jaxon Tyrell. Den milliardenschweren Sohn von Samuel Tyrell und Miranda Kingston.

Während sie vor mir daliegt, ziehe ich mich aus. Mir hat es immer schon gefallen, vor Amabelle Weaver nackt zu sein. Ihr scheuer Blick, der an meinem Körper entlanggleitet, ist Viagra für meinen Schwanz. Ich lasse mir Zeit damit, meinen Gürtel zu öffnen, und beobachte, wie die Schamesröte in ihre Wangen steigt.

Wie sie es immer tut.

Jedes verdammte Mal wird sie rot.

Was ist das?

Und warum turnt es mich so sehr an?

Ich lasse meine Hose fallen, beuge mich über sie, küsse sie am Hals und ziehe sie ihrerseits aus. Amabelle lässt es geschehen, auch wenn sie verunsichert scheint, ob das die richtige Situation ist.

Oder der richtige Moment.

Schließlich war ich wieder ein kleines Arschloch, und sie könnte sich zu Recht fragen, warum, und mir ihre Pussy verwehren, bis ich es ihr erklärt habe.

Aber ich werde mich nicht erklären können.

Die Worte wiegen zu schwer.

Die Erkenntnis, sie mehr zu wollen, als mir guttut, ist zu machtvoll.

Du willst meine Schwächen kennenlernen, Belle? Ich habe nur eine einzige. Dich.

Ihr Atem beschleunigt, als ich meine Hände über ihren Körper gleiten lasse und ihre Handgelenke umschließe. Ich positioniere Amabelles Arme oberhalb ihres Kopfes und ziehe ihr Shirt und ihren BH im Anschluss aus. Mit meiner Zunge umfahre ich ihre harten Knospen und genieße dabei ihr Seufzen.

Alles könnte perfekt sein.

Ein niedliches Mädchen in meinem Bett, ein Quickie zwischen dem Lernstress. Keine Sorgen, keine Gedanken, ein nahezu perfektes Leben. Sie hat mich gewählt. Weil ich gut bin in dem, was ich tue. Weil ich *wollte,* dass sie mich wählt, und weil ich immer meinen verfickten Willen bekomme.

Immer.

Doch etwas fehlt.

Die Wahrheit fehlt.

Ich will noch tiefer.

Noch mehr eintauchen.

Ich will von diesem Gift kosten, das mich stets durchfließt, wenn sie mir das Gefühl gibt, mich wirklich zu mögen. Mehr zu sehen als das, was ich vorgebe zu sein. Oder wenn sie mich trotz meiner Grausamkeiten ... liebt.

Verdammt, ich bin davon abhängig geworden.

In diesem Moment überfalle ich Amabelle wie ein hungriges Tier. *Gib mir mehr, Belle. Fick mich tiefer. Zeig mir, dass du meiner Dunkelheit verfallen bist. Dass deine Moral gesprengt wurde.*

Ich ziehe sie komplett aus, schiebe sie weiter aufs Bett und spreize ihre Beine. Als ich zwischen ihre Schenkel sinke, stöhnt sie verlangend. Ich fahre mit meiner Zunge durch ihre Schamlippen, tief in ihre nasse Pussy, und stimuliere ihren Kitzler.

Amabelle seufzt meinen Namen. Sie verspannt unter mir und lässt gleichzeitig bei jedem Ausatmen los. Meine Hände graben sich in das Fleisch ihres zarten Hinterns und ich sehe feixend zu ihr hoch.

Unsere Blicke treffen sich. In ihrem Gesicht spiegelt sich mehr als Geilheit. Da ist genau diese Tiefe, die ich brauche. Die ich nie zuvor bei einem Mädchen erlebt habe.

Meine Zunge gleitet tiefer und beginnt sie gierig zu ficken. In meinem Kopf explodieren die Erinnerungen an Crescent, wie die Brüder sie gemeinsam geleckt haben. Ich will ihr wieder dabei zusehen.

Ich will sie an mein Bett ketten, und jeder einzelne King soll sie so lange lecken, bis sie nach zehn Orgasmen bewusstlos zusammensackt.

Sie soll ohne uns nicht mehr essen können. Nicht mehr schlafen. Sie soll uns gehören. Ganz uns, uns, uns, uns. Sie soll mein sein und gleichzeitig nicht mir allein gehören.

Verdammt.

Ich bekomme kaum mit, wie sie sich unter mir verkrampft. Alles in mir ist hungrig, gierig und will mehr. Mehr von ihrem Saft, mehr von ihrem Verlangen, mehr von ihrer ungehemmten Geilheit.

Durch Amabelles Körper fegt ein kleiner Orkan, der selbst ihre Zehen zum Zittern bringt. Ich mache weiter. Ihre Hände gehen fordernd in mein Haar, krallen sich daran fest, aber ich lasse sie nicht bestimmen. Ich quäle sie ein bisschen. Streiche mit meiner Zunge über ihre Klit, sauge an ihrem Kitzler, bis sie laut stöhnt, und lasse dann wieder davon ab. Sie schmeckt gut. Mit jeder Minute schmeckt sie noch besser.

Fuck it, Belle. Ich hasse es, dass du so verdammt schlau bist. Nicht klug, aber schlau. Vermutlich kann ich mich mit dir genauso über Wirtschaft unterhalten wie über perversen Sex.

Je mehr ich nach deinen Fehlern suche, umso weniger finde ich.

Du bist perfekt.

Du bist perfekt für mich.

Ich beiße in ihre Klit, was sie aufschreien lässt, und werfe sie herum. Der Wunsch, sie leiden zu lassen für ihre lästige Perfektion überkommt mich. Sie soll spüren, wie krank es mich macht und in welchen Konflikt es mich bringt, dass sie nach dem ersten Semester nicht einfach weggeblieben ist.

Nein, sie musste kämpfen.

Sie musste sich mir entgegenstellen.

Und ich liebe diesen Kampf, verdammt noch mal, Belle.

»Hände nach vorn, dort lassen, Arsch in die Höhe.«

Sie gehorcht.

»Und jetzt bettle darum, dass ich dich spanke.«

»Was?«, fragt sie mich lachend und dreht den Kopf nach hinten. Sie liegt vornübergebeugt da und ihre Wangen sind mittlerweile feuerrot.

»Du störst mich bei meiner Vorbereitung, Belle. Dein Körper ist die reinste Ablenkung. Du hättest bis zur Gala warten sollen und hast es nicht getan. Ich finde, du solltest mich bitten, dich dafür zu bestrafen.«

»Du spinnst«, sagt sie kichernd und will sich zur Seite fallen lassen.

Ich halte sie am Schenkel in Position und lasse einen Finger in ihre feuchte Fotze gleiten. »Sicher?« Sofort finde ich ihren Lustpunkt und stimuliere ihn.

Sie stöhnt. »Ich kann dich ... nicht darum bitten«, keucht sie.

»Oh, ich bin mir verdammt sicher, dass du das kannst. Fleh mich einfach an, Belle. Sag: ›Bitte, Jaxon‹. Es ist ganz leicht.«

»Es ist total albern!«

Ich ziehe meine Hand zurück, warte kurz und schiebe zwei Finger wieder in ihren Gang. Sie drückt sich mir entgegen, weil es eine kleine Folter wäre, sie dort nicht zu lassen. »Willst du mehr, mein süßes Luder?«

»Ja«, keucht sie.

»Dann bettle.« Ich nehme meine Hand zurück.

Sie sieht mich gequält an und lässt ihren Blick über meinen harten Schwanz gleiten. »Kann ich mich nicht anders ... bei dir entschuldigen?«

»Indem du mir einen bläst?«, frage ich kalt. »Das ist keine Strafe. Das wird die Belohnung sein.«

Sie verdreht die Augen und lässt ihre Stirn aufs Kissen sinken. »Bestraf mich«, murmelt sie undeutlich.

»Wie bitte?«, rufe ich. »Ich habe dich nicht gehört.«

»Tu mit meinem Körper, was du willst, Jaxon!«, faucht sie mich an. »Deswegen bin ich schließlich hier!« Sie hält den Mund erstaunt geöffnet, als würde sie selbst nicht glauben, dass sie das gesagt hat, und drückt ihren Kopf wieder in die Kissen. Sie schämt sich. Sie schämt sich für alles, was sie tief im Inneren will. Dass sie auf hemmungslosen Sex steht, ist das eine.

Dass sie aber auch darauf steht, dominiert zu werden – von einem Wichser wie mir –, das andere. Das hat sie nicht geplant. Das kann sie an sich selbst nicht akzeptieren.

Sie wird es lernen müssen.

Ich knete ihren nackten Arsch, lasse dabei immer mal wieder meine Hand zu ihrer Pussy gleiten, um sie zu stimulieren, und schlage dann fest zu. Anstatt zu schreien, stöhnt sie, und als ich nach dem zweiten Schlag vorerst von ihr ablasse, bettelt sie nach mehr.

Sie bettelt leise, aber sie bettelt.

Mein Schwanz wird unerträglich hart, als ich die geröteten Abdrücke auf ihrem Arsch betrachte. Ich knete ihn wieder, stecke meine Finger in ihre Fotze, ziehe sie zurück und spiele ein bisschen mit ihrer unerfüllten Lust.

Dann positioniere ich mich hinter ihr.

Millimeter für Millimeter beobachte ich meine harte Spitze dabei, wie sie sich in sie schiebt, ihre feuchte Pussy langsam dehnt, wieder hervorgleitet. Ich genieße den Anblick, wie ich ihn noch nie genossen habe. Denn ich weiß, dass Amabelle wirklich mir gehört. *Mir*.

Nicht meinem Geld.

Nicht meinem Familiennamen.

Sondern fucking *mir*.

Mir und damit den Kings.

Und ich werde es nicht dulden, dass sie sich vor den anderen verschließt.

Sie wird sich von jedem ficken lassen, sooft und solange ich es will. Und die anderen haben gefälligst keine andere mehr zu wollen, wenn sie Amabelle haben können. Wobei ... ich den Gedanken interessant finde, wie Belle vor Eifersucht stirbt, weil Reece, Sylvian und Zayn auch eine andere ficken könnten ...

Vielleicht werde ich ein bisschen damit spielen.

Ja, vielleicht werde ich sie das immer mal wieder denken lassen, dass sie uns doch nicht so wichtig ist. Sylvian hat es schließlich auch hinbekommen, ohne Harper jemals anzurühren.

Ich will Amabelle ein bisschen quälen. Sie leiden lassen, damit die Erleichterung umso größer wird. Sie misshandeln, ohne es wirklich zu tun. Ich will, dass ihr immer wieder bewusst wird, was für ein fucking Glück sie hat, dass ausgerechnet *wir* sie wollen.

Und dieses Glück muss sie wertschätzen lernen.

Mit einem Stoß versinke ich in ihr und ficke sie hart. Ich nehme keine Rücksicht mehr, halte mich nicht zurück. Stoß um Stoß presse ich mich in sie, ziehe ihre Schenkel zu mir heran, halte sie an ihrem geschundenen Arsch fest.

Sie stöhnt laut und herrlich.

Vielleicht kann Zayn sie hören. Oder Sylvian.

Ich will, dass die kleinen Bastarde sie hören und sich einen auf ihr Gestöhne runterholen. Ja, das werden sie tun, ich weiß es.

Als ich kurz davor bin, zu kommen, lasse ich von ihr ab.

Ich hauche einen Kuss auf ihren blanken Hintern und lege mich neben sie. Amabelles Atem geht schnell, vermutlich, weil sie nicht weiß, was jetzt kommen wird.

Ihre Augen wandern an meinem Körper hinunter zu meinem prallen Schwanz, über den ich ein Kondom ziehe.

»Ja«, sage ich nur. »Fick mich, Belle.«

Sie lacht nervös, bevor sie sich auf mich rollt. Sofort greife ich nach ihrer Hüfte und schiebe sie auf meine Latte.

»Reite mich. Komm schon. Sei wild.«

»Okay«, wispert sie und schließt die Augen, während meine Spitze langsam ihre Pussy zerteilt. Tiefer und tiefer gleite ich und lasse mich umfangen. Sie stützt sich auf meiner Brust ab und bewegt sich erst zögernd, dann fordernder auf mir. Ihr Blick glüht, als sie dabei in meine Augen sieht, und ich sinke entspannt ins Kissen.

Es gibt kaum etwas Besseres als eine ungebändigte Wildkatze, die sich an einem verausgabt. Stundenlang könnte ich Amabelle dabei zusehen, wie sie in Ekstase gerät, weil ich mich so mächtig in ihr anfühle. Wie sie uns beide zum Höhepunkt fickt, wie sich ihre Schenkel immer wieder meine Hüfte entlangschieben. Sie beugt sich zu mir herunter, als sie kurz davor ist, zu kommen, und küsst mich verlangend.

Mein kleines, süßes Kätzchen. Wir werden noch gewaltige Probleme bekommen, ich weiß es. Egal, was die Zukunft bringt. Du und ich sind wie Dynamit. Wer wird mehr brennen?

Als sich ihre Mitte zusammenzieht, mich ausquetscht und sie für einen Moment wie weggetreten scheint, beobachte ich jede Regung auf ihrem Gesicht, jede Veränderung an ihrem gelösten Körper.

Kaum hat sie wieder zu Atem gefunden, wirble ich sie herum, drücke sie unter mich in meine Matratze und bleibe in ihr. Langsam bewege ich mich in ihr, zärtlich, gebe meinem Schwanz genau die Reibung, die er braucht, dann komme auch ich. Es wäre schon verdammt geil, wenn ich sie wirklich mit meinem Sperma vollpumpen könnte. Wenn ich ihr meinen Samen nicht nur tief ins Gehirn pflanzen könnte, sondern direkt in ihren Körper. Meine Finger gehen durch ihr verschwitztes Haar, als ich auf ihr liegen bleibe, und sie lächelt mich zufrieden an.

»Heirate mich.«

Das Lächeln in ihrem Gesicht vereist, und ihre Augen weiten sich, als würde ich ihr die Luft abschnüren.

»Ich will dich an meiner Seite wissen, Belle. Nicht nur bei der Gala. Oder für unser restliches Studium. Sondern für eine ganze Weile länger.«

Sie ist steif geworden. Ich wusste, dass es ihr nicht

leichtfallen würde, sich meinem Vorschlag hinzugeben. *Heirat. Das bedeutet für dich die Aufgabe all deiner Freiheiten, nicht wahr?*

»Jaxon«, flüstert sie und streckt zärtlich eine Hand nach meiner Wange aus. »Warum möchtest du das wirklich?«

Ich knurre sie an. »Was?«

»Mich heiraten? Warum möchtest du das wirklich?«

»Was soll die Frage? Ich habe es dir eben gesagt.«

Sie holt tief Luft und plötzlich schimmern Tränen in ihren Augen. »Du bist so ein verdammter Lügner, Jax! Du würdest mich *niemals* bitten, dich zu *heiraten*, wenn damit nicht irgendetwas einhergehen würde, das dir dienlich ist. Fuck!« Sie stemmt sich gegen mich, aber ich bleibe einfach auf ihr liegen.

Zorn durchfährt mich wie ein elektrischer Strom.

»Geh von mir runter, und dann erklär mir, was das alles soll!«, schreit sie, aber ich drücke einfach eine Hand auf ihre Lippen.

Und dann bewege ich mich weiter in ihr. So hart und gezielt, dass sie lustvoll stöhnt und für einen Moment vergisst, sich zu wehren. »Fuck it, Belle«, knurre ich. »Du hast es noch immer nicht gelernt. Wer bist du und wer bin ich? Warum zur Hölle sollte ich dich heiraten wollen, wenn es mir dabei nicht um dich gehen würde? Ich versuche dir etwas *Besseres* zu bieten. Du sollst dir *sicher* sein, dass du es bekommst.«

»Besser als was?«, fragt sie verzweifelt.

Meine Zähne kleben wie Magnete zusammen, als mir klar wird, dass ich sie gerade gegen ihren Willen festhalte und ficke. Auch wenn es ihr gefällt. Weil sie verdorben ist und wie ich keine moralischen Grenzen kennt.

Trotzdem kann ich es ihr nicht sagen, während ich sie halb vergewaltige. Das wäre noch beschämender als alles andere.

Also sinke ich neben sie und starre an die Decke.

Und jetzt bin ich es, dessen Stimme belegt ist. Ihr die Wahrheit zu sagen, ist das Falscheste, das ich jemals getan habe. Aber habe ich eine Wahl? Schweige ich weiter, wird sie mir niemals vertrauen. Und bin ich ehrlich, besteht wenigstens die geringe Chance, dass sie mich versteht.

»Der Zirkel verlangt von mir, dass ich dich dazu bringe, dein Studium noch dieses Semester aufzugeben.« Ich höre geradezu, wie die Ketten um meine Brust sich lösen. Nie zuvor bin ich zu einer Frau vergleichbar offen gewesen. Da liege ich, nackt, neben mir ein Mädchen, das nicht sofort ›Ja‹ seufzt, nachdem ich ihr einen Antrag gemacht habe, und sage ihr einfach die verdammte Wahrheit.

»Der ... Zirkel?«, fragt Belle zögernd. »Du hast das alles ... für ihn getan? Nur für ihn?«

»Was alles?«, frage ich ungeduldig.

»Deine Art mir gegenüber im ersten Semester, alles, was seitdem passiert ist, bis zu dem Antrag gerade. Das alles, Jaxon.«

»Du meinst, ob ich dich gefickt habe wegen des Zirkels?«, fahre ich sie an. »Habe ich dich mit den anderen geteilt wegen des Zirkels? Habe ich dich verschont wegen des Zirkels? Habe ich dich nach Singapur eingeladen wegen des Zirkels? Ist das deine Frage?«

»Ich weiß es nicht!«, ruft sie verzweifelt, greift nach meiner Decke und will sich damit vor mir abschirmen.

»Nein, lass das«, verlange ich und reiße die Decke

von ihr weg. »Das hier klären wir nackt und unverborgen, wie wir sind, Belle. Nichts von dem habe ich getan, weil ich es nicht tun wollte. Ganz im Gegenteil, jedes nette Wort an dich hätte eine Lüge sein *müssen*, damit ich die Ziele des Zirkels befolge. War es aber nicht.«

»Aber das Spiel?«, wispert sie. »Das habt ihr alles nur gemacht wegen des Zirkels?«

»Ja. Es gab immer einen *Grund* hinter dem Spiel. Oder dachtest du, das wäre wirklich nur Spaß? Dass wir wirklich einfach nur gerne arme Leute quälen? Mein Vater hat dieses unsägliche Stipendiatenprogramm ins Leben gerufen, und der Zirkel wollte, dass wir ... dass *ich* es zum Scheitern bringe. Um die Fehler meines Vaters wiedergutzumachen, vermute ich. Es ist auch egal, was die wahren Absichten des Zirkels sind, wichtig ist nur, dass ich Teil dieses Zirkels werden *muss*. Nur dann kann ich Dinge verändern. Ich will mein Leben nicht damit verbringen, das Geld meiner Familie zu verprassen wie so viele andere in Kingston. Ich will etwas damit *tun*. Und ohne ein mächtiges Bündnis gibt es dafür kaum Möglichkeiten. Niemand auf dieser Welt hat es ohne einen Geheimbund geschafft. Schau dir die Historie an. Schau in die Stammbäume. Immer sind die Mächtigen Nachfolger und Erben anderer Mächtiger, auch wenn normale Leute wie du das niemals checken werden.«

Sie schneidet eine Grimasse, weil ich sie als ›normal‹ beschimpft habe. *Aber das bist du nun mal, Belle! Normal und naiv wie fast alle Menschen!*

»Und was heißt das alles genau?«, fragt sie.

»Das heißt: Du wirst dein Studium abbrechen. Du wirst es *müssen*. Ich hätte alles dafür tun können, damit du schlicht nicht mehr studieren *kannst*, weil du nach diesem Semester schlimmer ausgesehen hättest, als Eleanore es je tat. Stattdessen entschied ich mich dazu, dich ganz zu lassen. Weil du dich in mein verschissenes Herz gefickt hast.«

»Ich soll Kingston verlassen?«

»Ja«, knurre ich.

Ihre Tränen werden heftiger. »Warum habe ich dir jemals vertraut?«

»Hör mir zu«, verlange ich hart. Sie muss es verstehen. Sie muss verstehen können, worum es geht. »Um in Erfahrung zu bringen, ob du mich überhaupt wollen würdest, ließ ich dir die Wahl. Ich hätte dich auch auf einfachere Weise und viel früher dazu bringen können, dich für mich zu entscheiden, aber ich wollte, dass es freiwillig und mit offenen Karten geschieht. Ich wollte, dass du wirklich die Chance hast, mit *mir* glücklich zu werden. Und ich will dir mit einer Verlobung beweisen, dass ich es ernst meine. Ich werde für dich sorgen. Meinetwegen besorge ich dir auch die besten Jobs in den Staaten, wenn du unbedingt Karriere machen willst. Ich werde dich nicht einschränken. Ich werde nichts von dir erwarten. Aber *ich*, *ich* werde dir versprechen, dass ich dir etwas biete. Etwas Besseres als ein Studium in Kingston. Ein Versprechen. Reichtum. Freiheit, zu tun, was auch immer du tun möchtest. Ich liebe dich, Belle.«

Scheiße. Die Worte sind unerwartet gekommen, selbst für mich. Ich schließe die Augen und reibe meine Schläfen. Das kann doch alles nicht wahr sein. Wie sehr entblättere ich mich bitte für ein *Mädchen*? Wieso bin ich nicht den einfachen Weg gegangen? Wieso habe ich sie nicht einfach vor allen Frauen auf dem Campus gefickt, bis Clarisse und ihre Anhängerschaft Amabelle zu

Tode malträtiert? Jemand anderes hätte den Job erledigt, sie aus Kingston zu vertreiben, hätte ich zu großes Interesse an Amabelle gezeigt und es nicht hinter dem Spiel verborgen.

Denn Clarisse hätte Mittel und Wege gefunden, Amabelle voll und ganz zu zerstören.

Es hätte alles so viel leichter sein können.

Aber ich wollte Belle ja unbedingt ficken.

Ich wollte sie unbedingt mit den Kings teilen.

Ich wollte unbedingt mehr von dem Scheiß.

Und wenn mir die Worte ›Ich liebe dich‹ über die Lippen kommen, ohne dass ich sie absichtlich hervorgelogen habe, kenne ich nun auch den Grund. Ich habe mich schon in Sylvians Zimmer, als ich glaubte, Amabelle zu entjungfern, tief mit ihr verbunden.

Und dass sie dann nicht ging, obwohl wir sie wie Dreck behandelt haben, hat es mich mit aller Macht versuchen lassen. Nicht, weil der Zirkel es so wollte.

Sondern weil ich Angst vor all diesem Neuen hatte.

Weil ich immer noch Angst davor habe, mich einer Frau zu öffnen. Letztendlich waren es in meinem Leben immer die Frauen, die mich verarscht haben. Niemand kann mir vorwerfen, dass ich generell nicht viel von der weiblichen Spezies halte.

Ein Schluchzen von Amabelle lässt mich meine Augen wieder öffnen.

Sie liegt nackt neben mir, ihre Wangen voller Tränen.

»Was?«, frage ich ironisch. »Ist es so schlimm, wenn ich mal ehrlich bin?«

Sie lacht verzweifelt und schüttelt den Kopf. »Bitte …«, haucht sie stimmlos. »Bitte zwing mich nicht, mich zwischen dir und meinem Studium zu entscheiden. Ich habe schon Sylvian und Reece für dich aufgegeben. Aber Kingston ... ist mein Leben, Jaxon. Ich fühle mich hier zu Hause wie an keinem anderen Ort. Ich fühle mich angekommen ... Selbst all das Mobbing konnte mir die Magie dieser Universität niemals vermiesen, weil es immer noch kein Vergleich zu meinem Leben im Trailerpark ist. Bitte ...«

Innerlich tut sich in meiner Brust ein Loch auf, aber nach außen hin bleibe ich kühl. »Das sagst du, weil du aus einem Trailerpark kommst«, spucke ich beinahe und stehe auf. Ich bücke mich nach meiner Hose und frage mich, warum ich sie überhaupt gefickt habe. Sie ist es nicht einmal wert, dass ich sie ansehe. »Du glaubst, diese Universität könne dir geben, was *ich* dir geben kann? Ein Mann, der dich liebt? Der dir jeden erdenklichen Traum erfüllen kann? *Jeden*? Wir könnten sogar auf den Mond fliegen, wenn das erste Tourismusprogramm startet. Es gibt keine Grenzen. Absolut keine.«

»Aber mein größter Traum ist es nun mal, in Kingston zu studieren!«

»Dann gib ihn auf!«, fahre ich sie an. »Warum muss es unbedingt Kingston sein? Jeder hasst dich hier. Es ist die Hölle. Und es wird niemals besser werden, weil der Neid auf dich nur wächst. Du wirst ihnen *immer* etwas wegnehmen und sie werden dich *niemals* akzeptieren. Gib deinen Traum auf. So wie ich aufgebe, eine Frau zu heiraten, die des Namens Tyrell würdig ist.«

»Ach, das bin ich nicht?«, zischt sie. »Muss ich dafür erst eine Milliarde Dollar auf meinem Konto vorweisen? Um deines *Namens würdig* zu sein?«

»Ja, und?«, blaffe ich.

»Wie kannst du mich vor eine solche Wahl stellen und gleichzeitig so scheiße dabei sein!« Amabelle steht ebenfalls auf und zieht sich mit wütenden Bewegungen an. »Niemand von den anderen hätte eine solche Bedingung aufgestellt, ich wette mit dir.«

»Ja? Du hast keine Ahnung, was *die anderen Kings* wollen.«

Amabelle schüttelt vehement den Kopf. »Ich glaube dir nicht. Nicht ein Wort. Du kannst sagen, was du willst, aber wer mich so behandelt, wird mich auch in einer *Ehe* schlecht behandeln. Es wird noch einige Jahre dauern, bis ich gelernt habe, dir zu vertrauen, Jaxon. Und *dann* vielleicht würde ich Kingston für dich verlassen. Wenn es dir wirklich ernst ist. Wenn du deine angebliche Liebe *wirklich* bewiesen hast. Aber gerade machst du nur mehr kaputt, als du hast entstehen lassen. Du machst *alles* kaputt.«

»Ja, bereust du deine Entscheidung?«

»Ja!«, ruft sie und weint noch heftiger.

Ich mahle mit dem Kiefer und gehe zur Tür. »Bitte. Wenn das deine Meinung über mich ist, dann geh. Ich warte bis zur Gala auf eine Antwort von dir. Du kannst selbst entscheiden, ob du dich an einen furchtbaren Tyrannen wie mich bindest, der deiner Mutter, deiner Schwester und dir auf einen Schlag das beste Leben der Welt bieten kann, oder ob du mich zum Feind willst. Denn du wirst so oder so Kingston verlassen. Ich habe nur versucht, dich freiwillig dazu zu bewegen.«

»Ist das dein Ernst? Du hast mich bis zuletzt getäuscht und angelogen, was ist daran freiwillig?«

»So dumm, wie du gerade tust, bist du nicht«, knurre ich sie an. »Wenn ich von Anfang an ehrlich gewesen wäre, hätte ich nie gewusst, ob du wirklich *mich wählen würdest*. Jetzt weiß ich, dass du es getan hast und uns nur der Zirkel im Weg steht.«

»Deine ›Ziele‹ werden dir immer wichtiger sein als alles andere«, murmelt sie wütend.

»Nun, dir deine Vernarrtheit in diese Universität auch, oder? Nur sehe ich nicht, wie *du* versuchst, *mir* entgegenzukommen. Ich hingegen würde sogar meinen Namen an dich binden, dir ewige Treue schwören und sogar einen knebelnden Ehevertrag, der nur zu deinem Vorteil wäre, unterschreiben. Das alles würde ich tun, damit *jeder* von uns beiden seinem Ziel näher kommt. Ich dem Zirkel und du der Absicherung für deine Zukunft und deine Familie.«

Sie ist vor mir stehen geblieben. Stumm laufen Tränen an ihren Wangen hinab.

Warum weinst du eigentlich, Belle? Du willst mich. Du hast dich für mich entschieden. Ob wir nun drei Jahre früher heiraten oder nicht – who the fuck cares?

»Was, wenn ich mich für Reece entschieden hätte?«, flüstert sie. »Was dann? Hättest du ihn dann gezwungen, mir dasselbe ›anzubieten‹? Eine Heirat und ein Dasein außerhalb von Kingston?«

»Ich wusste, dass du ihn nicht wählen wirst wegen Zayn.«

Amabelle bebt innerlich. »*Wolltest* du etwa, dass Zayn mir vorgaukelt, er wäre Reece und wäre nicht in mich verliebt?«

»Nein.« Ich trete an sie heran, um meinen Worten besonderen Nachdruck zu verleihen. »Vielmehr solltest du dich fragen, ob es wirklich Zayn war, der dir angeblich etwas vorgegaukelt hat.«

»Es *war* Zayn!«

»Du wirst dir bei den beiden niemals sicher sein können. Und Sylvian *will* nicht, dass du ihn wählst. Ich habe also nie darüber nachgedacht, was wäre wenn. Ich habe nur gezweifelt, ob du überhaupt jemanden wählst.«

»Hast du mich entführen lassen, um mich zu bestrafen?«, fragt sie herausfordernd. »Die Folter durch Clarisse? Hast du davon gewusst und es *zugelassen*, damit ich einen Vorgeschmack darauf bekomme, was geschieht, wenn ich mich *nicht* entscheide?«

Warum soll ich jetzt noch lügen? »Das war ein netter Nebeneffekt, ja. Wobei ich nicht wusste, dass sie so weit gehen würde.«

Ihr Zorn scheint ihr die Sinne zu vernebeln. »Du verdammtes Arschloch! Und sicherlich wolltest du auch wissen, ob ich Vance ficken würde!« Ihre Augen blitzen wissend auf, und sie sieht aus, als überlege sie, mir mehrere Faustschläge zu verpassen.

Ich hebe die rechte Schulter. »Ja, und? Du hättest es getan, wenn er nicht gewusst hätte, dass es ihn den Schwanz kosten würde und er deshalb schlaff bleiben würde. Du bist nun mal unersättlich, Belle, das war jetzt nicht die größte Überraschung.«

Sie hebt blitzschnell die Hand, um mir eine zu knallen, aber ich bin genauso schnell dabei, ihren Arm festzuhalten.

»Wir sehen uns bei der Gala, Belle«, raune ich und lasse sie los. »Viel Erfolg bei deinen Prüfungen.«

Sie wirft mir einen Killerblick zu, und ich bin froh, als sie endlich geht.

Kaum habe ich die Tür hinter ihr geschlossen, sinke ich dagegen.

Meine Augen sind müde und mein Körper fühlt sich gerädert an.

Was zur Hölle tue ich, wenn sie sich gegen mich und für Kingston entscheidet?

Und wieso sage ich ihr nicht, dass es immer meine größte Angst war, sie würde einen der anderen wählen? Dass ich bis zuletzt glaubte, sie würde es tun? Warum lasse ich sie in dem Glauben, ich hätte gewollt, dass sie Vance fickt? Es hätte mich nicht gestört ... warum auch immer. Aber natürlich wollte ich niemals, dass sie sich dazu gezwungen fühlt. Warum muss ich noch immer lügen, um mich zu schützen?

Fuck, Belle. Zwing du *mich nicht, mich zwischen dir und dem Zirkel zu entscheiden. Diese Wahl ist für mich tausendmal schwieriger zu treffen als die deine.*

Denn woher soll ich *wissen, dass du mich wirklich liebst?*

Und ich nicht am Ende alles aufgebe für jemanden, der eigentlich einen meiner Freunde liebt, sich aber nicht traut, dazu zu stehen?

JAXON

Wenn ich dir nachgegangen wäre, mich entschuldigt hätte, dir all meine Aufrichtigkeit nochmals vor die Füße gespuckt hätte – könntest du dann damit leben?

Könntest du damit leben, dass ich alles aufgebe für dich?

Dass ich meinen Platz im Zirkel verliere, um den Platz an deiner Seite einzunehmen?

Ist es wirklich das, was du willst?

Oder wird dir langsam klar, dass wir beide eine weitere Wahl treffen müssen?

Wird dir klar, dass so oder so einer von uns zurückstecken muss, wenn wir zusammen sein wollen?

Wer wird es sein, Belle?

Wer gibt zuerst nach?

ACHT

MABLE

Mein Kopf fühlt sich an, als würde er jeden Moment explodieren. Ich stolpere mehr, als dass ich gehe, in mein Wohnheim und will nichts weiter, als mein Bett zu erreichen. Der Ort unter meinen Laken fühlt sich gerade wie zu Hause an. Als könne mich der Stoff vor den weitreichenden Entscheidungen schützen, die ich treffen muss. Kaum bin ich eingetreten, erinnert mich das Chaos meiner eigenen aufgeschlagenen Bücher daran, dass auch ich mir keine Ablenkungen erlauben dürfte.

Jaxons Geständnis, dass er mehr oder weniger meinetwegen sein Kolloquium verschieben musste, hat mich tief berührt. Aber etwas Derartiges kann ich mir nicht erlauben. Ich versuche also, alle Gedanken an ihn beiseite zu schieben, und stürze mich in mein Lernpensum. Mich auf meine Wirtschaftsfächer zu konzentrieren, hilft mir dabei, meinen dröhnenden Kopf mit etwas anderem zu füllen als dem nagenden Zweifel.

Erst am Abend, als ich mich umziehe, fällt mein Blick auf das Kleid in meinem Schrank, das Jaxon mir für die Gala gekauft hat.

Ich erwische mich bei dem Gedanken, es zu tragen und seinen Antrag tatsächlich anzunehmen. Wenn ich Jaxon vertrauen *könnte* oder wenn ich ihm vertrauen *will*, dann wäre es zwar eine weitreichende Entscheidung, aber es würde sich auch gewissermaßen richtig anfühlen, mich für ihn und gegen Kingston zu entscheiden.

Vielleicht ist das mein Schicksal?

Vielleicht war es das von Anfang an?

Vielleicht gehöre ich wirklich nicht hierher. Und so sehr Jaxons Vater es sich auch anders wünscht, vielleicht ist dieses Stipendiatenprogramm aus vielerlei Gründen mehr zum Scheitern verurteilt. Wir Stipendiatinnen werden es nicht ohne die Hilfe eines Verbündeten schaffen, in der Elite zu bestehen. Wenn ich mich *ganz und gar* für Jaxon entscheide, kann ich mein Studium zwar nicht mehr beenden, aber vom Studieren wird es mich nicht abhalten. Ich kann an eine andere Universität wechseln und überhaupt: Ich brauche keine Prüfungen zu schreiben, um mir Wissen anzueignen. Wenn ich nur noch lernen kann, was ich wirklich lernen *will*, weil ich absolut keinerlei Gedanken daran verschwenden muss, mit welchem Wissen ich am meisten *Geld* verdiene, dann ... klingt das alles sehr verlockend.

Geht es bei dieser Frage eigentlich noch um meine finanzielle Sicherheit oder um Kingston?

Oder will ich mich einfach nur nicht für Jaxon entscheiden? Jedenfalls nicht ... so endgültig? Und nicht ... *nur* für ihn?

Am Montagmorgen schrecke ich auf, als wäre ich aus einem langen, tiefen Schlaf erwacht. Ich habe vergessen, eine Quelle in meiner Hausarbeit anzugeben, was mir wie in einem Albtraum bewusst geworden ist. Die Abgabe ist um zehn Uhr und eigentlich habe ich noch eine Vorlesung zur Prüfungsvorbereitung um neun. Mehr oder weniger frisch angezogen stürme ich Richtung Bibliothek und komme atemlos und mit stechenden Rippen im Eingangsbereich an, als sie gerade geöffnet wird. Ich verstaue meine Tasche in einem der Spinde und schließe meinen Laptop an einem der hinteren Tische an. Es ist niemand sonst hier.

Verzweifelt begebe ich mich auf die Suche nach dem Buch, aus dem ich das Zitat habe, das ich für meine ›Einführung in die Philosophie II‹-Hausarbeit verwenden möchte. Das Zitat ist zu genial, um es zu streichen. Es bringt meine gesamte Arbeit auf den Punkt.

Als ich schließlich zehn Bücher vor mir liegen habe, teilweise aufgeschlagen, teilweise zur Seite gelegt, teilweise auf dem Stapel ›noch einmal prüfen‹, ist es neun Uhr, und ich bette erschöpft den Kopf auf meine Hände. Woher zur Hölle habe ich diesen Textauszug und warum finde ich ihn nicht wieder?

Ein Geräusch am anderen Ende der büchergefüllten, torbogenförmigen Halle lässt mich aufsehen. Von allen Studenten, die hereinkommen könnten, ist es ausgerechnet Reece, der durch die elektronischen Sicherheitstüren tritt und den Gang entlanggeht.

Ich hatte gehofft, die Gefühle, die ich empfinde, wenn ich ihn vor mir sehe, wären durch seine ätzende Art ausradiert worden. Doch mit jedem Tag, an dem ich versuche, an keinen der Kings zu denken, wird es schlimmer. Es ist unmöglich, nicht festzustellen, wie attraktiv ihn sein forscher Schritt durch die lange Halle macht. Er trägt eine helle Chinos, schlichte Schuhe und einen eng anliegenden, beigefarbenen Sweater, den er an den Armen hochgekrempelt hat, sodass seine Uhr, ein paar silberne, filigrane Armbänder und der Siegelring der Kings deutlich zum Vorschein kommen.

Er ist so gutaussehend, dass es mich tötet.

Ich nehme mir vor, ihn zu ignorieren, wie er es verdient. *Ignorieren, ignorieren, ignorieren.*

Kaum dass Reece mich fixiert, sehe ich sofort wieder auf meine Hausarbeit und das Buch, in dem ich gerade blättere. Ein Teil von mir will, dass er zu mir kommt, der Teil, der enttäuscht reagieren wird, wenn er es nicht tut. Der Teil, der auf die verdammte Arschlochseite der Kings steht. Der Teil, der süchtig nach ihren Ausflüchten und Lügen geworden ist.

Ein anderer Teil will, dass er weitergeht. Der Teil, der sich davor fürchtet, den Schmerz zulassen zu müssen, der unterschwellig da ist, weil ich mit der Entscheidung *für* Jaxon alle anderen Kings verloren habe.

Dass Reece mit Clarisse zur Gala gehen will, fühlt sich wie ein schwerer Betrug an. Nicht nur, weil er sich damit auf die Seite meiner Peinigerin schlägt, ich bin auch ganz generell eifersüchtig. Dabei bin ich diejenige, die sich für Jaxon entschieden hat statt für ihn. Und damit habe ich auch den ›Anspruch‹ auf ihn verloren und das tut besonders weh.

Es tut weh.

All diese Gefühle würde ich am liebsten aus meinem Kopf, meiner Brust, meinem gesamten Körper verbannen, aber es klappt nicht. Vor allem deswegen nicht, da eine Bewegung in meinem Augenwinkel verrät, dass er sich mir genähert hat.

Im nächsten Moment zieht Reece den Stuhl an dem Platz vor mir zurück und setzt sich.

Mein Herzschlag beschleunigt und ich versuche, ein unbeteiligtes Gesicht aufzusetzen, als ich aufsehe. »Hier ist besetzt«, informiere ich ihn tonlos und spüre im nächsten Moment Hitze in meinen Wangen aufsteigen, als er auf meine Worte hin lacht.

»Jetzt schon.« Das Meeresblau in seinen Iriden ist überraschend warm und freundlich und ich versuche, nicht zu sehr darin zu versinken. *Er hat dich vor allen vorgeführt. Er hasst dich. Verfalle seinem hübschen Lächeln nicht.* »Ich bin's, Zayn.«

Mein Stift rollt mir aus der Hand und ich starre ihn an.

»Sorry, dass du es nicht erkennst.« Er sieht aus wie Reece. Alles an ihm ist so sehr Reece, dass ich schreien könnte.

»Du bist alles, aber nicht Zayn«, zische ich.

Er hebt verwundert eine Braue.

»Zayn *kann* gar nicht warm und freundlich schauen und *Zayn* hasst mich ... Ach egal, ihr beide tut es. Lass mich in Ruhe, Crescent«, murmle ich und senke meinen Blick auf das Buch vor mir.

Er sagt für eine ganze Weile nichts und mir fällt zu spät auf, dass er nach meiner Hausarbeit gegriffen hat.

»Leg sie sofort zurück«, verlange ich panisch. Ich will nicht, dass ein College-Absolvent in meiner Arbeit liest und darin meine vielen Denkfehler findet.

Reece-Zayn liest meinen Text weiter und schlägt interessiert die nächste Seite auf. Schatten um seine Augen zeugen von einer schlaflosen Nacht, sein blondes Haar ist feucht, als wäre er durch Regen gelaufen, und das glatt rasierte Gesicht gibt mir absolut keinen Hinweis darauf, um welchen der beiden Zwillinge es sich handelt. »Du schreibst gut.«

Ich beuge mich vor und reiße ihm die Hausarbeit aus der Hand. Jedenfalls versuche ich das, aber er hält sie fest. Als er von dem Text aufsieht, strahlen seine Augen Gefahr aus, als wäre er nicht bereit, mir die Hausarbeit zu überlassen, ohne sie vorher zu lesen.

»Was willst du hier?«, frage ich ihn wütend.

»Mit dir sprechen, Dole.«

»Ich will aber nicht *mit dir* sprechen«

»Du willst angeblich viele Dinge nicht und tust sie trotzdem.«

»Und du bist ein Lügner, ein Arschloch und ein Loser. Die Liste deiner Fehler ist deutlich länger als meine, Reece. Crescent. Whoever.«

»Ich bin *Zayn*.«

»Beweis es.«

Er verdreht die Augen, fasst nach meinem Handgelenk und zerrt mich zu sich. Ich fliege fast über den Tisch, und kurz darauf befindet sich sein Gesicht nah vor meinem. Er riecht nach Pfefferminz und Rauch. Aber das beweist gar nichts. Auch Reece könnte rauchen. »Ich bin der von den beiden Zwillingen, der normalerweise einen Fick auf dich gibt, Dole. Aber ich bin auch der, der keinen Bock hätte, dich in einem Flur vor allen bloßzustellen. Ich bin der, der sich bei so was zurückhält. Ich bin der, der Clarisse eher bewusstlos schlagen würde, statt sie zur Gala einzuladen. *Ich bin Zayn.* Noch Fragen, Babydoll?«

»Gib mir meine Hausarbeit.« Ich reiße mich von ihm los.

Er reagiert mit einem Gähnen. »Ich will sie lesen«, informiert er mich. Der typische Milliardärssohn, der immer bekommt, was er will.

»Aber *ich* will nicht, dass du es tust!«

»Was steht darin, was ich nicht erfahren dürfte?«

»Nichts! Es geht mir einfach nur darum, dass ich in einer halben Stunde Abgabe habe und meine Ruhe brauche!«

Er lässt meine Arbeit los und lehnt sich zurück. Die Arme vor der Brust verschränkt betrachtet er mich gelangweilt. »Als ich letztens deinen Arsch gefickt habe, warst du netter.«

»Gott sei Dank gibst du endlich zu, dass du es warst, Zayn«, murmle ich augenverdrehend, ohne den Gedanken daran zuzulassen, wie heiß es mit ihm war. »Was sollte all das Theater?«, frage ich leise, damit sich unser Gespräch in der weiten, stillen Halle verliert, ohne gehört zu werden.

Er zuckt zusammen, als hätte er nicht verraten wollen, dass er es war statt seines Bruders, der mich am Strand nach meiner Entscheidung für Jaxon gevögelt hat. »Weiß nicht. Ich mag es, wenn du mich ansiehst wie jetzt und versuchst, herauszufinden, wer ich wirklich bin. Selbst beim Ficken siehst du mich auf diese Art an. Das war interessant. Ich wollte den Moment nicht zerstören.«

»Fick dich einfach, Zayn, und verschwinde.«

»Warum bist du sauer auf mich? Ich war es nicht, der getan hat, was Reece getan hat.«

»Wie auch immer. Ich habe eine Abgabe um zehn«, flüstere ich abweisend.

»Ich werde deine Arbeit für dich abgeben, dann hast du noch Zeit.«

Warum ist er plötzlich so verdammt nett? »Nein, danke«, murmle ich.

»Bist du denn bis zehn fertig?«, fragt Zayn verwundert, lässt seinen Blick über alle aufgeschlagenen Bücher gleiten.

Ich schüttle den Kopf.

»Lass mich dir helfen«, schlägt er nochmals vor. »Erst reden wir, dann helfe ich dir und dann gebe ich die Hausarbeit für dich ab. Alles ziemlich easy.«

Ich beiße mir auf die Unterlippe, bevor ich den letzten Rest Geduld aus mir hervorkrame und so freundlich wie möglich lächle. »Worüber möchtest du sprechen?«

»Über die Gala.«

»Okay, nein, vergiss es.« Warum auch immer, ich ertrage den Gedanken nicht, mit Zayn oder Reece über all die komplizierten Dinge zu sprechen, die mich auf der Gala erwarten werden.

Zayn schnaubt und wedelt mit meiner Hausarbeit in der Hand herum. »Hast du noch eine Kopie davon?«, fragt er und klappt meinen Laptop zu.

»Warum fragst du das?« Innerlich werde ich panisch. Er ist ganz plötzlich aggressiv geworden, als hätte ich ihm eine Abfuhr erteilt.

»Ich kann spielend leicht deine Hausarbeit und deinen Laptop an mich nehmen, Dole. Noch ein paar Knicke in die vielen Bücher hier und die Bibliothekare werden dich zurückhalten und foltern, weil du ihre Schätze angegriffen hast. Reece und ich haben zusammen bisher die exzellentesten Noten der letzten Jahre und sie würden es nicht einmal *wagen*, mir nicht zu glauben, wenn ich dich beschuldige. Dein Laptop könnte mir beim Hinausgehen einfach herunterfallen, und du verlierst wertvolle Zeit, wenn du erst noch an deine Cloud und einen fremden Computer musst. Das alles könnte ich tun und es wäre nichts im Vergleich zu der Möglichkeit, deine Arbeit zu verfälschen und in deinem Namen ein Plagiat abzugeben, was dich durch den Kurs fallen lässt.«

Ich beginne zu frösteln. »Und warum sagst du das alles?«

»Ich will, dass du *verstehst* und *zuhörst*, wenn ich zu dir komme, um mit dir zu sprechen. Meine Zeit könnte ich für tausend wichtigere Dinge aufwenden, aber wenn ich mit dir sprechen will, wirst du zuhören. Du wirst dir deine zynischen Kommentare für Tyrell aufheben und geflissentlich nicken und mir deine *volle* Aufmerksamkeit schenken, solange ich vor dir sitze. Alles klar soweit?«

Kalter Schweiß bildet sich auf meinen Handinnenflächen. Ich habe Zayn nie zuvor so voller Hass und gleichzeitig überschäumender Intensität erlebt. »Und was willst du mir über die Gala sagen?«, frage ich eingeschüchtert.

Er lehnt sich entspannt zurück, weil er offensichtlich seinen Willen bekommen hat. »Ich dachte, du willst vielleicht mit jemandem quatschen, bevor du bei der Gala die Entscheidung deines Lebens triffst.«

»Und warum sollte ich ausgerechnet mit *dir* darüber sprechen wollen?«

»Weiß nicht«, erwidert er entspannt. »Ich bin quasi

außen vor. Reece, Jaxon, Sylvian. Das sind die drei Kings, die zur Wahl stehen.«

»Reece?«, frage ich spöttisch. »Er stand nie zur Wahl. Er ist ein Lügner. Ihr beide seid welche. Ihr *alle*. Bei Jaxon weiß ich wenigstens, dass ich mich auf nichts verlassen kann, aber *ihr* seid einfach nur hinterhältig.«

»Aww, das ist jetzt aber fies.« Er zieht eine Grimasse.

Leider muss ich über ihn lachen und das Eis zwischen uns bricht endgültig.

»Ich will dir nur sagen ...« Seine Lippen werden schmal. »Du musst Jaxon nicht heiraten, nur damit du irgendeine Sicherheit von ihm bekommst oder keine Ahnung was. Wenn du ... Hilfe brauchst ... Also ... Ich meine, ich bin glücklicherweise ein Crescent und habe 'nen Arsch voll Kohle auf diversen Konten rumliegen ...«

Mein Mund öffnet sich und für einen Moment kann ich nicht anders, als mich von seinem Angebot geschmeichelt zu fühlen. Es ist, als würde er versuchen, mich davor zu bewahren, eine falsche Entscheidung zu treffen. Das ist das Letzte, was ich von Zayn erwartet hätte. »Schon gut, es geht mir nicht ums Geld. Aber es ist niedlich, wie ihr ständig versucht, mich darauf zu reduzieren, dass ich arm bin.«

»Das meinte ich nicht«, streitet er ab. »Ich will nur, dass du weißt ...«

»Dass ich Jaxon nicht heiraten ›muss‹, nur um an Geld zu kommen, verstanden. Danke.«

Er presst den Kiefer zusammen und sieht zur Decke.

»War das alles?«

»Also wirst du nicht mit Jaxon zur Gala gehen?«, fragt er zögernd.

»Wenn ich *nicht* mit Jaxon gehe, wird er nicht in den

Zirkel aufgenommen«, unterbreche ich ihn und spreche damit aus, worüber ich das ganze Wochenende nachgedacht habe.

»Was?«, fragt Zayn fassungslos.

»Hat er euch das nicht gesagt?«

Er reißt die Augen auf und antwortet leise, aber gepresst. »Was hat das alles mit dem verdammten Zirkel zu tun?«

»Wenn ich weiter in Kingston studiere, hat Jaxon die Vorgaben des Zirkels nicht erfüllt. Er wird nicht aufgenommen werden.«

Zayn lacht plötzlich so kalt, dass es mich fröstelt. »Ach ja? Dafür der ganze Scheiß? Weißt du was? Er verdient es. Er verdient es, wenn er alles verliert. Vor allem seinen verdammten Platz im Zirkel. Mir ist zwar nicht klar, wieso plötzlich für ihn andere Regeln gelten sollten, aber das wird Reece wohl erst nach der Gala erfahren, nicht wahr? Denn *wir* werden definitiv aufgenommen.«

»Ich dachte, Jaxon und du seid Freunde?«, frage ich hilflos. Ich kann mich nicht einmal schlecht fühlen, dass es für mich eine Option ist, Kingston zu verlassen, auch wenn Zayn recht hat.

»Freunde?«, fragt Zayn spöttisch. »Niemand von uns wusste von diesem Zirkelmist, aber du? Er verdient es, dass er nicht mehr dazugehört. Er hat uns andere dazu gebracht, seine Scheiße und das ganze Schachspiel mitzutragen, aber es hieß immer, dass *eine* das Spiel gewinnen darf. Und ich dachte, das wärst du. Aber klar, warum hätte er uns nicht anlügen sollen?« Zayn hat die Hand zur Faust geballt und das ließ mir die Gelegenheit, meine Hausarbeit wieder an mich zu nehmen.

»Sei sauer auf ihn«, murmle ich, »aber gerade habe

ich keine Zeit, um darüber nachzudenken, was er euch oder mir verschwiegen hat.«

»Du bist echt wie er«, sagt er spöttisch.

Ich zucke mit den Achseln und klappe meinen Laptop wieder auf. Die wenige Zeit, die mir bis zur Abgabe noch bleibt, zerrinnt.

»Okay, vergessen wir den Scheiß erst mal.« Zayns Stimme hat sich plötzlich verändert. »Lass mich dir helfen, damit du den Kopf frei hast.«

Ich beiße mir auf die Unterlippe, bevor ich nach meiner Hausarbeit greife und sie ihm hinhalte. »Den eingekreisten Absatz. Dazu fehlt mir die Quelle. Ich suche weiter, ob ich das richtige Buch finde. Keine Ahnung, was du tun willst.«

Er nimmt mir die Blätter ab und ich rausche davon. Hinein in das Dämmerlicht der Bücherregale, zwischen all die Welten aus Papier. Mit zitterndem Finger streiche ich über die Titel, versuche, mich darauf zu konzentrieren, ob ich eines der Bücher schon einmal in der Hand hatte, und werde doch von meinen Gedanken auseinandergerissen.

Zayn will mir eine Alternative bieten, damit ich nicht auf Jaxons Antrag eingehen muss.

Was hat das zu bedeuten?

Mag er mich?

Oder spielt er genauso wie sein Bruder mit mir?

Wieso kann ich die beiden noch immer nicht verlässlich auseinanderhalten?

Wer sagt mir, dass er nicht eigentlich Reece ist?

Dass er mich täuschen will?

Und wieso flattert mein Herz in seiner Nähe?

So viele Fragen und noch immer so wenige Antworten …

Als ich Schritte im Gang höre, fahre ich herum.

Zayn sieht himmlisch aus und darf mich nicht weiter ablenken.

»Sicher, dass du eine Quellenangabe brauchst?« Zayn bleibt vor mir stehen und hält mir die Hausarbeit hin. »Ich habe den Text gerade überflogen. Der Absatz ist eine Konklusion. Deine Arbeit wird dadurch in sich abgeschlossen und logisch. Selbst wenn es dafür eine Quelle gäbe, hast du den logischen Punkt selbst an diese Stelle gesetzt. Ich wette, du hast ihn selbst geschrieben und es nur vergessen.«

»Aber der Absatz ist *genial*«, halte ich dagegen. »So etwas kann ich gar nicht selbst formuliert haben.«

»Anscheinend schon. Du versuchst, eine Quelle für das Ergebnis deiner gesamten Arbeit zu finden. Das macht keinen Sinn. Leb damit, dass du verdammt gut schreiben und logisch argumentieren kannst.«

Ich nehme ihm die Arbeit aus der Hand und lese den Absatz noch einmal.

Es fällt schwer, anzuzweifeln, dass alle bisherigen Thesen nichtig sind. Aber wir müssen uns erlauben, dem kleinsten Hinweis nachzugehen, dass wir falsch liegen. Sonst sind wir nicht mehr Denker, nicht mehr Mensch. Wir würden unsere eigene Spezies verraten. Das ist die Gefahr jeder Ideologie. Und der wahre Unterschied zu Gottvertrauen und Glauben.

Zayn ist nähergekommen, während ich gelesen habe. »Soll ich sie für dich abgeben?«

»Wie willst du das anstellen, ohne dass es dämlich

rüberkommt? ›Hallo, Professor Chauhan, ich habe Amabelle Weaver vorhin unbedingt erklären müssen, dass sie ihren Freund nicht heiraten muss, um finanziell unabhängig zu sein, weil ich ihr einfach Geld schenken kann, deswegen hat sie ihre Abgabe verpasst ...‹«

Zayn lacht in sich hinein. »Scheiße, das klingt so abturnend, wenn du Jaxon als deinen Freund bezeichnest. Wir hätten das niemals zulassen dürfen. Dieser ganze Entscheidungsmist ... ist einfach nicht das, was wir normalerweise tun.«

»Was meinst du?«, frage ich ihn neugierig.

Sein Grinsen wird bitter. »Normalerweise, Dole, wenn Reece und Jaxon nicht gerade um dein Herz spielen, hätten wir dich *niemals* zu einer Entscheidung gezwungen. Ganz im Gegenteil, hättest du nur *einen* von uns gewollt, hättest du *keinen* bekommen. Das sind die Kings. Das sind wir. Und du scheinst ... nun ja, mehr als nur perfekt für den Platz der Königin geeignet.« Seine blauen Augen blitzen auf und mein Herzschlag dröhnt mir bis in die Ohren. »Aber sie haben nun mal um dich gespielt.« Er macht einen plötzlichen Schritt auf mich zu. Da steht er, nah und ungefiltert. Zayn Crescent, mit dem ich meine heißesten Fantasien erleben durfte. »Verdammt, Dole, wie kannst du überhaupt darüber nachdenken, mit Jaxon dorthin zu gehen? Wie kannst du Kingston und deine Möglichkeiten aufgeben für *ihn*?«

»Ich weiß es nicht!«, rufe ich verzweifelt im Bühnenflüsterton. »Vielleicht, weil ich ihn liebe?!«

Zayn zuckt zusammen, als hätte ich ihn ins Gesicht geschlagen. Seine Miene durchspielt alle Emotionen. Abneigung, Unverständnis, Verzweiflung, Sehnsucht. Mir wird schwindelig vom Zusehen. »Und dich selbst?«, fragt er schließlich rau. »Hast du auch noch Achtung vor dir selbst oder folgst du einfach blind deinen Gefühlen für Jaxon Tyrell?«

Ich beiße mir auf die Zunge und senke den Blick.

Zayn umschließt mit einer Hand mein Kinn und hebt meinen Kopf an. Es sieht so aus, als wolle er eine Menge sagen. Ein Geständnis hervorbringen, das viel zu lange ausstand. Aber alles, was er tut, ist, mich zu küssen.

Ich weiß, dass es falsch ist. Es ist so falsch und doch so richtig. Ich folge dem Sturm in mir und küsse ihn zurück. Vielleicht ahnte ich die ganze Zeit unterbewusst, wie es wirklich ist. Zayn ist vordergründig ein Arsch, aber er hat es nie geschafft, sein Innerstes ganz vor mir zu verbergen. Er macht sich Sorgen um mich. Ich bin ihm nicht ganz egal.

Das ist die beflügelnde Wahrheit.

Ich küsse ihn, weil es sich wie die pure Befreiung anfühlt. Weil ich *endlich* und *ganz und gar wirklich ihn* küssen kann.

Er hat recht, lieben tue ich mich schon lange nicht mehr. Das haben die Kings aber nicht verursacht. Ganz im Gegenteil. Dieser Hass auf mich selbst und meine Schwächen gehen tiefer und reichen weit zurück.

Mein Leben lang will ich Dinge tun, die ich mir selbst verbiete. Weil ich nicht wie meine Mom werden wollte. Weil ich nicht verantwortungslos gegenüber Olive sein konnte. Aber eigentlich bin ich das alles nicht.

Ich bin nicht dieses brave, wissbegierige College-Girl, das ihr ganzes Leben damit verbringen kann, über Büchern zu hocken. Und ich bin auch nicht die loyale Freundin, die Jaxon sich wünscht. Die sich selbst zurückstellt, für die Ziele eines Mannes.

Ich bin schlechter.

Ich bin verruchter.

Ich bin willenloser.

Zayn greift in mein Haar, presst mich an sich und erwidert meinen Kuss leidenschaftlich. Da sind für einen Moment nur wir. Er und ich. Ohne Kings. Ohne Jaxon. Ohne irgendjemanden sonst.

Wir lösen uns und während ich strahle, ist sein Gesicht voller Schatten.

»Ich will dich jetzt am liebsten ficken, Dole.«

Seine Worte erzeugen einen Rausch in mir und ich habe nicht ganz das schlechte Gewissen, das ich haben sollte. Zayns Lippen stehen noch immer offen und ich sehne mich danach, dass er mich erneut küsst.

»Aber deine Abgabe ist um zehn und deine Hausarbeit fertig. Du solltest sie rechtzeitig einreichen. Überleg dir, ob du mit Jaxon zur Gala gehst ... oder ob du ihn einfach mal verlieren lässt.« Er blickt entschuldigend drein, bevor er sich abwendet.

Er geht, und alles, was ich tun kann, ist, ihn gehen zu lassen.

Obwohl mein Herz etwas anderes will.

ZAYN

Du fragst dich, warum ich dich nicht gefickt habe?

Tja. Mein Bruder und ich leben eine goldene Regel. Keine Frauen ohne den anderen. Klar, für Rachel hat er eine Ausnahme gemacht, weil sie 'ne hässliche Bitch war.

Aber das ist nicht der einzige Grund.

Ich will es zu sehr.

Ich will dich zu sehr.

So fucking verdammt sehr, dass ich sogar bereit bin, meinen Deal mit dem Zirkel in den Wind zu blasen. Wenn du Jaxon nicht heiratest und Kingston nicht verlässt, dann ist nicht nur Jaxon gefickt. Sondern auch ich.

Aber ganz ehrlich, wie könnte ich dabei zusehen, wie du diesem Schwachmaten aus der Hand frisst? Ich glaube ihm kein Wort.

Er will dich heiraten, weil er dich dann zukünftig nicht vergewaltigen muss, obwohl er dich dazu bringt, Kingston zu verlassen. Hätte er dich nämlich auf seine klassische Jaxon-Tyrell-Art vertrieben, hättest du ihn nie *wieder an dich rangelassen. So kriegt er beides. Seinen Willen und deine Pussy.*

Echt, Babydoll.

Check einfach, dass du mehr wert bist als das.

NEUN

MABLE

Die Prüfungsphase zieht an mir vorbei, ohne dass ich auch nur eine Minute Zeit hätte, über die Gala nachzudenken. Bei ›Wissen und Wirklichkeit‹ bin ich früher fertig als alle anderen und registriere in der geschäftigen Stille des Raums zwischen meinen Kommilitonen, dass ich entscheiden muss, ob ich heute Abend zur Gala gehen werde oder nicht.

Fünf Minuten vor Abgabe sortiere ich meine geschriebenen Blätter und gehe nach vorn. Ich halte es nicht mehr länger aus, dazusitzen und darüber nachzudenken, warum ich überhaupt noch meine Prüfungen schreibe.

»Miss Weaver«, raunt Goldman, als er meine Blätter entgegennimmt. Er hat die gesamte Prüfung über dagesessen und gelesen, während seine Mitarbeiter den Saal beobachtet haben. »Warten Sie draußen und kommen Sie nach der Prüfung in mein Büro.«

Natürlich nicke ich. Die Einladung eines Professors kann ich nicht ablehnen, oder?

Ich warte vor Goldmans Büro, das neben dem Hörsaal liegt, und werde von ihm nach der Prüfung hereingebeten.

Es ist ein zauberhaftes Zimmer, in dem alle möglichen Gegenstände verschiedenster Kulturen in Regalen gestapelt sind. Von den Mayas, den Ägyptern, Arabern, Chinesen ... Auf einem großen Tisch in der Mitte stapeln sich Bücher und aufgeschlagene Notizhefte. Leere Weingläser stehen überall verteilt, und Goldmans iMac wirkt wie ein futuristisches Accessoire in einem Raum, der auch vor hundert Jahren schon so ausgesehen haben könnte.

»Miss Weaver.« Goldman positioniert sich hinter seinem gewaltigen Schreibtisch. Er ist so unordentlich, dass ich mir nicht vorstellen kann, wie es sich daran arbeiten lassen könnte. »Ich weiß, was dieses Studienjahr um Sie herum geschehen ist. Deswegen kann ich Ihnen nur meine Bewunderung aussprechen. Bisher hat es keine so lange ausgehalten wie Sie, wenn es Tyrell einmal darum ging, jemanden loszuwerden. Hören Sie, normalerweise gebe ich früh den Rat, sich zu überlegen, ob es das Studium in Kingston wirklich wert ist. Und normalerweise ist es das bei Weitem nicht.« Er lässt sich mit einem schweren Seufzer auf seinen Bürostuhl sinken und faltet die Hände vor seinem Bauch. »Doch bei Ihnen ist es anders. Sie sind mit Abstand die Jahrgangsbeste in Ihren Kursen. Sie machen keine Fehler, keinen einzigen, und mein Gefühl sagt mir, dass sie nicht mal irgendwelche Substanzen nehmen, um Ihre Leistungsfähigkeit zu steigern. Wir befinden uns im Grundstudium. Man kann aktuell nicht absehen, wie Sie sich machen werden, wenn die Inhalte freier und wissenschaftlicher werden. Aber ich zweifle nicht daran, dass wir noch Großes von

Ihnen erwarten können. Geben Sie niemals auf. Was auch immer sich Tyrell und seine Freunde oder Miss Cunningham in den Kopf setzen: Geben Sie nicht auf. Wenn sie einmal Hilfe benötigen sollten ... Wenn einmal der Zweifel überwiegen sollte, dann wenden Sie sich an mich. Ich werde da sein. Ich bin Ihr Verbündeter.«

Seine Worte klingen wie Magie. Passiert das gerade wirklich? Sagt mein Lieblingsprofessor mir, ich sei mit Abstand die Jahrgangsbeste? Einfach so?

»Das scheint nicht viel, ich weiß«, ergänzt er. »Was ist meine Unterstützung im Vergleich zu den Dingen, die Sie das Jahr über erdulden mussten? Aber Sie haben Potenzial. Potenzial, weil Ihnen alles zuzufallen scheint und Sie dennoch nicht zu den abgedrehten Spinnern des MITs gehören. Sie sind kein Nerd. Sie sind in der Lage, sich gesellschaftsfähig zu artikulieren. Und Sie verfolgen schon jetzt kreative Lösungsansätze in all den Fächern, in denen diese verlangt werden. Sie sind fleißig, wissbegierig und maximal motiviert. Jeder im Kollegium spricht über Sie. Ob Sie nun gemocht werden oder nicht. Ihre Leistungen nehmen alle wahr. Lassen Sie nicht diese lernunwilligen Vollidioten darüber entscheiden, ob Sie in eine glorreiche Zukunft starten. Kingston wird von Ihnen profitieren. Dessen bin ich mir sicher.« Er lässt eine Kunstpause entstehen. Mein Mund ist zu trocken, um etwas zu erwidern. »Wenn Sie im September zurückkommen, werde ich vielleicht noch andere aus dem Kollegenkreis überzeugt haben, Sie zu unterstützen. Für meine Kollegen stehen die Wissenschaft und der Fortschritt noch immer an erster Stelle. Wir können es uns nicht erlauben, Potenzial nicht zu fördern, wenn es uns begegnet.«

»Ich weiß nicht, wie ich Ihnen ...«

»Danken Sie mir später.«

»Die Lehrkörper in Kingston wissen also, was Jaxon und seine Freunde seit Jahren den Stipendiatinnen antun?«

»Oh nein.« Goldman streicht sich gedankenverloren über den Bauch. »Ich glaube, keiner der Lehrenden hat auch nur eine Ahnung. Sie tun es unter normalen Problemen ab, die auftauchen, wenn verschiedene Schichten aufeinandertreffen. Ich hingegen habe wohl die zweifelhafte Ehre, Jaxon Tyrell besser zu kennen als jeder andere. Ich weiß, was ihn antreibt, und daher kann ich auf andere Weise eins und eins zusammenzählen.«

»Sie wissen vom Zirkel?«, frage ich mit brennender Neugierde.

Er blinzelt für einen Moment verwirrt, weil er mit dieser Frage anscheinend nicht gerechnet hat. »Tyrells Platz in einer der wichtigsten Logen unserer Welt ist in Gefahr. Durch Stipendiatinnen wie Sie. Ja. Wissen Sie, wofür ›der Zirkel‹ wirklich steht?«

Ich schüttle den Kopf.

»Man sagt, der eigentliche Name sei ›Architekten der neuen Welt‹. Sehen Sie, als Kingston gegründet wurde, gab es einen einzigen Mann unter den Gründern, durch dessen Adern kein blaues Blut floss. Eduard Kingston selbst. Alle anderen zwölf Gründer waren Abkömmlinge europäischer Adelsfamilien. Sie schufen diese Universität, während sie die ›neue Welt‹ aufbauten. Amerika. Vermutlich waren und sind sie an allem beteiligt, was Sie und ich heute kennen. An allen Grausamkeiten wie an allen guten Dingen. Kingston sollte stets Dreh- und Angelpunkt sein, um die Lehren der Architekten, die sich irgendwann schlicht ›der Zirkel‹ nannten, unter ihren zukünftigen Mitgliedern zu verbreiten. Deswegen gab es vor Samuel Tyrells Ambitionen auch kein Stipendiatenprogramm. Diese Universität verfolgt ein anderes Hauptziel als die wissenschaftliche Lehre und Ausbildung. Es geht um die Ausweitung der Macht des Zirkels selbst. Das ist, was ich weiß.«

Meine Ohren beginnen zu rauschen. »Das klingt ... nach einer kruden Theorie.«

»Ja, natürlich, so klingt das immer. Ein Verbund von Menschen, der angeblich die Welt regiert. Demokratie sei nur eine Illusion. Und die Wahrheit nur eine Theorie, damit niemand sie erkennt. Für einen Geheimbund wie den Zirkel ist es von Vorteil, wenn niemand an seine wirkliche Macht glaubt. Besuchen Sie weiter meine Vorlesungen. Dann verstehen Sie bald, dass es naiv ist, zu glauben, die Welt wäre, wie Sie sie bisher verstanden haben. Sie werden noch früh genug die Werkzeuge erlernen, mit denen Sie die Welt wahrnehmen können, wie sie *wirklich* ist. Dann verstehen Sie auch, worüber ich spreche und wie Sie das, was ich sage, verifizieren können. Wissen und Wirklichkeit, nicht wahr, Miss Weaver? Jaxon Tyrell wird in die Fußstapfen seiner Vorfahren treten, jedenfalls, wenn Sie ihm nicht in die Quere kommen.«

»Aber wieso könnte *ich* ihm in die Quere kommen?« Das Rauschen in meinem Kopf wird schlimmer. Etwas scheint von innen gegen meine Schläfen zu drücken. Alles, was Goldman sagt, glaube ich sofort. Und doch klingt es zu verrückt, um wahr zu sein. »Ich bin ein Niemand! Was habe ich mit all dem zu tun?«

»Sind Sie wirklich ein Niemand, Miss Weaver?«,

fragt er. »Ich bin kein Mitglied des Zirkels. Alles, was ich als Professor der Kingston Universität weiß, ist, dass der Zirkel nur die Besten nimmt und die Plätze vererbt werden. Aber nicht wie bei Königshäusern. Jedes neue Mitglied muss sich zuvor an der Universität qualifizieren. Derjenige muss beweisen, dass er mehr beherrscht, als sein Erbe anzutreten. Er benötigt die besten Noten und einen der besten Collegeabschlüsse. Um die Macht des Zirkels auszuweiten, kann jede Mitgliedsfamilie höchstens einen Platz vergeben. Unter Geschwistern wird der beste genommen. Wenn Zirkelmitglieder heiraten, schmilzt der vererbbare Platz zusammen. Fragen Sie mich nicht, wie die genauen Prozeduren sind. Aber es wurden schon Brüder und Schwestern ermordet, die einem anderen Erben im Weg standen. Die übrigen Plätze werden an neue Familien beziehungsweise Studenten vergeben, die sich qualifizieren. Leistung zählt für den Zirkel viel. Nur so, glauben sie, fordern sie ihre Mitglieder heraus, stets das Beste zu geben. Und darum geht es schließlich bei den Architekten. Sie wollen eine ›bessere‹ Welt schaffen. Auch wenn Sie und ich vermutlich andere Werte vertreten, so ist es doch das, was der Zirkel glaubt, zu tun. Etwas zu ›verbessern‹. Schauen Sie, vielleicht hilft es Ihnen, wenn Sie immer ein kleines bisschen weniger brillant sind als Tyrell. Falls sein Vater den Familienplatz an eine Stipendiatin vererben will, dann wären Sie, Miss Weaver, sicherlich seine erste Wahl. Und das ist es, was Jaxon Tyrell vermeiden will. Wenn Sie sich also ab und an einen Fehler erlauben, könnte es sein, dass er Sie zukünftig in Ruhe lässt. Solange kein Stipendiat am Ende besser ist als Jaxon selbst, wird der Zirkel ihn nehmen *müssen.* Aber bitte fragen Sie mich nicht, ob das wirklich Samuels Gedanke hinter allem ist. Oder der des Zirkels. Es ist ... nur eine mögliche Erklärung.«

»Aber genau so ist es«, gebe ich leise zu. »Jaxon wird mich nicht weiterstudieren lassen.« Es auszusprechen, fühlt sich wie ein Verrat an. Andererseits gilt der Verrat mir, nicht wahr? Jaxon hat *mich* getäuscht und verraten. Und mir Hilfe zu suchen, ist meine letzte Chance, damit richtig umzugehen.

»Das habe ich befürchtet«, seufzt Goldman. Er lächelt mich an, doch es wirkt kraftlos und müde. »Bleiben Sie stark, Miss Weaver. Sie sind schon einmal zurückgekommen, so wie ich das mitbekommen habe. Sie werden es ein zweites Mal schaffen. Ich hätte da noch eine Idee ...«

»Und zwar?«, frage ich hoffnungsvoll.

»Heute Abend bei der Gala werden für gewöhnlich die Besten des ersten Freshman-Jahrgangs zur Graduation Gala eingeladen. Es gehört zur Tradition. Wenn ich Ihre Prüfung durchsehe und mitteile, dass Sie auch für mich herausstechen, könnte ich mich darum bemühen, dass Sie heute Abend vor aller Augen als Ehrengast sprechen können. Das ist zeitlich knapp, aber nicht unmöglich. Und ich bin mir sicher, Sie haben in wenigen Minuten eine gute Rede vorbereitet. Vielleicht fällt es Tyrell dann umso schwerer, Ihnen etwas entgegenzusetzen.«

»Wenn ich vor allen Leuten spreche und jeder mitbekommt, dass ich zu den Besten gehöre, werden mich die Leute erst recht hassen, oder?«

»Nun, das mag für die Anwesenden durchaus der

Fall sein. Trotzdem wird Ihnen niemand etwas antun, wenn Sie wachsam bleiben.«

»Wunderbar«, murmle ich mehr zu mir als zu ihm. »Ich habe mich schon daran gewöhnt, die ganze Universität gegen mich zu haben.«

»Nicht die ganze Universität«, sagt er mit einem traurigen Lächeln. »Nicht die ganze.«

ZEHN

REECE

Als ich das Auditorium der Kingston Hall, in dem die Abschlussfeierlichkeiten vor der Gala abgehalten werden, betrete und Zayns Platz zwischen Jaxon und Sylvian einnehme, lächle ich sie noch freundlich an. Es ist merkwürdig, wie sehr ich mich an die Anwesenheit der anderen gewöhnt habe und wie gut es sich anfühlt, sie nach einem Monat wiederzusehen.

Sylvian nickt mir zu. Wir tragen die klassische Kleidung der Absolventen. Die Platzanordnung im Raum ist strikt getrennt nach Frauen und Männern, so als wolle man vermeiden, dass sich Paare zusammensetzen. Der Dekan für den Fachbereich Finanzen hält seit einer Stunde eine Rede, und da ich den Anfang nicht mitbekommen habe, lasse ich meine Gedanken kreisen, statt zuzuhören.

Meine Zeit in New York war gut. Aber ohne Zayn hätte ich keine Ahnung gehabt, was ich dort soll. Ich werde auf ihn mein Leben lang nicht mehr verzichten können. Sei es, weil er sowieso ein Teil von mir ist oder um Erfolg zu haben.

Sein visuelles Gedächtnis sticht mich in jedem Fall aus. Außerdem besitzt er ein sehr viel tieferes Interesse an all den Themen rund um Finanzen, Wirtschaft, Banken und Unternehmertum. Wir ergänzen uns perfekt. Ich frage mich, ob es jemals eine Zeit geben wird, in der wir uns nicht mehr verstecken müssen.

Ein paar Stunden und Reden später wird unser Abschluss zelebriert. Der Raum ist gefüllt mit dem Jahrgang der Wirtschaftsabsolventen, wozu wir zählen. Nur ein kleiner Teil wird heute Abend bei der Gala erscheinen. Es gehört zu Kingstons Tradition, die Besten eines Jahrgangs – oder die Reichsten – besonders zu ehren und bei einem Event dafür zu sorgen, dass diese sich noch besser vernetzen.

Nachdem der Jubel verklungen ist, trete ich hinter Sylvian aus der Reihe hervor und stehe plötzlich Clarisse gegenüber. Da sie mich anlächelt, weiß ich sofort, dass ich etwas verpasst habe.

»Holst du mich heute Abend ab, Crescent?«, fragt sie zuckersüß und schlägt ihr blondes Haar zurück.

Sämtliche Sicherungen in meinem Kopf sind kurz davor, durchzuglühen. »Natürlich«, erwidere ich galant. »Ich freue mich.«

Ihr einfach zu antworten, ohne zu wissen, was läuft, ist brandgefährlich. Es könnte ein Trick sein. Sie könnte versuchen, mich auszuspielen. Deswegen nehmen Zayn und ich uns fucking noch mal auf. Deswegen haben wir keine Geheimnisse voreinander.

Bis heute.

Zayn hat mir etwas verschwiegen.

Eine ganze Menge, wie es scheint.

Da Jaxon nicht überrascht ist, dass Clarisse mich anspricht, vertraue ich darauf, dass Zayn sie wirklich um ein Date gebeten hat.

Aber wieso hat der Hund das zugelassen?

Hatten sie nicht eine einzige dumme Aufgabe zu erfüllen: Zayn unter Kontrolle zu halten?

Was ist mit den Kings los, dass sie nicht einmal mehr das hinbekommen?!

Vielleicht ist Sylvians Verletzung schlimmer gewesen, als die Kings es vor mir zugeben wollten ...

Nach außen hin gebe ich mich wie eine der entspanntesten Personen der Welt, als ich dem Strom der Absolventen hinaus ins Sonnenlicht folge. Die Feierlichkeiten sind imposant. Hunderte Eltern warten vor den Toren der Kingston Hall. Ich muss meinen Vater und seine Frau begrüßen, auch wenn ich es kaum aushalte, Zayn nicht sofort zur Rede zu stellen.

Meine Stiefmutter spricht genauso fließend Schwedisch wie mein Vater und ich. Für sie existiert Zayn nicht. Nicht, weil sie nichts von ihm wüsste, sondern um das Image der Crescents nicht zu gefährden. Der unliebsame irre Bruder soll schön weiterhin verschlossen in der Psychiatrie vor sich hin verrotten ... Meine Eltern haben keine Ahnung, was wirklich abgeht ...

Eine halbe Stunde Small Talk später kann ich mich endlich entschuldigen. Jaxon springt für mich ein, weil er merkt, dass ich kurz davor bin, zu explodieren, und gesellt sich mit seiner Mutter zu meinem Vater und meiner Stiefmutter. Sie sind über die Jahre unserer Collegezeit zu Freunden geworden.

Jaxons Mom ist wie eh und je eine der schönsten Frauen unter all den Anwesenden. Ihre Anmut, natürliche Blässe und das sanfte Lächeln lassen sie adelig erscheinen. Sie könnte auch eine Royal sein. Was auch immer sie glaubt, wer ihr Sohn ist und was er tut, sie würde niemals die Haltung verlieren und stets vorgeben, stolz auf ihn zu sein.

Jaxons Vater ist natürlich nicht gekommen. In vier Jahren habe ich ihn dreimal gesehen.

Ich frage mich, ob wir ihn öfter zu Gesicht bekommen werden, wenn wir im Zirkel aufgenommen worden sind. Spätestens heute Abend zur Gala wird er erscheinen *müssen*.

Während ich zurück ins Auditorium gehe, achte ich darauf, dass niemand mich bemerkt. Schließlich öffne ich die Tür zu dem Raum, in dem ich zuvor schon darauf gewartet habe, dass Zayn mich ablöst.

Es ist eine kleinere Kammer, in der unbenutzte Stühle und Tische stehen. Einen großen Teil der Zeit unseres Doppellebens halten wir uns in solchen Räumen auf und tauschen hin und wieder die Rollen, damit niemand von uns eingeht und jeder die Chance hat, am gesellschaftlichen Leben teilzunehmen. Was ich für außerordentlich wichtig für meinen Bruder halte.

Er muss wieder *normal* werden.

Auch wenn das Ding, das wir tun, eher dazu führt, dass ich meine Normalität verliere.

Zayn sitzt auf einem Stuhl, die langen Beine auf der Lehne eines anderen, und spielt mit seinem Handy.

Ich lasse die Tür hinter mir zuknallen. »Hast du sie gefickt?«

Er sieht nicht einmal auf. »Dole? Klar, am Strand mit den anderen. Durfte ich nicht?«

»Clarisse«, knurre ich.

Seine Augen huschen kurz in meine Richtung, widmen sich dann wieder seinem Handy. »Vielleicht.«

»Du wirst jetzt dieses verschissene Handy zur Seite legen, dich hinstellen und mir die ganze Scheiße erklären!«, blaffe ich.

Er verdreht die Augen, schaltet sein Handy aus, stellt sich hin und blickt mir müde entgegen. »Ich habe das Richtige getan, Bro. Sie wollte sich für Jaxon entscheiden, sie brauchte nur den nötigen Push. Und als Jaxon den Streber markieren musste, wurde sie unsicher. Sie hat sogar mit Sylvian gefickt. Also habe ich sie dazu gebracht, dich noch ein wenig mehr zu hassen, damit Jaxons Idiotie nicht ganz so negativ rüberkommt. Alles nur, damit sie glücklich wird. Jaxon wird sie heiraten und sie ist glücklich damit, weil sie ihn liebt. Ich habe sie danach gefragt. Jaxon wird vermutlich einigermaßen gut zu Amabelle sein, sie wird Kingston verlassen, wir sind sie los, es ist alles perfekt. Clarisse habe ich zum Date eingeladen, damit es noch ein bisschen perfekter wird. Denn wenn sie besänftigt ist, gibt es keinen Scheiß von ihr. Ist doch easy.«

Ich trete auf ihn zu, ohne zu wissen, wie ich all die Wut auf ihn kanalisieren soll. Meinen Bruder zu schlagen, wäre dumm. Aber er verdient es. Er verdient es, dass er all den Schmerz in physischer Form fühlt. »Gib mir die verschissenen Aufnahmen, Zayn. Sonst vergesse ich mich. Alles. Gib. Sie. Mir.«

Er betrachtet mich emotionslos. »Du willst sie doch gar nicht wirklich, Mann. Du hättest es nie ausgehalten, nicht auch noch 'ne andere zu vögeln, solange ich tue, was ich will. Ich weiß, dass du es brauchst, alles mit mir zu teilen. Mit dieser Scheiße bin ich nicht allein. Also ...

lass sie einfach in ihren Untergang reiten. Mit Jaxon Tyrell an ihrer Seite. Wird schon schiefgehen.«

Ich gehe nicht auf ihn ein. »Auch wenn du mir die Memos nicht geschickt hast, wirst du sie haben. Du würdest es *niemals* riskieren, dass ich nicht ganz genau weiß, was du wann wem gesagt hast. So unfassbar dumm bist nicht einmal du.«

Mein Bruder mahlt mit dem Kiefer, entsperrt sein Handy wieder und schickt mir einen Ordner mit Dateien per Mail. »Zufrieden?«, fragt er trocken.

»Zufrieden bin ich erst, wenn ich es geschafft habe, deinen kranken Scheiß aufzuräumen. Du hast es zerstört, Zayn. Du wolltest, dass sie sich nicht zwischen uns drängt? *Du* hast dich selbst zwischen uns gedrängt. Du hast mir nicht mehr vertraut. Du warst nicht ehrlich zu mir. Ich finde keine Worte für dein Versagen. Ich wünschte, ich hätte dich nie aus der Scheißpsychiatrie befreit!«

Er zuckt zusammen.

»Noch ein Fehltritt und ich lasse dich auffliegen. Dann wird man sich in der Anstalt plötzlich wundern, wo du abgeblieben bist, wenn ich den Direktor nicht mehr schmiere. Und du weißt, was das bedeutet. Du kommst dahin zurück«, zische ich und rausche aus dem Raum. Scheiße. Hat mein Bruder wirklich dafür gesorgt, dass ich gegen Jaxon verliere?

Und was ist los mit Mable, dass sie sich ausgerechnet für ihn entschieden hat?

Sylvian

Liebe ist ein bitteres Gefühl. Du willst jemandem nah sein, du willst ihn nicht verletzen, und gleichzeitig entfernst du dich und verletzt ihn, weil du Angst hast, denjenigen zu verlieren. Weil du Angst davor hast, er würde sehen, wie groß deine Fehler wirklich sind.

Liebe ist Schmerz.

Und wird es immer sein.

ELF

MABLE

Das Kleid, das Jaxon für mich gekauft hat, sieht aus, als hätte es jemand an meinen Körper gegossen. Golden funkelnder Stoff fließt von meinen Schultern hinab über meine Taille, meinen Po, bis zu meinen Füßen. Selbst in meinen flachen Schuhen sehe ich darin traumhaft aus.

Ich seufze schwer, da allein das Kleid bedeutet, dass ich diese eine schwere Wahl treffen muss. Trage ich es, gehe ich darin zur Graduation Gala, dann ist es fast so, als würde ich Jaxons Antrag annehmen. Bin ich bereit, zu heiraten?

Ihn?

Leider schreit nicht alles in mir Nein.

Wieso zur verdammten Hölle zögere ich überhaupt? Weil ich Jaxon nicht vertraue? Na und? Ich könnte mich bestimmt absichern lassen. So wie er geklungen hat, wäre er bereit, mir sofort irgendeine Sicherheit zu geben. Sei es ein Ehevertrag oder was weiß ich was.

Nein, an Vertrauen mangelt es mir nicht.

Vielmehr daran, meine Prinzipien loslassen zu können.

Als ich die Tür öffne, wartet dahinter Reece. Mein Herz rutscht mir bis in die Magengegend. Seitdem er mich öffentlich zur Schau gestellt hat, haben wir nicht mehr gesprochen. Ich sollte sauer auf ihn sein und ihn nie wieder beachten, aber alles in mir sehnt sich danach, dass er sich entschuldigt.

Warum kannst du nicht einfach nett sein, Reece?

Einfach ehrlich?

Er lässt seine Augen ungeniert an meinem Kleid hinabwandern. Der Schmerz wird umso größer, als ich daran denke, wer ihn in seinem unfassbar heißen Anzug heute Abend begleiten wird. Clarisse.

Warum kann ich nicht aufhören, wegen der anderen Kings eifersüchtig zu sein?

»Du siehst hot aus, Dole. Willst du nicht lieber etwas tragen, was dich zwischen den anderen untergehen lässt?«

Ich atme erleichtert aus. Es ist Zayn. »Danke für das Kompliment. Möchtest du irgendetwas Bestimmtes?«

»Lässt du mich nun rein oder muss ich hier draußen Wurzeln schlagen?« Er grinst schief.

Unschlüssig öffne ich ihm die Tür. »Und was möchtest du hier?«

»Dich abholen.«

»Um mich zu Jaxon zu bringen?«

Für einen Moment wird sein Grinsen matt, als koste es ihn Mühe, mich auf diese lockere Art anzuschauen. »Okay, scheiß auf die Lügen, Dole. Ich will dich. Ich will dich und ich weiß, dass Reece dich will. Er hat die Scheiße mit Clarisse nur gemacht, weil du seinen Stolz wie ein Frotteetuch ausgewrungen hast, klar? Ich *weiß*, er ist manchmal ein Asshole. Aber er liebt dich. Check das doch bitte, Mable. Er will nicht, dass du weißt, wie sehr ihm deine Entscheidung das Genick gebrochen hat. Er war immer fair zu dir. Immer nett. Er hat zu dir gehalten, oder? Selbst im Hörsaal, am Ende des letzten Semesters war *ich* es, der dich angegrinst hat, nicht er. Er konnte nicht lächeln. Für ihn war das alles scheiße. Mann. Was soll ich noch sagen?«

»Warum ... warum kommt er nicht selbst und sagt mir das?«, frage ich bebend.

»Und dann? Dann hast du dich trotzdem immer noch für Jax entschieden. Bitte, Dole ...« Er legt eine Hand auf meinen Oberarm. »Geh nicht mit fucking Jaxon zur Gala. Geh mit niemandem. Und dann komm nach der Gala mit uns zusammen. Alles klar? Du, ich und mein netter Bruder. Meinetwegen ficke ich keine andere mehr. Hauptsache, ihr beiden seid happy, okay? Hauptsache, wir haben nicen Sex zusammen und ihr beide freut euch den ganzen lieben langen Tag.«

»Du ... verdammtes Arschloch«, zische ich und trete zurück, damit seine Hand mich nicht länger berührt. »Du hast mich erst mit all deinen Scheißlügen, weil du vorgegeben hast, Reece zu sein, dazu gebracht, mich *für* Jaxon und *gegen* euch zu entscheiden! Du bist schuld! Du bist feige oder was weiß ich! *Du* hättest Reece alles erklären können! Stattdessen lässt du zu, dass er so zu mir ist! Dass er *Clarisse* ... Ach, egal. Ich bin müde von euren Spielchen! Verschwinde, Zayn! Geh einfach! Lass mich in Ruhe und macht euren Scheiß, aber *ohne mich!*«

Zayn starrt mich an, als würden meine Worte absolut keinen Sinn für ihn ergeben. »Nein, Dole ...«, murmelt er. Und dann bricht etwas in ihm. »Ich hatte Angst, klar?

Angst, dass du meinen Sonnenscheinbruder lieben kannst und … mich nicht. Deswegen wollte ich, dass du uns nicht auseinanderbringst. Deswegen habe ich so getan, als wäre ich er, um dich dazu zu bringen, dich für Jaxon und gegen Reece zu entscheiden … Weil ich meinen verdammten Bruder brauche und liebe und ich mir nicht vorstellen kann, dass er eine Freundin hat, die … er nicht mit mir teilt.« Er kneift die Augen zusammen, als würde es ihm physische Schmerzen bereiten, das alles zuzugeben.

Damit bietet sich mir die Gelegenheit, ihm ordentlich eine zu scheuern.

Er reißt die Augen auf, hält sich verwirrt die Wange. Etwas in ihm zeigt mir ganz deutlich, dass nicht Zayn vor mir steht. Obwohl er spricht wie Zayn. Obwohl er aussieht wie Zayn. Aber es ist Reece.

Fuck.

Woher weiß ich das?

Vielleicht, weil Zayn es nie geschafft hätte, so ehrlich zu mir zu sein?

Reece starrt mich an und dann passiert es einfach. Ich küsse ihn. Ich *muss* ihn nach diesem Geständnis küssen. Obwohl ich nicht weiß, was das alles soll. Aber diese kranke Begierde, die durch das undurchschaubare Spiel der Zwillinge erst geweckt wird, sorgt für ein Kribbeln in meinem gesamten Körper.

Reece küsst mich zurück.

So hart und verlangend und wundervoll, dass ich ihm jedes Wort glaube. Ich glaube, dass alles, was er gesagt hat, die Wahrheit war. Dass er weiß, wie es Zayn geht.

Wer sollte es wissen, wenn nicht er?

Und vielleicht ist er hier, weil er hofft, nur dann könne er sich mir nähern, nach dem, was er mit mir auf dem Flur abgezogen hat. Sollte ich ihm verzeihen?

Nein. Aber ich küsse ja auch nicht wirklich Reece, oder?

Meine Lippen verziehen sich zu einem glücklichen Lächeln, als er mich weiter küsst. Ich fühle mich so begehrt, in diesem traumhaften Kleid, in den Armen dieses gottähnlichen Mannes. Gerade bin ich einfach nur glücklich.

Glücklich, weil ich sie einmal mehr durchschaut habe. Glücklich, weil mein Gefühl richtig war. Glücklich, weil es doch so viel einfacher ist als gedacht. Zayn, der Angst hatte, ich würde ihn nicht lieben können. Reece und sein tief verletzter Stolz, was ich verstehe. Irgendwo kann ich es verstehen. Ich verstehe jedes einzelne Wort.

Es fühlt sich genauso richtig an, wie es sich richtig angefühlt hat, Zayn zu küssen. Ich liebe diese Männer.

Ich liebe sie einfach mit allem, was ich habe, und Kingston steht auf meiner Liste nicht mehr ganz oben.

Nach unserem ewiglangen Kuss nimmt Reece mein Gesicht zwischen beide Hände. Er ist ganz sanft, ganz gelöst und das schimmernde Blau in seinen Augen verlockend freundlich. »Wenn du dich für mich entscheidest, wirst du in Kingston bleiben können.«

»Für dich?«

»Für Reece. Und damit auch für mich.«

Ich muss schmunzeln. *Ah, da hätte er sich beinahe verraten.* »Ich will mich gar nicht entscheiden«, gestehe ich ihm leise. »Wenn ich es tun *muss*, ja, dann ... dann hast du gesehen, was passiert. Aber eigentlich *will* ich niemanden von euch vorziehen.«

»Das heißt?«, fragt er ungeduldig.

»Das heißt ... ich will das hier.« Ich ziehe ihn an seinem Anzug an mich und küsse ihn erneut. Meine Hände gleiten unter sein Jackett und ich blättere es ihm von den Schultern. Allein die Vorstellung, Reece näherzukommen, während er Zayn spielt und glaubt, ich würde ihn nicht durchschauen ... Alles in mir fängt Feuer.

Stürmisch ziehe ich ihn aus, löse jeden Knopf seines Hemdes, während wir uns weiter gierig küssen. Er steigt aus seinen Schuhen, ich öffne seinen Gürtel, dann locke ich ihn zum Bett.

Ich lasse mich darauf sinken, während er über mich kommt. Seine Lippen fahren an meinem Hals entlang, gleiten in mein Dekolleté. Wandern hinab, während er mein Kleid hochschiebt und mich vom Slip befreit.

Stöhnend recke ich mich ihm entgegen, als er seine Zunge durch meine Pussy gleiten lässt. Er leckt mich tief und ich gebe mich dem totalen Rausch hin.

Einfach hin.

Das ist es, was ich wirklich will.

Sie alle.

Jaxon, Reece, Sylvian, Zayn.

Ich will sie *ganz und gar*.

Die Entscheidung für Jaxon hat mir alles abverlangt. Sie verlangte mir *zu viel* ab. Sie brachte mich dazu, mein Herz zu verleugnen. Meine Sehnsucht zu verleugnen. Aber ich bin nicht der Typ für Monogamie. War es nie.

Werde es nie sein.

Ich sollte verzichten, auf drei Männer, für die mein Herz schlägt, und warum? Vermutlich weiß Jaxon es selbst nicht genau.

Nein, ich kann unmöglich Jaxon Tyrell heiraten, wenn alles in mir dafür brennt, auch mit den anderen Kings zusammen zu sein.

Mich wie jetzt von Reece tief lecken zu lassen, meine Hand in seinem Haar zu vergraben.

Ich bin ungebändigt. Und ich will es sein. Die Wut darüber, dass ich es noch immer nicht gelernt habe, zu mir selbst zu stehen, äußert sich in einem geradezu brutalen Griff um Reece' Hals. Ich ziehe ihn zu mir hoch. Vergesse meinen lächerlichen Treueschwur für eine Wahl, die ich sowieso nie treffen wollte. »Fick mich.«

Reece lacht nicht und bleibt vollkommen ernst. Ohne ein weiteres Wort schiebt er sich in mich. Seine Hand wandert in mein Haar, er holt mich vor seine Lippen, verschlingt mich, während er sich tief in mich stößt.

Schneller und schneller werden seine Bewegungen. Besser, tiefer, fester.

Ich fühle mich, als würde ich fliegen.

Sei es, weil ich Reece in dem Abendkleid vögle, das mir eigentlich Jaxon für unser Date besorgt hat. Oder weil er sich als Zayn verstellt. Vielleicht ist es sogar Zayn und ich täusche mich mal wieder. Oder fucking wer auch immer von den vier Männern, an die ich mein Herz verloren habe.

Ich komme und ich schreie.

So erlösend, diesem Teil in mir endlich den Raum zu geben, den er braucht. Mich nicht in etwas pressen zu lassen, das ich nicht bin. Nie war.

Als ich wieder zu Atem komme, sieht Reece mich gefühlvoll an. Er ist in diesem Moment so sehr Reece, dass ich fast Sehnsucht nach seinem Bruder bekomme. Nie hätte ich geglaubt, dass der eine den anderen in einer solchen Perfektion imitieren kann.

Sie sind Psychos.

Beide.

»Und?«, fragt er leise. »Was wirst du jetzt tun?«

»Du meinst, mit wem ich auf die Gala gehen werde?«

»Ja«, raunt er und blickt mich tiefsinnig an, während er noch in mir ist.

»Mit Jaxon.«

Seine Miene verdunkelt sich.

»Ich gehe mit Jaxon hin und werde mein Studium aufgeben. Dann wird der Zirkel ihn aufnehmen.«

»Du wirst ... seinen Antrag annehmen?«, fragt Reece kühl und nimmt Abstand. Ich richte mein Kleid, während er seinen Gürtel wieder schließt, nachdem er das Kondom weggeworfen hat.

»Nein. Ich werde ihn nicht heiraten. Aber ich werde ihm auch nicht im Weg stehen und daher Kingston verlassen. Ich nehme sein Angebot gerne an, mir Tor und Türen bei den entsprechenden Unternehmen zu öffnen. Ein ... Deal.«

Reece' perfektes Äußeres wird so hart und kalt, dass es mich fröstelt.

»Was ... stört dich daran jetzt so sehr?«, wispere ich.

»Jax hat es *nicht* verdient, dass du so etwas für ihn tust. Er hat dir psychisch zugesetzt, war noch nie ehrlich und will dich auch jetzt nur *heiraten*, um seine Ziele zu erreichen. Aber du willst ihm zu noch mehr Macht verhelfen, Mable? Ist das dein verdammter Ernst? Wie kannst du dich hinten anstellen? Er kann froh sein, wenn du ihn überhaupt noch *ansehen* willst, aber stattdessen bekommt er das beste Mädchen dieser Universität, *ohne* ihr jemals bewiesen zu haben, dass er anständig ist?«

Während er das zusammenfasst, merke ich, wie wenig mich seine Worte überzeugen können. Jaxon ist mehr als das. Jaxon ist der Mann, der auf der anderen Seite des Spielbretts sitzt und mich herausfordert. Ich habe nie gegen ihn verloren. Und ich will auch nicht, dass er gegen mich verliert. Ich möchte vielmehr, dass wir beide siegen. Und Jaxons Vorschlag ist ein guter Kompromiss. Während er Mitglied im Zirkel wird, erhalte ich die Absicherung, die ich brauche.

»Verdammt, ich habe so viel mehr von dir gehalten, Dole.« Reece verzieht abfällig das Gesicht und richtet sich zur vollen Größe auf. Nie zuvor ist er mir so ernst vorgekommen. Beeindruckend und ernst.

»Du brauchst mich nicht ›Dole‹ zu nennen. Ich weiß, dass du es bist.«

»Was?«, herrscht er mich an.

»Du bist Reece.«

Er verengt die Augen. »Wie zum Fuck kommst du jetzt darauf?«

»Wieso gibst du es nicht einfach zu?«

»Was zur Hölle soll ich zugeben?«

Ich verdrehe die Augen. Er kann es nicht rückgängig machen. Meine Gewissheit ist zu stark. Ich stehe auf und fasse in Reece' Kragen, damit er nicht zurückweichen kann. »Zayn, wenn du mithörst, komm verdammt noch mal her. Erklärt mir das Ganze. Sofort!«

Reece macht sich von mir frei und starrt mich an. »Was ist in dich gefahren?«

»Ihr hört euch gegenseitig ab, nicht wahr? Ihr nehmt alles voneinander auf. Also auch das hier. Wenn ich sage, dass Zayn verdammt noch mal herkommen soll, soll er es tun!«

Reece sieht aus, als würde in ihm jeden Moment ein Vulkan ausbrechen. Er hat es fantastisch gut hinbekommen. Er kann Zayn genauso gut imitieren wie Zayn ihn. Aber da ist etwas an ihm. Da ist etwas in seinen letzten Worten. Dinge, die Zayn nie sagen oder denken würde.

Woher ich das weiß?

Keine Ahnung.

Weibliche Intuition?

Wie kann ich bei diesem Verwirrspiel durchschauen, warum Reece vor mir steht, so getan hat, als wäre er Zayn und wieso es mich nicht stört? Nicht so sehr, wie es sollte. »Was willst du denn überhaupt mit deiner Show mir gegenüber erreichen, hm?«

Reece blickt mich ausdruckslos an. Er ist mehr als nur ein Zwilling. Reece und Zayn Crescent sind *eine Person.* Sie haben ihre Tarnung perfekt entwickelt. Es ist verrückt, wie aufregend ich es finde, von ihnen auf diese Tour getäuscht zu werden. Ihr Psychospiel reicht weiter, als mir bisher bewusst war.

»Keine Antwort?«

»Du hast mich also nicht gefickt, weil du dachtest, es wäre Zayn?«

»Hast du das etwa geglaubt?«

»Woran hast du es gemerkt?«

»Ich bin nicht *völlig* dumm, Reece.«

Er schüttelt lachend den Kopf. »Schade, ich dachte, ich hätte mich an Zayn rächen können, dafür, dass er getan hat, als wäre er ich. Aber vermutlich bin ich nicht ganz so perfekt wie er. Irgendwann werde ich es lernen.«

»Du bist perfekt«, murmle ich. »Was von dem, was du mir in seinem Namen gerade alles gesagt hast, ist wahr?«

Er hebt die Schulter. »Ich vermute ... alles? Das wäre für mich jedenfalls die einzige logische Erklärung, warum er getan hat, was er getan hat.«

»Auch ... dass ... du mich liebst?«

Er wird steif und ich bekomme keine Antwort von ihm, weil die Tür zu meinem Zimmer aufgeht.

Mein Herzschlag beginnt zu flattern. Vance kommt herein, das Gesicht eine ausdruckslose Maske. Er trägt ein ähnliches Outfit wie Reece. Die Art von enganliegendem, edlem Anzug, ein weißes Hemd darunter, und er sieht so unfassbar heiß darin aus, dass mir schummrig wird. *Okay. Too much Testosteron. Ich darf vier Kings heiß finden. Aber sicher nicht den fünften Bauern!*

»Du hast sie nicht wirklich gefickt«, brummt Vance und wirft einen Blick auf das zerwühlte Bett. »Während ich oben auf dich gewartet habe? Echt jetzt? Könnt ihr eure verdammten Schwänze nicht *einmal* zurückhalten?«

Reece zuckt in Zayn-Manier die Achseln und ich muss plötzlich lachen. Es ist schon fast süß, wie krampfhaft die beiden Zwillinge immer wieder versuchen, jeden um sich herum zu täuschen. Ich trete auf Reece zu, umschlinge seinen Nacken und küsse ihn.

Verwirrt lässt er es geschehen und hält mich an der Taille fest.

Noch bevor ich mich dazu entscheiden kann, dass

ich genug davon habe, Reece zu küssen, umfasst jemand mein Handgelenk.

Vance zerrt mich von ihm fort. »Weißt du überhaupt, welcher der beiden Zwillinge das ist?«

»Ja, und?«

»Also … hat Reece dir erzählt, dass er …«

»Bitte«, geht Reece abfällig dazwischen. »Verkennst du deine Rolle noch immer, Vance?«

Vance lässt mich los und hebt beschwichtigend die Hände. »Keine Ahnung, wie ich überhaupt darauf komme, es könne Mable stören, von dem falschen Zwilling gevögelt zu werden.«

»Du brauchst mich nicht zu beschützen, danke«, werfe ich ein. »Aber sprich ruhig zu Ende. Was hätte Reece mir erzählen sollen?«

Vance mustert mich intensiv, sagt aber keinen Ton. *Er schlägt sich in letzter Konsequenz immer auf die Seite der Kings, nicht wahr?*

»Könnt ihr nicht endlich damit aufhören?«, frage ich sie vorwurfsvoll. »Mich anzustarren, aber nichts zu verraten? Mich glauben zu lassen, alles wäre ganz anders? Wann zur Hölle werdet ihr mal ehrlich sein? Werde ich jemals in den Genuss kommen?«

»Nach der Gala«, sagt Reece nur, aber ich halte von diesem Versprechen nicht viel.

Seit Ewigkeiten werde ich vertröstet.

»Gut, aber ich werde mit Jaxon hingehen!«, fauche ich ihn an. »Wenn ich mit dir hingehen soll, Reece, dann hättest du nicht Zayn spielen dürfen! Selbst schuld!«

Er lacht kühl. »Meine Zukunft ist es nicht, die auf dem Spiel steht. Willst du, dass Vance seinen Abschluss bekommt?«

»Was?«, frage ich gereizt. »Was hat das alles mit ihm zu tun?«

Reece lächelt düster. »Lass es mich erklären. Vielleicht ... entscheidest du dich doch noch gegen Jaxon.«

Und was er mir dann offenbart, stellt meine gesamte Gefühlslage einmal mehr auf den Kopf.

ZWÖLF

JAXON

Der Diamant funkelt wie ein Stern im Licht der Kronleuchter. Ich halte ihn zwischen den Fingern, drehe ihn hin und her und schließe ihn wieder in meine Faust. Wenn sie kommt, werde ich keine weitere Zeit mit Fragen verschwenden. Amabelle würde sich vielleicht sträuben. Zögern. Ihre Lippen würden nervös zu beben beginnen und in ihren Augen stünde der Zweifel.

Deswegen werde ich ihr den Ring einfach anstecken. Sie soll ihn tragen und abnehmen müssen, wenn sie denn unbedingt will. Aber sie wird ihn am Finger tragen und sich dann bewusst *dagegen* entscheiden müssen. Gegen mich. Statt *dafür*.

Ich stehe an der Balustrade vor der gewaltigen Eingangshalle des imposanten Schlosses, das seit Jahrhunderten für die Galaabende des Kingston-Colleges herhält. Mein Vater, der erst vor einer halben Stunde angereist ist, und meine Mutter warten bereits am Tisch. Und ich warte auf Amabelle.

Mir bleiben ein paar Minuten, um mir zu überlegen, was ich ihr sagen werde. Sollte ich nervös sein? Ist es überhaupt wichtig? Ich wage vorauszusehen, dass Amabelle diesen Weg insgeheim mit mir gehen will.

Sie wird sich für mich entscheiden.

Nicht für Kingston.

Als Reece in Begleitung seiner Eltern und Großmutter durch die breiten Säulen des Eingangsbereiches tritt, entschließe ich mich dazu, ihn zu begrüßen.

»Jaxon«, sagt Reece' Stiefmutter freudig und schüttelt herzlich meine Hand. »Du siehst toll aus heute Abend. Ich bin so stolz auf euch.«

Reece' Augen leuchten für einen Moment wissend auf. Ich habe mir meine Leistung erarbeitet, aber er hat so gut wie nichts dafür getan. Zayn hat die meisten Prüfungen der Crescents geschrieben. Reece war nur in den Vorlesungen anwesend und hat den Professoren Honig ums Maul geschmiert.

»Vielen Dank, Mrs. Crescent. Ihre Worte ehren mich«, entgegne ich und begrüße auch ihre Mutter und Reece' Vater. Als seine Familie zum Ballsaal geht, bleibt Reece neben mir stehen.

Sofort entsteht Feindseligkeit in seinem Blick und er verzieht höhnisch die Lippen. »Solltest du nicht ein Date haben, Jax?«

»Und?«, frage ich kühl zurück. »Du kannst dich nicht beschweren. Im Gegensatz zu dir habe ich fair gespielt. Du hast im letzten Moment Zayn benutzt, damit sie *euch beide* will.«

»Ach ja?«, fragt er kalt.

»Im Poolhaus«, erinnere ich ihn süffisant. »Weißt du noch, Reece, als selbst Zayn überrascht war, dass du Amabelle gesagt hast, sie würde immer euch beide bekommen. Das hast du nur getan, damit du nicht verlierst.

Du wusstest, dass sie lieber zwei von uns nimmt, statt auf drei zu verzichten.«

Er zuckt mit den Achseln. »Vielleicht, vielleicht nicht, Jax. Aber das ändert nichts daran, dass sie dich nicht gewählt hätte, wäre Zayn nicht gewesen. Vermutlich hast du ihn absichtlich die ganze Sache abziehen lassen. Er hat dir in die Karten gespielt. Fast so, als wolltet ihr *beide*, dass Mable die Universität verlässt. Aber weißt du was, Jax?« Reece tritt an mich heran und zwinkert. »Das wird sie nicht. Das Spiel ist noch nicht vorbei.«

Meine Kehle wird sofort enger. »Wovon zur Hölle sprichst du?«

Reece strafft mit Genugtuung seine Schultern. »Du hast verloren, Jax. Gegen Kingston wirst du nie eine Chance haben. Sie liebt diese Universität mehr als jeden von uns.«

Ich balle die rechte Hand zu einer Faust und verkrampfe den Kiefer. »Da ist jemand ein schlechter Verlierer, hm?«

Er schenkt mir ein bitteres Lächeln. »Ja. Jemand von uns beiden ist ein schlechter Verlierer, Jax. Aber ich bin es nicht. Wir sehen uns auf der Bühne.« Damit stolziert er an mir vorbei und weckt nicht zum ersten Mal den Wunsch in mir, ihn zu Brei zu schlagen.

Es ist ein typischer Konkurrenzkampf zwischen den Kings und doch ganz anders. Fuck. Du treibst einen Keil zwischen uns, Belle.

Da Amabelle sich tatsächlich verspätet, gehe ich unruhig zwischen den Säulen des Eingangsportals auf und ab. Wird sie kommen?

Einige Mädchen kichern, als sie an mir vorbeigehen,

als hofften sie, ich würde sie nach der Gala ficken, aber ich ignoriere sie geflissentlich.

Das kann nicht sein. *Du wirst dich nicht gegen mich entscheiden. Nicht, ohne zuvor noch einmal mit mir zu sprechen.*

Niemals.

Fuck!

Mit jeder Sekunde, in der sie nicht vor mir auftaucht, werde ich nervöser. Ich will schon unseren Fahrer bestellen, damit er mich zu ihr bringt, aber als ich den Valet-Parker erreiche, fährt in diesem Moment eine Limousine vor.

Die hintere Tür wird vom Chauffeur geöffnet, und die Spitzen des goldenen Kleides, das ich Amabelle gekauft habe, ergießen sich auf den Vorplatz. Um meine Brust lösen sich alle Ketten.

Ich lächle breit, als ich auf sie zugehe. Erleichterung durchflutet mich. Selbst ihr abweisender Gesichtsausdruck ist mir egal. *Du trägst mein Kleid. Du bist hier. Du willst mich, nicht wahr?*

Die Gewissheit hält so lange an, bis hinter ihr jemand Zweites aussteigt.

»Hallo, Jaxon.« Vance Buchanan trägt einen Anzug, der ihm wie angegossen sitzt. Er wagt es nicht nur, hier aufzutauchen, obwohl er seinen Abschluss wegen der Suspendierung nie erhalten hat, er tritt auch dicht an Amabelle heran und legt eine Hand an ihre Taille.

An *meine* fucking Taille.

»Was zur Hölle soll das?«, fahre ich die beiden fassungslos an. Etwas in mir will Vance umbringen. Umbringen, weil er es überhaupt *wagt*, mir gegenüber den Schimpansen zu markieren.

»Es tut mir leid, Jaxon«, erklärt Amabelle schlicht, »du hast mich vor eine Wahl gestellt und ich habe gewählt. Aber du wolltest, dass ich mich unbedingt ein zweites Mal entscheide. Und das ist meine Entscheidung.«

»Fucking Vance?«, zische ich.

»Nein, Kingston«, zischt sie zurück.

Vance tritt zwischen uns, als würde er sie vor mir beschützen wollen.

»Ich bringe dich um«, informiere ich ihn. »Noch heute Abend, keine Sorge.«

Er schnaubt. »Ich habe ein Recht, hier zu sein. Wie jeder andere Absolvent auch.«

»Du wurdest suspendiert.« Mich könnte das alles langweilen, würde es mich nicht so sehr nerven. »Du wirst niemals einen Abschluss in Kingston erhalten.«

»Reece hat zugegeben, dass das Video, in dem ich ›ihn‹ verprügle, fingiert war. Damit die Universitätsleitung mich suspendiert. Das Gremium hat seine Entscheidung zurückgenommen *und* mich als Entschädigung zur Gala eingeladen. Möchtest du dich beim Dekan beschweren?«

Mein rechtes Augenlid zuckt.

»Es ist so traurig, dass du verhindern wolltest, dass Vance das College abschließt«, murmelt Amabelle, hakt sich bei Vance-Wichser-Buchanan ein und lässt sich von ihm zum Ballsaal führen.

Ich starre ihr hinterher und weiß nicht, wie ich es schaffen soll, mich jemals wieder zu sammeln.

Reece hat mich verraten.

Das ist es, was mich in diesem Moment handlungsunfähig macht. Sein verletzter Stolz muss gigantisch sein, wenn er selbst die Freundschaft zu mir aufgibt. *Er war ein King und ist jetzt mein Feind.*

Das bekommst du zurück, Belle. Vance, ehrlich?! Du hättest alles tun können, aber nicht das.

Willkommen im Krieg!

Als ich an meinen Platz zurückkehre, koche ich innerlich wie Lava. Sylvian bemerkt das natürlich. Neben ihm sitzt Harper und sie nervt mich noch mehr als jeder andere. Warum ist sie überhaupt hier? Was hat Sylvian dazu gebracht, sie zu fragen, ob sie ihn begleitet?

Meine Mutter lächelt wie immer. Mein Vater nimmt mich nicht wahr. Aber ich, ich kann mich kaum kontrollieren. Reece Crescent.

Er hat mir das verdammte Genick gebrochen.

Und Amabelle und Vance genießen es.

Als ich vor mich hin auf den gedeckten Tisch starre, fällt mir auf, dass meine Platzkarte anders aussieht als die von Sylvian. Ich greife danach, schlage sie auf.

Die Notiz, die dort für mich steht, reißt alles nieder.

Du hast versagt.

Ich sehe auf, direkt in das Gesicht meines Vaters. Er scheint mir die Nachricht nicht geschrieben zu haben, auch wenn mir in seinen Augen derselbe Hass wie immer begegnet. Wie man sein eigenes Kind so sehr hassen kann, werde ich nie verstehen. Aber es ist mir auch egal. Soll er mich hassen. Der Zirkel ist mir wichtiger. *Und vor dem Zirkel habe ich versagt.*

Vance Buchanan hat das College abgeschlossen.
Amabelle Weaver studiert noch immer.
Auch wenn nur einer von beiden so weit gekommen wäre, hätte ich *versagt*. Denn meine Aufgabe war es, dafür zu sorgen, dass keiner von den beiden dieses Semester abschließt.
Ich habe verloren.
Ich habe es nicht geschafft, die beiden aus Kingston zu vertreiben. Vance, weil er zu lange praktisch war und ich ihn daher gar nicht loswerden *wollte*. Und Amabelle, weil ich selbst eine Heirat und eine damit verbundene anfängliche Fernbeziehung nicht so geil finde wie die Vorstellung, sie würde mit mir in Kingston studieren.
Ich im Master, sie auf dem College.
Scheiße.
Vielleicht hasse ich selbst Vance nicht so sehr, wie ich es ihn und die Kings gerne glauben lasse. Schließlich war er immer loyal, nicht wahr? Er hat getan, was wir verlangt haben, fast so, als wäre er ein Teil von uns ...
Da ich mit dem Rücken zu Vance' und Belles Tisch sitze, entgeht mir ihr Geturtel und für diesen Moment ist das *gut*. In diesem Moment brauche ich meinen Fokus, um nicht vollends auszurasten.
»Was tun wir deswegen?«, fragt Sylvian raunend und nickt zu Vance.
»Ich werde ihm eine Waffe in den Arsch schieben und abdrücken, sobald die Gala vorbei ist«, raune ich zurück.
Sylvian nickt. Er wird mir dabei helfen, ich weiß es. Wir brennen für dieses Mädchen und allein der Gedanke, Vance könnte ... Scheiße.
Eigentlich warte ich mein Leben lang auf diesen Mo-

ment. Dieser Moment, wenn ich Mitglied im Zirkel bin und es egal ist, was ich tue und was ich nicht tue. Wen ich erschieße und wen ich nicht erschieße – solange es sich nicht gegen den Zirkel oder seine Mitglieder richtet, versteht sich.

Aber etwas ist passiert, dass ich es nicht mehr genießen kann.

Ich habe mich selbst geschwächt. Ich habe zugelassen, dass einer der Kings mich verrät. Und obwohl ich ihnen jeden Verrat verzeihen würde, geht dieser hier zu weit.

Reece hat sich mir im wichtigsten Moment meines Lebens in den Weg gestellt.

Und alles, was ich tun kann, ist hier zu sitzen und mir die Notiz auf meiner Platzkarte immer und immer wieder durchzulesen.

Du hast versagt.

JAXON

Ich glaubte immer, die Kings können mich verraten und ich würde ihnen alles verzeihen. Wenn sie so weit gehen, haben sie einen guten Grund. Wie käme ich auf die Idee, ihnen bei allem zu vertrauen, aber ausgerechnet in diesem Punkt nicht?

Nein.

Wenn sie mich abfucken wollen, dann mit Berechtigung.

Das glaubte ich.

Bis heute.

Bis es dazu kam, dass einer von ihnen mir das Genick gebrochen hat.

Und alles nur für dich.

Bist du jetzt zufrieden, Amabelle?

DREIZEHN

MABLE

Ich zittere innerlich, als ich Jaxon zurücklasse und Vance hineinfolge. Er führt uns wie abgesprochen zum Tisch einer seiner Freunde. JD hat sich mir schon kurz nach Spring Break vorgestellt. Kaum hat mich seine Mutter begrüßt, schmilzt ein Teil meiner Nervosität. Sie ist so herzlich und unvoreingenommen, ganz anders als die anderen Eltern der Elite, dass ich ihr Lachen erwidern muss.

Nachdem ich mich vorsichtig in meinem kostbaren Kleid niedergelassen habe, schweift mein Blick wie von selbst durch den Raum. In den ersten Reihen sitzen sie.

Die Kings und ihre Familien. Wobei Sylvian mit Harper als Begleitung gekommen ist und bei den Tyrells Platz gefunden hat. Sehnsucht durchsticht mein Herz wie ein Messer, als ich sie aus der Ferne betrachte.

Sylvian. Reece. Reece, der auch Zayn sein könnte.

Eigentlich sollte mein Platz dort sein.

Bei ihnen.

Zwischen ihnen.

Aber so vieles ist geschehen, das mich nicht dort sitzen lässt.

Dass Reece Vance geholfen und die Intrige der Kings aufgelöst hat, hat mich dazu verleitet, auf ihn zu hören. Damit, Vance beinahe den Collegeabschluss zu verwehren, haben die Kings meinen Kampfgeist geweckt.

Dasselbe hatte Jaxon mit mir vor, nicht wahr? Und er hat es jetzt noch vor.

Wie kann er ... so verdammt überheblich sein?

Er verdient diesen Schlag zurück. Mitten ins Gesicht.

Mich mit diesem kleinen Auftritt dafür rächen zu können, dass Jaxon glaubt, über alles und jeden an dieser Universität bestimmen zu können ... Selbst über Vance, der Reece' Worten nach immer loyal war!

Und Reece? Dass er neben Clarisse sitzt, zerstört jedes seiner Worte von zuvor. Das ist ... argh! Es ist geradezu ekelerregend, wie gut Reece und Clarisse zusammen aussehen. Noch viel besser als Jaxon und sie.

Clarisse Crescent. Selbst ihr Name passt perfekt zu seinem!

Ich versuche, mich nicht auf sie zu konzentrieren, und lausche den Reden. Die meisten Worte haben mehr Tiefe, als ich erwartet hätte. Einige Redner sind witzig, andere bringen die aktuelle gesellschaftliche Lage auf den Punkt. Fast schon ein wenig selbstkritisch. Vance, JD und ich müssen einige Male wissend nicken oder herzhaft lachen.

»Was ist eigentlich mit dir und Harper, hm?«, fragt mich Vance in einer Pause zwischen den Rednern und nickt zu dem Tisch der Tyrells. Mir entgeht nicht, wie oft Vance von den anderen Studenten angestarrt wird, die nicht verstehen können, weshalb er heute Abend hier ist. Doch er macht sich nichts draus und unterhält sich locker mit JDs Familie und mir. Er sieht in seinem Maßanzug aus wie die anderen Mitglieder der Elite, auch wenn er einer der wenigen schwarzen Anwesenden ist. »Ihr habt euch nicht mal begrüßt.«

»Lange Geschichte«, seufze ich.

Vance lächelt schief. »Ich glaube, heute Abend habe ich für lange Geschichten genug Zeit.«

»Es hat keine Bedeutung, dass wir heute Abend zusammen hier sind«, murmle ich, sobald das angeregte Stimmengewirr um uns herum so laut wird, dass ich mich ungestört fühle.

Seine Augen ruhen auf mir. »Nein? Mir kam es so vor, als hätte Jaxon mir sagen wollen, dass ich nicht mehr lange leben werde. Aber klar. Unser Date hat keinerlei Bedeutung.«

»Ich meine ... zwischen *uns* ändert sich nichts.«

Die Art, wie er mich mustert, lässt mich fast nervös werden. »Verstehe«, sagt er nur und ich muss an den Moment zurückdenken, als Clarisse uns dazu bringen wollte, miteinander zu schlafen.

Mir wird klar, dass ich versuche, Vance auf Abstand zu halten. Ohne Grund. »Darf ich ehrlich zu dir sein?«, frage ich ihn leise.

»Immer.«

»Es war zwar nie meine Absicht. Aber gerade stelle ich fest, dass ich mich an allen gerächt habe.«

»Was?«, fragt er lachend. »Meinst du die Videos?«

»Mit den Videos habe ich mich an Clarisse gerächt. Und damit, dass Jaxon mich will und nicht sie.«

Vance runzelt die Stirn.

»Ich habe mich heute Abend an Jaxon gerächt, indem ich mit dir hier aufgekreuzt bin. Ich habe mich an

Reece gerächt, indem ich mich für Jaxon entschieden habe. Ich habe mich an Sylvian gerächt, indem ich von ihm verlange, sich um Harper zu kümmern, die einen Freund braucht. Und ich räche mich an Harper, indem ich sie zwar einerseits wie eine gute Freundin davon abhalten will, weiter dumme Fehler zu begehen, ich andererseits aber die Liebe ihres Lebens dazu bringe, ihr etwas vorzuspielen, was ihr falsche Hoffnungen machen wird.«

Vance ist still geworden. »Und? Wie fühlt sich das an?«

»Bedeutungslos.« Ja. Es ist schlicht bedeutungslos. Denn auch wenn die Kings und Harper und Clarisse denken könnten, ich hätte all das absichtlich getan, bin ich einfach nur meinem Herzen gefolgt. Und mein Herz ist es, das immer noch am meisten von allen leidet.

»Du hast zwei Kings vergessen«, bemerkt Vance.

»Nein. Ich habe nur dich vergessen. Romeo hat mir nie etwas getan, das Jaxon ihm nicht befohlen hätte. Und Zayn konnte mich nur verletzen, weil Reece es zugelassen hat. Reece trägt die gesamte Verantwortung. Aber du. Du stehst noch aus.«

Der muskulöse Sportler lehnt sich auf seinem Stuhl zurück und steckt die Hände in die Taschen. »Nur zu.«

Ich lächle ihn schmal an. »Mir wird noch etwas einfallen, keine Sorge.«

»Es reicht, zu wissen, dass du heute Abend vielleicht mein richtiges Date wärst. Wenn die Kings«, er nickt in die Richtung ihrer Tische, »nicht wären.«

»Oder wenn du nicht *wie sie* wärst«, erwidere ich kalt und stehe auf.

»Mable«, sagt er tief und schiebt ebenfalls seinen Stuhl zurück.

»Weißt du, was ich glaube?« Ich senke die Stimme, damit die anderen am Tisch uns nicht hören. Zum Glück hat gerade eine längere Pause begonnen und viele der Gäste streben nach draußen auf die kreisförmige Balkonterrasse für eine Erfrischung. »Die Kings wissen etwas über dich, das du selbst vor dir verleugnest.«

»Und was soll das sein?«, fragt Vance angespannt.

»Das Geld, das du dafür erhalten hast, die Jobs der Kings zu erledigen, war nur ein Vorwand. Du hättest es auch auf andere Weise beschaffen und deiner Familie helfen können. Aber du liebst es insgeheim. Du liebst, was die Kings tun und du wärst gerne ein Teil davon. Du *bist* ein Teil davon. Vielleicht genießt du sogar heimlich die Vorstellung, wie sie mich verletzen.«

»Das ist nicht wahr«, knurrt er und greift nach meinem Handgelenk. »Ich würde *niemals* wollen, dass dich jemand verletzt.«

Ich schüttle ihn sofort ab und trete nah an ihn heran. »Sicher?«, frage ich leise. »Oder hat es ein sehr kranker Teil in dir genossen, mir auf dem Weg zu Clarisse' Villa im Wald wehzutun? Deine Bemühungen, mich von den Kings fernhalten zu wollen, waren geradezu erbärmlich schwach. Du willst, dass ich leide.«

Seine braunen Augen sind fast schwarz und er bleibt reglos vor mir stehen. Da ist kein Kopfschütteln, kein weiterer Versuch, es abzustreiten. Nur seine mächtige körperliche Präsenz.

»Und weißt du, was daran das Schlimmste ist?«

»Was?«, fragt er tonlos.

»Du weißt, dass ich genau das liebe.«

Er schnaubt. »Zu leiden?«

»Manchmal?« Ich verziehe lasziv die Lippen und sehe an seinem Blick, dass ich erreicht habe, was ich erreichen wollte. Da ist sie, die Dunkelheit in ihm, die ich anziehend finde, die aber gleichermaßen dazu dient, ihn verletzen zu können. Denn er wird mich niemals bekommen. *Pech gehabt, Buchanan. Du hättest dir ein kleines bisschen mehr Mühe geben können, statt am Spielfeldrand stehen zu bleiben.* »Wage es nicht, mir zu folgen«, murmle ich, mache auf dem Absatz kehrt und schließe mich den anderen Gästen an, die sich angeregt unterhaltend nach draußen begeben.

Der Ballsaal in dem imposanten Gebäude am Rande des Campus verfügt über viele winzige Balkone. Die Hauptterrassentüren führen auf eine runde Außenempore, die die südliche Wölbung des Saals umschließt, aber ich will mich nicht unter all die elitären Familien mischen, die sich dort einen Aperitif genehmigen, und nehme eine der kleineren Sprossentüren aus Glas hinaus auf einen winzigen Balkon. Die Frühlingsluft ist berauschend.

Es duftet nach Blüten und saftigem Gras. Überall im Park wurden Fackeln und Kerzen verteilt. Ich weiß, dass sich die Ballgesellschaft gegen Mitternacht in den Garten begeben wird, um das alljährliche Feuerwerk anlässlich der Abschlusszeremonie bestaunen zu können. Rund um den Garten können sich auch weitere Studenten und Familien dazugesellen, die nicht zur Gala eingeladen wurden. Es ist verrückt, dass selbst die Elite noch zu Abstufungen fähig ist. Reich und ultimativ reich sind Unterschiede, die ich vermutlich nicht einmal begreifen kann.

Ich nippe an einem Glas Champagner, während ich mit den Ellenbogen auf die Steinmauer gestützt dastehe und diesen einen Moment intensiv in mich aufnehme. Dass sich einer meiner größten Träume – an der Graduation Gala in Kingston als Ehrengast teilzunehmen – so schnell erfüllen würde, hätte ich nie für möglich gehalten.

Aber war es das alles wert?

»Zigarette?« Eine beringte Hand hält mir eine Schachtel entgegen und ich weiß sofort, zu wem sie gehört. Ohne aufzusehen, nehme ich mir eine, nicht sicher, ob es klug ist, mich ausgerechnet hier auf ein Gespräch mit Sylvian einzulassen.

Ich lege mir die Kippe zwischen die Lippen und er tritt dicht an mich heran, um mir Feuer zu geben. Innerlich fluchend stelle ich fest, dass mich sein schwarzes, frisiertes Haar, der enganliegende Anzug und sein unverkennbarer, männlicher Geruch natürlich nicht kalt lassen.

Von wegen Rache.

Deine Rache ist wie der Stich einer Mücke, bevor sie von einer Hand zerquetscht wird. Bedeutungslos. Nicht einmal erwähnenswert.

Sylvian lässt schweigend Rauch aus seinen Lungen entweichen, während ich die Gelegenheit nutze, abzuschätzen, ob seine Wunde verheilt ist. Er steht aufrecht vor mir und bewegt sich bis auf ein minimales Humpeln normal. Aber vielleicht tut er auch nur so, als hätte er keine Schmerzen.

»Ich bin neugierig«, beginnt er, als hätten wir noch

nie mehr als Small Talk gemacht. »Was musste Vance sich von dir anhören?«

»Nichts«, weiche ich aus. »Bist du nicht mit Harper hier?«

Sylvian legt den Kopf schief. »Ich werde gleich wieder zu ihr gehen, keine Sorge. Aber sie glaubt, ich würde mit dir sprechen, um dich dazu zu bringen, ihr … zu verzeihen. Was auch immer sie dir angetan hat, außer dir ihre Affäre zu verschweigen. Was zugegebenermaßen dasselbe ist, wie ihr *deine* Affäre mit *mir* zu verschweigen, oder irre ich mich?«

Ich presse die Lippen zusammen.

»Sie fickt Goldmans Bruder und hat es dir nicht gesagt. Du hast mich gefickt und hast es ihr nicht gesagt. Solltet ihr nicht quitt sein? Oder … müsste *sie* nicht sauer auf dich sein, weil du schließlich nicht wusstest, dass Harpers und meine ganze Beziehung ein Fake war? Du hast sie betrogen. Nicht sie dich.«

»Ich werde ihr Geheimnis nicht verraten.« Denn das ist es, was er gerade versucht, oder? Er will mich dazu bringen, ihm zu sagen, warum ich sauer auf Harper bin. Dass sie die ganze Zeit für Jaxons Vater gearbeitet hat. Aber was geht Sylvian das alles an? Wenn sie es ihm nicht sagen will, dann hat das einen guten Grund. Und ich werde sie kein zweites Mal verraten.

Sylvian lacht rau und wendet sich ab. Genauso wie ich vorhin beugt er sich über die Balustrade und raucht. »Das ist schade.«

»Hast du es schon geschafft, dass sie sich von Goldmans Bruder trennt?«

Er nimmt einen tiefen Zug. »Noch traut sie mir nicht. Sie ist vielmehr deinetwegen zur Gala mitgekommen. Sie hofft, ihr könntet euch aussprechen, bevor die Ferien beginnen.«

»Ich brauche mich nicht mit ihr auszusprechen. Wichtiger ist, dass du ihr hilfst. Ich kann das nämlich nicht. Du schon.«

»Und wie soll ich das tun, ohne sie anzulügen oder zu manipulieren?«, fragt er scharf.

»Schaffst du es wirklich nicht, einfach nur ein guter Freund für sie zu sein?«, bemerke ich säuerlich. »Du musst sie nicht ›manipulieren‹, um sie davon abzuhalten, sich einen Sugar Daddy zu suchen.«

Sylvian ruckt schnaubend den Kopf zu mir herum. Das Grün in seinen Augen tanzt angriffslustig. »Was soll ich tun, Mable? Sie hat nie aufgehört, mich zu lieben. Ich versuche, ein *Freund* zu sein, aber das wird sie nicht über mich hinwegtrösten. Wenn du willst, dass ich sie ficke, damit sie mir vertraut, musst du es nur sagen. Ich kann es gleich hier vor Ort tun. Irgendeiner der abschließbaren Toilettenräume ist sicher noch frei.«

Ich presse die Zähne aufeinander. »Besser dich als Goldmans Bruder.«

Seine Fingernägel bohren sich in den Stein der Brüstung, bevor er sich mir ganz zuwendet. »Bitte mich darum.«

Drei Worte und sie klingen höllisch quälend.

»Ich will es hören.« Sylvians Stimme ist unendlich düster. »Wenn es die Art von Verletzung ist, die du brauchst, gebe ich sie dir. Ich kann nach ihr riechen, wenn ich zurückkomme. Du wirst ihr den Sex ansehen. Meinetwegen stecke ich ihr Jaxons Ring an, den er für dich hierher mitgeschleppt hat, alles, was du willst, Baby.« Das letzte Wort spuckt er.

Mein Atem geht bebend.

»Bitte mich einfach darum.« Er ist nähergekommen und lächelt jetzt. Kalt und gefährlich. »Wie viel Schmerz brauchst du wirklich? Vielleicht willst du auch mitkommen? Ich kann sie vor deinen Augen wund vögeln, bis sie schreit. Ich werde sie von hinten nehmen und in ihren Mund. Bis mein Samen ihr auf die Titten tropft. Ist es das, was du willst?«

Ich hebe meine Hand und verpasse ihm eine Ohrfeige, die mir selbst höllisch wehtut. Er zuckt nicht einmal zusammen, obwohl sein Gesicht zur Seite fliegt. Vollkommen entspannt lehnt er sich wieder über die Brüstung und raucht weiter. »Das ist lächerlich. Ich werde dir das Kämpfen beibringen müssen. Wenn du mir wehtun willst, dann tu mir weh. Aber du bist einfach nicht das Mädchen für Ohrfeigen, Baby.«

»Hör auf, mich zu erniedrigen«, sage ich sehr leise.

»Hör auf, dich selbst zu erniedrigen.« Er blickt hinaus auf den Garten. »Ich bin wegen etwas anderem zu dir gekommen. Etwas, das ich dir bis heute Abend verschwiegen habe. Etwas, das ich dir nicht sagen *konnte* und es dir auch jetzt nicht sagen *kann*, ohne die Kings zu verraten. Willst du es hören oder müssen wir weiter über Harper sprechen?«

»Du hast mir *noch mehr* verschwiegen?«

Er lacht in sich hinein. »Du kennst nicht einmal einen Bruchteil der Wahrheit. Über die Kings, über mich und … über dich.«

»Über mich?«

»Ja.« Er blickt gedankenverloren hinunter in den Garten. »Ich musste abwarten, um herauszufinden, wie du dich final entscheiden würdest.«

»Wovon zur Hölle sprichst du«, murmle ich angespannt.

Sylvian nimmt einen weiteren tiefen Zug, bis seine Zigarette verglüht. Dann schnippt er sie über die Brüstung. »Du glaubst, es ging hier die ganze Zeit um Reece und Jaxon. Oder Crescent. Oder fucking Vance. Deine heilige Wahl für einen der Kings. Dabei habe ich nicht darauf gewartet, *wen* du wählst, sondern *was*. Deinen eigenen Weg? Oder Jaxons? Oder meinen? Oder den von Vance? Ich habe bis heute Nacht darauf gewartet, in Erfahrung zu bringen, wie du dich entscheiden würdest. Entscheidest du dich für Kingston? Obwohl es absolut keinen Sinn ergibt? Oder dagegen?«

»Warum ergibt es keinen Sinn?« Ich verschränke die Arme vor der Brust.

»Weil dir ein Studium niemals geben könnte, was einer von *uns* dir geben könnte, außer wenn du wüsstest, *wer du wirklich bist.* Aber du hast keine Ahnung, nicht wahr? Du tust das alles aus Idealismus. Du bist die geborene Nachfahrin des Zirkels. Als wärst du dafür geschaffen, hier zu sein. Jemand hat dich zeitlebens manipuliert, damit du glaubst, es gäbe nur diesen einen Weg für dich. Damit du glaubst, *hier sein zu müssen.* In Kingston. Lernend. Bestnoten erreichend. Diese Manipulation geht so tief, dass du sogar Jaxon im Stich lässt, obwohl du ihn liebst. Dass du dich gegen Reece entscheidest, obwohl er dein Leben so viel einfacher machen könnte. Und dass du bleibst, obwohl ich dich gewarnt habe. Immer und immer wieder.«

Ich schlucke hart. »Was meinst du mit: ›Nachfahrin des Zirkels‹ und ›zeitlebens manipuliert‹ ...«

Sylvian beugt sich vor. »Der Zirkel ... ist ein Verbund

aus Idealisten. Sie warten nur darauf, dass du dein Studium beendest. Nicht alle wollen, dass du gehst. Vielmehr lecken sie sich bereits die Finger nach dir. Weil du fast schon naiv an die hehren Ziele der ›Architekten‹ glaubst. Das meine ich mit ›geborene Nachfahrin‹. Jemand hat dich dein Leben lang vorbereitet, damit du genau das erfüllst, was sie wollen. Und das Problem ist: Obwohl das alles so klingt, als wärst du ein Spielball der Kräfte, ist es genau andersherum.«

»Gleich schlage ich dich noch einmal, damit du endlich Klartext sprichst«, murmle ich frustriert.

Sein Grinsen hängt ihm schief auf den Lippen. »Was ich dir jetzt sagen werde, könnte mich töten«, raunt er. »Die Leute da drinnen«, er zeigt hinter sich, »schätzen es nicht, wenn man ihre Geheimnisse enthüllt. Aber vor allem könnte es ... *dich* töten.«

»Dann sollte es niemand sonst hören, oder?«

»Du lässt dir einfach keine Angst machen. Egal, wie ernst es wird. Du glaubst, es ginge beim Schachspiel um irgendetwas, das mit *uns* zu tun hätte. Den sagenumwobenen *Kings*, die Jaxon eigens um sich geschart hat, um trotz des schlechten Rufs seines Vaters interessant für den Zirkel zu bleiben. Du dachtest, du seist ein Spielball der Kräfte, ein leichtes Opfer, du dachtest, wir wären die Spieler und du die Figur. Und das stimmt auch. Zu einem Teil stimmt es, dass wir uns *alle* in dieser Gefahr des Spiels verloren haben. Aber bis zum heutigen Abend waren wir ... Kinder. Idioten vom College, die sich gerne dasselbe Mädchen teilen. Aber es geht nicht um uns. Es geht nur um dich.«

»Um mich-mich? Oder um meine Noten?«

Sylvian schmunzelt. »Deine Noten sind wichtig,

keine Frage. Es gibt ein Geheimnis, das dich umgibt. Ein Geheimnis, das dafür sorgen wird, dass ein Krieg ausbricht. Findest du es heraus – und nutzt du es klug – bist du mit einem Mal mit Jaxon zusammen die mächtigste Person auf diesem Campus. Vielleicht sogar in großen Teilen *der Welt*. Du kannst Menschen erpressen, zu tun, was du verlangst – falls sie dich nicht zuvor töten werden. Du bist nicht irgendjemand, Mable. Du bist nicht grundlos in Kingston. Du bist der Schlüssel zu einem tödlichen Schicksal. Es geht um die Zukunft der elitärsten Familien Amerikas und wenn du dahinterkommst, liegt diese Zukunft in *deiner* Hand.«

»Und all das ... weißt du die gesamte Zeit über? Du tust so, als gäbe es etwas über mich zu wissen, das bedeutungsvoll ist, und du verschweigst es mir die ganze Zeit?«

»Schlimmer«, raunt er. »Als du noch in der High School warst, habe ich dich bereits beobachtet.«

»Was?«, keuche ich.

Er blickt unbeeindruckt zurück. »Und als mir klar wurde, wer du bist, hätte ich dich normalerweise davon abhalten müssen, nach Kingston zu gehen. Weil es für dich einfach zu gefährlich ist. Ich hätte alles tun können, um dich davon abzuhalten. Aber etwas in mir wollte dir dabei zusehen, wie du deinem Schicksal folgst. Etwas in mir *will* dich hier haben. Ein viel zu großer Teil *möchte*, dass du die Chance deines Lebens ergreifst.«

»Die Chance ... meines Lebens?« Ich versuche, ihm zu folgen, doch jedes weitere Wort macht es noch verworrener für mich.

Sylvian klopft sich eine zweite Zigarette aus seiner Schachtel. Ich habe meine eigene komplett vergessen und lasse sie zu Boden fallen. Auch wenn das nicht meine Art ist, weiß ich, dass zig Servicekräfte dafür sorgen werden, nach der Gala alles wieder herzurichten.

»Hast du dich nie – wirklich niemals – gefragt, warum ich Kingston nicht mit dir verlassen habe?«, fragt Sylvian und gibt sich selbst Feuer.

»Was?«, frage ich perplex.

Er sieht mich offen an. »Ich verstehe, dass ich mein Interesse an dir eine Zeit lang verborgen habe, aber spätestens nach der Sache in der Kapelle müsste dir doch klar geworden sein, dass ich entweder ein Idiot bin oder es einen Grund gibt, weshalb ich dich *all dem* ausgesetzt habe?«

»Wovon sprichst du, Sylvian?«, zische ich. »Ich habe mittlerweile verstanden, dass du das genau so willst. Dass du – oder der dunkle Teil in dir – es liebt, wenn ich leide. Du hast Angst davor, die Nähe zwischen uns zuzulassen, weil du glaubst, du würdest mich früher oder später genauso verletzen oder abhängig machen wie zum Beispiel Harper. Oder ... Eleanore. Und das wird auch der Grund gewesen sein, wieso du Harper als deine Krankenschwester beordert hast und ... nicht mich. Du hast ... Angst vor mir. Irgendwie. Und ich bin es leid.«

Er lacht rau. »Ich habe keine Angst vor dir. Ich hatte Angst, dass es mir nur ums Spiel geht. Dass ich dich hier haben will, weil ich dich als Dame zerstören will. Weil es das ist, was bisher mein Leben ausgemacht hat. Aber ich bin stärker. Und du hast die richtige Wahl getroffen. Dein Weg ist Kingston. Das ist seit deiner Geburt vorherbestimmt. Du hattest Lehrer, die heimlich vom Zirkel platziert wurden, damit sie dich besonders fördern, ohne dass du es bemerkst.«

»Ich dachte, der Zirkel ist es, der mich loswerden will?«, frage ich vollkommen perplex.

»Nicht ... der *ganze* Zirkel. Dir wurde zeitlebens und von allen Seiten eingeflüstert, dass Kingston deine erste Wahl zu sein hat. Dass dich dort Großes erwartet. Und dann hast du ... *ganz zufällig* ein Stipendium erhalten. Es ist fast schon lächerlich offensichtlich, aber niemand der anderen Kings hat jemals solche Nachforschungen betrieben wie ich. Und vielleicht ... hätte ich mich auch nicht weiter um dich gekümmert, hättest du mich nicht an ein Mädchen erinnert, das ich in meiner Vergangenheit nicht retten konnte. Ich gebe zu, zwischendurch habe ich mir nicht zugetraut, dass ich es schaffen würde, meine Dämonen zurückzuhalten. Oder dass ich es schaffen würde, Jaxon davon abzuhalten, dich restlos zu vernichten. Es war knapp. Verdammt knapp. Aber letztendlich stehen wir hier, nicht wahr? Egal, was heute Abend noch geschieht.« Wieder verhüllt Rauch sein schattiges Gesicht. »Du weißt jetzt, dass sie sich morgen schon vor dir verbeugen werden. Warte einfach noch ... ein wenig ab.« Er nickt mir zu, drückt seine Zigarette aus und will gehen.

Impulsgesteuert fasse ich nach seinem Handgelenk, um ihn zurückzuhalten. Er dreht sich zu mir um.

»Was ist das für ein Geheimnis, von dem du gesprochen hast?«, wispere ich. »Welche Verbindung soll ausgerechnet ich mit dem Zirkel haben?«

»Das musst du selbst herausfinden. Ich habe dir schon jetzt mehr gesagt, als ich wollte. Ich werde dich weder in Gefahr bringen, indem ich es dir offenbare, noch werde ich einen der Kings verraten, nur damit du es weißt. Dass ich von Anfang an zwischen den Parteien stehe, werde ich nicht im letzten Moment aufgeben. Ich werde mich nicht *für* dich und *gegen* sie entscheiden. Selbst wenn Jaxon oder die anderen noch tausend schlimmere Dinge tun als bisher. Mich übertreffen sie vermutlich in Ewigkeiten nicht und ich erwarte dennoch von ihnen dieselbe Loyalität wie sie von mir.«

»Warum hast du es mir dann überhaupt gesagt? Weißt du, wie quälend solche Andeutungen sind?«

»Quälend?«, fragt er erstaunt. »Solche Andeutungen? Hast du eine Vorstellung davon, wie es ist, jeden Tag mit deinem sicheren Tod rechnen zu müssen, aus Angst, ich wäre nicht der Einzige, der das Geheimnis aufgedeckt hat? Wenn zu früh jemand anderes davon erfährt, wird er dich einfach töten, um dich aus dem Weg zu haben.«

Meine Hand verkrampft sich um sein Gelenk und plötzlich folgt er meinem Griff und macht einen Schritt auf mich zu. Sylvian drängt mich gegen die Balustrade, greift fest in mein Haar und neigt meinen Kopf.

Er haucht mir einen Kuss auf den Hals. »Ich bin mit Harper hier, weil es das ist, was du willst. Also bring mich nicht in Versuchung.«

Ich kann nicht einen klaren Gedanken fassen. »Warum jetzt? Warum zur Hölle sagst du mir das alles erst jetzt und auch noch so, dass ich kaum etwas mit dem Wissen anfangen kann?«

»Ist das wirklich so schwer zu verstehen? Du hättest dich niemals für einen der Kings entschieden, hätte ich dir die Wahrheit gesagt. Und damit hätte ich Jaxon verraten, weil ich das Wissen dann *ihm* vorenthalten hätte, nur um *dich* zu beschützen. Und so sehr ich dich liebe, Jaxon verdient meine absolute Loyalität. Und andersherum: Hätte ich Jaxon von dir und deiner Rolle für den

Zirkel erzählt, wärst du vielleicht nicht mehr am Leben. Ich musste also schweigen. Bis ich dir zumindest einen Teil des Ganzen erzählen konnte, ohne meinen besten Freund für immer zu verlieren.«

»Wieso willst du überhaupt in diesen Zirkel aufgenommen werden? Das klingt alles nach einer verrückten Geheimorganisation, die ziemlich gefährlich ist ...«

»Weil ich dann zu meiner Familie zurückkann.« Er senkt die langen schwarzen Wimpern und seufzt. »Wenn ich zurückkehre, dann muss ich sichergehen, dass ich ... jemand bin. Die Silvanos wollen mich tot sehen, solange ich nur als der Junge gelte, der vor Ewigkeiten weggelaufen ist. Aber jetzt bin ich mehr als das. Jetzt bin ich *wichtig*. Selbst der Boss – mein Großvater – kann das nicht verleugnen. Und so sehr ich meine Familie für viele Dinge verurteile, ist es ... Es ist meine Familie, Mable.«

»Sie wollen ihren *eigenen Sohn* tot sehen?«

»Meine Familie kontrolliert alles von hier bis nach Brasilien und von dort Europa, den Nahen Osten und die ganze Welt. Handelsströme, Plantagen, Frauen, Waffen, Müll, alles. Der Zirkel profitiert davon, einen Silvano in seinen Reihen zu haben und meine Familie muss meinen Platz respektieren. Ich habe Schwestern. Viele Schwestern. Und eine Mutter. Sie alle habe ich verlassen, weil ich meinen Onkel gelinkt habe. Ich musste untertauchen, fliehen. Bis heute. Es ist an der Zeit, dass ich sie endlich wiedersehen kann.«

»Weiß deine Familie nicht, dass du in Kingston studierst?«

»Doch. Sie haben es geduldet, eben weil sie wussten,

dass ich uns auf diese Weise einen Platz im Zirkel sichern könnte. Aber gesprochen ... haben wir nicht, nein.«

»Ich fasse nicht, dass ... dass du so etwas meintest, als du mich vor dir warnen wolltest.« Mein Mund wird staubtrocken, als er es nicht abstreitet. Das ist die Wahrheit, die ich nicht erkennen wollte. Er wusste von Anfang mehr über mich. Hat mich von Anfang an vor *mehr* gewarnt als nur vor ihm. »*Wer* wird mich töten wollen?«

»Deine Feinde«, raunt er in mein Ohr. »Vielleicht auch ... Jaxon selbst. Denn du stehst ihm mehr im Weg, als dir bewusst ist.«

»Glaubst du wirklich, er würde ...«

Sylvian lächelt spröde, bevor er mich wieder loslässt. »Hast du je daran gezweifelt?«

VIERZEHN

ZAYN

Mein verlorener, fucking stolzer, misstrauischer Bruder hat alles zerstört. Ich liebe ihn und ich möchte ihn umbringen. Er hat die Kings verraten, indem er Vance seinen Abschluss besorgt hat. Er hat sie verraten, weil er glaubte, *ich* hätte ihn verraten.

Dabei habe ich nur getan, was der Scheißzirkel mir gesagt hat. Ich sollte dafür sorgen, dass Amabelle das fucking Studium abbricht. Und sie hätte es getan. Sie hätte sich für Jaxon entschieden, ich weiß es.

Sie hätte sich für den einfachen Weg entschieden statt des schweren. Sie hätte den Luxus gewählt und sich von Kingston verabschiedet.

All das hätte sie getan.

Wäre mein verspackter Bruder nicht dazwischen gegrätscht. Mit seiner Moral, seinen Gutmensch-Attitüden, seinem ganzen Gehabe von einem plötzlich ach so verfickt liebevollen Treueschwur-Wichser.

Amabelle, du hast ihm das verdammte Genick gebrochen, als du dich für Jaxon entschieden hast. Und ich habe es ihm gebrochen, weil ich dafür gesorgt habe, dass du es tust. Entweder er mag dich wirklich oder er hasst Jaxon wirklich.

Ich schätze, es ist Letzteres. Er wollte unbedingt gegen Jaxon Tyrell gewinnen.

Unbedingt.

Und er hätte dafür sogar unsere geheime Identität aufs Spiel gesetzt. Aber er hat keine Ahnung davon, was der Zirkel von mir verlangt hat.

Reece glaubt, ich hätte es getan, weil ich dich hasse. Er ist blind. Er ist dämlich. Er hält mich für einen Affen, der nichts geregelt kriegt, außer scheiße zu sein.

Mädchen, mir ist doch so verdammt egal, ob du weiter in Kingston studierst oder nicht! Ich hätte niemals dafür gesorgt, dass du fucking Tyrell wählst, wenn es nicht wichtig *gewesen wäre!*

Während Reece mit unserem Dad und seiner fantastischen Vorzeigestiefmutter die Gala betritt, warte ich im hintersten Teil der Garderobe. Aus irgendeinem Grund bekomme ich Lust, die Garderobiere zu ficken. Sie ist ein paar Jahre älter und wesentlich weniger hübsch als Amabelle. Als ich sicher sein kann, dass alle Gäste im Ballsaal sind, trete ich aus meinem Versteck hinter den tausend Mänteln hervor und nähere mich ihr.

»Hi«, hauche ich und lehne mich neben sie auf den Tisch.

Sie zuckt zusammen und starrt mich perplex an.

»Ich habe keine Lust auf das Gerede da drinnen«, sage ich mit einem Reece-Zwinkern und streiche durch das blond gewellte Haar, das wir heute Abend deswegen so tragen, weil Reece damit aussieht wie ein Model und ich tun muss, was sein Style vorgibt. »Und die wievielte Gala ist das für dich, hm?«

Sie kichert und streicht nervös eine lockere Strähne hinter ihr Ohr.

Sie langweilt mich, weil sie nicht sofort meinen Schwanz in den Mund nimmt. Leider scheint sie eine von der Sorte zu sein, die ich nicht einfach darum bitten kann. Auch nicht für ein bisschen Cash.

Ich muss noch 'ne Weile flirten und hoffe einfach, dass ich bis dahin die Lust an ihr verliere. Eigentlich will ich lieber Amabelle in Jaxons Kleid ficken.

Aber das kann ich mir nach der Reece-Aktion vermutlich abschminken.

»Ich kann leider wirklich nicht meinen Platz verlassen«, sagt die Kleine gerade, nachdem ich sie mehr oder weniger offensiv dazu eingeladen habe, von mir im Nebenraum durchgenommen zu werden.

»Ganz sicher?«, frage ich lasziv und sie kichert wieder.

Ein Räuspern in der Nähe lässt uns beide aufsehen.

Mein Arsch geht mir sofort auf Grundeis und ich richte mich auf.

»Guten Abend.« Der blasse Typ in Maßanzug aus Miami steht vor uns. Ich weiß nicht mal seinen Namen, nur dass ich gehofft hatte, ihn nie wieder zu sehen. »Sie sollten mit mir kommen, Mr. Crescent.«

Ich würde ihm lieber vor die Füße kotzen. Mit verzogenen Lippen trete ich hinter dem Garderobentresen hervor und lasse meinen potenziellen Fick zurück.

»Wollen Sie nicht Ihren Mantel abgeben, Sir?«, ruft die Schnecke uns hinterher.

Mr. Unbekannt ignoriert sie und geht mit mir außer Hörweite.

»Sie haben nur noch eine Chance, Mr. Crescent.«

Der Fremde blickt mich kalt an. Etwas an ihm erinnert mich an Jaxon, wenn er für einen Bruchteil der Sekunde die Kontrolle verliert. Der Typ reicht mir seinen Mantel. Er drückt ihn mir mehr oder weniger in die Hände und ich muss ihn entgegennehmen. »Verbergen Sie sie unter ihrem Jackett. Aber bewegen Sie sich nicht zu auffällig. Und dann treffen Sie *die richtige Wahl.*«

Mein Kiefer verspannt sich, als ich das harte Metall unter dem Stoff ertaste. Wir stehen mitten in der leeren, gigantischen Eingangshalle des Kingston-Schlosses und irgendein Fremder drückt mir eine verdammte Waffe in die Hand. »Und wen soll ich killen?«, raune ich zynisch. »Meinen Bruder? Jaxon? Vance? Ich habe einige auf meiner Liste stehen.«

»Sie wissen, was zu tun ist, Crescent. Sorgen Sie dafür, dass eine gewisse Person niemals wieder zurückkehrt. Und wenn Sie sie dafür töten müssen ... Nun. Das überlasse ich Ihnen.«

»Warum?«, raune ich. »Weil Reece in den Zirkel aufgenommen wurde, dürfen wir jetzt morden? Oder was soll der Scheiß?«

»Nein.« Das Lächeln des Typen ist geradezu ekelhaft böse. »Sie werden niemals aufgenommen, Crescent. Jedenfalls nicht offiziell. Offiziell wird nur Ihr Bruder Mitglied werden. Daher dürfen *Sie* tun und lassen, was Sie wollen. Solange ... Sie es richtig machen.«

»Warum geben Sie nicht Jaxon eine Waffe? Er würde alles tun, um Mitglied zu werden.«

Mein Gegenüber blickt mich geradezu hasserfüllt an. »Jaxon Tyrell hat versagt. Sie hingegen wollen in jedem Fall geheim halten, dass Sie eigentlich in Schweden in einer Psychiatrie stecken müssten. Für Sie steht *mehr* auf dem Spiel als das gebrochene Herz eines verarmten Mädchens. Oder täusche ich mich?« Er nickt mir zu, macht auf dem Absatz kehrt und verlässt die Halle.

Die einzige Person, die ihn gesehen hat, ist die Garderobiere und irgendwie habe ich das Gefühl, dass auch sie nicht mehr lange leben wird …

Fuck, was soll diese ganze Schwurbelei des Zirkels? Ist ihre Macht tatsächlich darauf gestützt, Studenten wie mich zu erpressen? Halleluja … Dann kann dieser Verein nicht besonders einflussreich sein.

Als ich den Ballsaal betrete, halte ich mich im Hintergrund. Reece wird in wenigen Minuten zur Ehrung nach vorn gerufen. Erst danach kann ich seinen Platz einnehmen. Jaxon sitzt noch immer bei seiner Familie. Sylvian nähert sich gerade ihrem Tisch. Niemand von ihnen wirkt besonders glücklich. Schon gar nicht Harper, die verdächtig oft zu Mables Tisch hinübersieht.

Vermutlich war es Jaxons Aufgabe, dafür zu sorgen, dass weder Vance noch Amabelle heute Abend hier sein würden.

Aber er hat halt versagt. Nice. Jetzt muss ich den Salat aufräumen.

Ich beobachte aus der Ferne, wie Dole sich wieder setzt. Ihre Anwesenheit an Vance' Seite heute Abend ist geradezu niedlich, wenn man bedenkt, dass der Zirkel oder zumindest dieser mysteriöse Typ sie tot sehen will. Es muss eine gigantische Fehde geben zwischen den Zirkelmitgliedern und Jaxons Vater, der Amabelles Stipendium finanziert. Der Typ hat ein gewaltiges Interesse daran, dass sie nicht aufhört.

Fast, als wäre er ihr Vater und nicht Jaxons.

Hm.

Kann das sein?

Aufmerksam vergleiche ich Amabelles Gesichtszüge mit denen von Jaxons Vater und seiner Mutter. Jeder normale Mensch würde es abstoßend finden, dass Jaxon möglicherweise seine Sis gefickt hat, aber hey, ich bin ein Freak und Liebe fällt eben da hin, wo sie hinfällt.

Eine wirkliche Ähnlichkeit kann ich zwischen keinem von ihnen feststellen. Jaxon sieht aus wie sein Vater, klar, aber es ist mehr die Art, wie er sich gibt. Das dunkelblonde Haar und das herrschaftliche Rumgespacke. Weder die Nase noch die Wangenknochen noch irgendetwas anderes ist bei den beiden ähnlich. Wenn man ganz genau hinsieht, kommt er nur nach seiner Mom. Ein bisschen zumindest.

Na ja, wie auch immer.

Showtime, Baby. Jeder von uns musste heute Abend eine Entscheidung fällen.

Gespannt auf meine?

FÜNFZEHN

JAXON

Die Gala, auf die ich seit vier Jahren warte, geht schleppend voran. Mein Vater hält eine Rede, meine Mutter hält eine Rede, jemand spendet eine Million Dollar, Clarisse' Eltern nehmen irgendeinen Scheck für hungernde Kinder entgegen und schließlich tritt der Präsident der Universität auf die Bühne. Er zeichnet die besten unseres Jahrgangs aus und es sind immer *diejenigen*, die auch in den Zirkel aufgenommen werden. Nach dem Grundstudium stand bereits fest, wer Mitglied werden wird.

Es ist reine Formsache, da jeder von uns Kings das College mit Bestnoten abgeschlossen hat.

Reine Formsache, wäre da nicht die Notiz auf meiner Platzkarte.

»Wo warst du?«, frage ich Sylvian, der sich wieder zu uns setzt.

»Hast du mit Mable gesprochen?«, flüstert ihm Harper zu.

»Okay, *ich* habe eine verdammte Frage gestellt, klar, Mitchell?«, fahre ich sie leise über den Tisch hinweg an. »Also wird er *mir* antworten.«

Sie hebt eine Braue. »Was ist dein verdammtes Problem, Jax?«

»Du.« *Dass sie hier sitzt an deiner Stelle. Du solltest zwischen uns sein, Belle. Zwischen Sylvian und mir. Wir sollten dir jeweils einen verfickten Ring an beide Ringfinger schieben und wir sollten heute Nacht harten, geilen Sex haben, währenddessen du unsere Namen stöhnst. Mein Vater soll sehen, wer mir gehört, und jeder soll sehen, dass du* auch *Sylvian gehörst. Dass du es schaffst, uns beide zu bändigen. Ach, scheiße. Dass du es schaffst, uns alle vier zu bekommen!*

Sylvian hebt beschwichtigend eine Hand in meine Richtung, damit ich Harper nicht vom Stuhl stoße, weil sie mich so sehr nervt.

Meine Mutter gibt vor, unser Gespräch zu ignorieren, und mein Vater hat sich bereits vollständig Professor Barrett, dem Präsidenten, zugewendet. Sylvian kommt nicht mehr dazu, mir zu antworten, weil Barrett die Stimme erhebt.

Unbewusst schließe ich den Knopf meines Anzugs, weil ich immer noch davon ausgehe, dass ich jederzeit aufgerufen werde. *Sie können mich nicht nicht ehren. Es geht nicht. Sie haben verdammte Regeln zu erfüllen. Der Zirkel* lebt *von Regeln.*

»Wie jedes Jahr zeichnen wir auch am heutigen Abend die besten Absolventen des Abschlussjahrgangs aus«, beginnt Präsident Barrett. Ob er Mitglied im Zirkel ist, weiß ich nicht einmal. Ich werde es heute Abend erfahren. »Ich bitte folgende Personen auf die Bühne zu kommen. Reece Crescent.«

Applaus brandet auf.

»Sylvian Silvano.«

Sylvian steht auf, nickt mir zu und geht begleitet von weiterem Applaus zur Bühne.

»Romeo Portcharles.«

Romeo sitzt nur einen Tisch weiter. Der Blick, den er mir zuwirft, ist tiefschwarz, als würde er etwas ahnen. Ich ahne auch etwas, denn eigentlich hätte mein fucking Name zuerst fallen müssen.

»Und Vance Buchanan. Vielen Dank.«

Der Applaus ebbt ab und es macht sich eine allumfassende Stille breit. Niemand regt sich, kein Klatschen ist zu hören.

Als Vance sich langsam erhebt, wird die Stille umso drückender.

»Was …« Meine Mutter sieht mich fragend an. »Was geschieht hier?«

Mein Kiefer hat sich verkrampft. Selbst Harper sieht aus, als könne sie nicht glauben, was geschieht.

»Wer ist denn dieser Mann?«, fragt Mom. Ihre Hände zittern. »Und warum wurdest du nicht aufgerufen, Jaxon?«

»Nun, er war vielleicht nicht gut genug, Miranda.« Mein Vater lächelt zynisch. »Du dachtest vermutlich, dein Platz sei dir sicher, nicht wahr, mein Sohn? Man sollte sich niemals auf seinem Namen ausruhen.«

Vielleicht sollte ich lieber meinen Vater töten statt Vance.

»Samuel.« Nie zuvor habe ich sie so erzürnt sprechen hören. »Was hast du getan?! Jaxon hat *nicht* schlechter abgeschnitten als dieser Bushham, von dem ich noch nie etwas gehört habe.«

»Nein. Aber vielleicht habe ich gar keinen Platz mehr«, bemerke ich kühl. »Hast du unseren angestammten Familienplatz im Zirkel den Stipendiaten überlassen, Vater? War das dein Ziel mit dem Programm? *Mich* zu ersetzen? Gib es zu. Sprich es laut vor Mom aus. Dass du sie und mich *verraten* hast.«

»So sprichst du nicht mit mir«, raunt er.

»Hörst du doch«, erwidere ich ironisch und greife nach meinem Glas Wein.

Ich sitze da und sehe meinen Kings dabei zu, wie sie vom Präsidenten die Hand geschüttelt bekommen. *Ich habe versagt.* Natürlich. Warum habe ich auch nur eine Sekunde gezweifelt, ich hätte es nicht?

Mein Vater setzt ein zufriedenes Lächeln auf. »Du musst dankbar dafür sein, dass der Zirkel nur die Besten nimmt, Jaxon. So sind die Regeln. Wäre es anders, wäre unser Land nicht, was es ist.«

Meine Mutter sieht aus, als wäre sie kurz davor, ein Messer in sein Herz zu stoßen. Wenigstens irgendjemand ist hier auf meiner Seite. Dass ausgerechnet sie es ist, überrascht mich, hat sie meinem Vater doch noch nie etwas entgegengesetzt. Sie hat es ertragen, wenn er jeden Tag eine andere Hure mit nach Hause gebracht hat. Aber ihr Rückgrat ist nicht ganz gebrochen.

Leider hat sie zu spät bemerkt, dass ihr Ehemann ein Wichser ist.

Zu spät.

Ich greife in meine Anzugtasche und umschließe den Ring, während ich in Belles Richtung sehe. Was, wenn ich mit meiner Vermutung richtigliege? Was, wenn mein Vater ausgerechnet den Stipendiaten meinen Platz eingeräumt hat? Hat mein Vater diese Macht? Würde der Zirkel alle Regeln brechen, nur weil Samuel Tyrell irgendwelchen dummen Stipendiaten Tür und Tor öffnen will?

Vance Buchanan ist an meiner Stelle im Zirkel. Er hat die Macht und den Einfluss, nach denen ich mein Leben lang strebe.

Und hätten Reece und Amabelle mich nicht verraten, wäre er heute Abend nicht erschienen ... Fuck.

Unendlicher Rachedurst durchströmt mich.

Niemand nimmt mir mein angestammtes Geburtsrecht.

Niemand besiegt Jaxon Tyrell.

JAXON

Du hast mich verraten, Belle, herzlichen Glückwunsch. Dein kleiner Plan ist aufgegangen. So niedlich, dabei war es nicht einmal dein eigener Plan. Ohne Reece säßest du jetzt neben mir. Eigentlich bist du schwach und eigentlich hätte ich gewonnen. Dich und den Platz im Zirkel und alles, was damit einhergeht.

Weißt du, Belle, das Problem ist: Ich verliere nicht gern.

Genau genommen verliere ich nie.

Wenn du also dieses Spiel gewinnen willst, wäre es an der Zeit, dich auf meine Seite zu schlagen. Denn am Ende wird es diese Seite sein, die siegt.

SECHZEHN

MABLE

Ich fühle mich wie eine Prinzessin, als ich zurück zu meinem Platz gehe. Seufzend lasse ich mich nieder. Ich trage nicht grundlos Jaxons Kleid. Ich hätte eines von Harper anziehen können, das sie mir vor Wochen geschenkt hat, weil sie mal wieder ihren Kleiderschrank ausmisten wollte. Es wäre nicht so edel gewesen, aber trotzdem passend. Aber ich trage Jaxons Kleid nicht, wie ich es mir eigentlich wünschen würde, um mich an ihm zu rächen. Sondern weil ich bis zum letzten Moment gezögert habe, ob ich seinen Antrag nicht doch annehme. Bis Reece vorbeikam und meinen Plan erst einmal über Bord warf.

Wäre ich überhaupt bereit, zu heiraten?

Jaxon?

Leider schreit nicht alles in mir nein.

Und das ist es, was mich so unglücklich sein lässt. Nach all dem harten Kampf in meinem Leben bin ich an diesem Punkt angekommen und sträube mich nicht dagegen, den leichten Weg zu wählen.

Den einfachen Weg.

Den, den Sylvian für den falschen hält.

Weil ich nach Kingston gehöre. Weil ich mehr bin, als ich glaube zu sein.

Ein Geheimnis mit tödlicher Tragweite.

Der Zirkel. Jaxons Vater, der Harper dazu gebracht hat, mir zu helfen. Sylvian, der nicht ehrlich sein konnte, um Jaxon nicht zu verraten. Sylvian, dessen gesamte Andeutungen plötzlich Sinn ergeben.

So viele Worte.

Weitere Lügen?

Eine Verschwörung, die mich seit meiner Geburt umgibt?

Wieso schlägt mir mein Herz bis zum Hals?

Wie soll ich wissen, ob es wahr ist, was Sylvian sagt?

Warum sollte es nicht wahr sein?

Meine Schläfen pochen, mein Mund ist staubtrocken und ich zerberste vor schrecklichster Neugierde, von welchem Geheimnis Sylvian gesprochen haben mag. Von welchem ›Schlüssel zu meiner Existenz‹.

Was ist, wenn ich mit Jaxon darüber sprechen würde?

Wenn ich ihm offen sagen würde, dass ich selbst nicht mehr weiterweiß? Dass ein Weg ohne ihn kein Weg für mich ist, den ich wählen würde? Selbst wenn es der bessere wäre?

Als die Kings vom Präsidenten nach vorn gerufen werden, wird es still im Raum. Sylvian, Reece und Romeo gehen zur Bühne. Und dann passiert es. Mein Blick ruht auf Jaxon und als sein Name nicht aufgerufen wird, weiß ich, dass es falsch war.

Vielleicht habe ich ihm bis zuletzt nicht geglaubt.

Vielleicht dachte ich, der Zirkel wäre niemals so kindisch, dass er Jaxons Beitritt von meinem Verschwinden abhängig macht. Sylvians Worte kamen zu spät. Vielleicht wollte ich es auch einfach nicht glauben.

Als Vance' Name fällt, erstarrt er neben mir.

JD lässt die Kinnlade wie eine Comicfigur fallen und reißt die Augen auf. »Alter, meinen die dich?«, fragt er fassungslos.

»Vance, du musst aufstehen«, murmle ich ihm zu.

Seine warmen, braunen Augen gleiten zu mir und ich finde darin echte Angst. Angst vor dem Ungewissen. Angst davor, nicht zu verstehen, was geschieht. Er wusste nichts davon, dass er im Zirkel aufgenommen werden sollte, nicht wahr?

In diesem Moment ist unser Gespräch von zuvor wie vergessen. Am liebsten hätte ich eine Hand nach seiner ausgestreckt. Einfach, um ihn zu stärken, weil ich weiß, wie erdrückend es sein kann, als ein Niemand in der Elite zu bestehen.

Als er sich erhebt, applaudiert niemand. Einige Eltern und Absolventen beginnen zu tuscheln. Während Vance nach vorn geht, erinnert sein Schritt an den Todesmarsch zu einem Schafott.

Der Präsident der Universität schüttelt ihm wie den Kings zuvor freundlich die Hand. Dann verlassen die vier Männer die Bühne und folgen dem Präsidenten durch eine Tür hinter der Bühne.

Sie sind fort.

Ich bin allein.

Und ich muss die weitreichendste Entscheidung meines Lebens fällen. Goldman schrieb mir nach unserem Gespräch heute Vormittag, dass er es geschafft hätte, mir Redezeit zu ermöglichen. Ich würde als Ehrengast vorgestellt werden. Als beste Studentin der Fakultäten für Wirtschaft und Philosophie. Zitternd warte ich darauf, dass mein Name aufgerufen wird.

Es dauert nicht lang.

Viel zu schnell geht die Zeit vorbei, in der ich kaum Gelegenheit hatte, über alles nachzudenken.

»Wie Sie alle wissen, belohnen wir unsere besten Studentinnen und Studenten und lassen sie am heutigen Abend teilnehmen«, trägt die Dekanin vor und blickt bereits in meine Richtung. »Heute Abend beehrt uns Amabelle Weaver, die am Stipendiatenprogramm der Tyrell-Stiftung teilnimmt. Amabelle Weaver.« Sie zeigt in meine Richtung. Verhaltener Applaus begleitet mich nach vorn. Aus JDs Richtung ist er besonders laut. Als ich die Bühne betrete und meine Beine sich anfühlen, als wären sie aus Gummi, findet mein Blick wie automatisch Jaxons Augen.

Er sieht mich an und dann weiß ich es.

Ich spüre es einfach.

Jede Empfindung des gesamten Jahres spielt sich wie ein stakkatoähnlicher Kurzfilm vor meinem inneren Auge ab. Jaxon Tyrell, mein Peiniger. Jaxon Tyrell, mein Feuer. Jaxon Tyrell, der Mann, dessen wahre Tiefe es erst noch zu ergründen gilt.

Wenn ich ihm jetzt sagen könnte, wie viel Angst ich davor habe, erneut zu fallen, weil er nicht anders kann, als mich fallen zu lassen, würde er mich vielleicht verstehen. Er würde verstehen, dass ich sofort mein Studium aufgeben würde, um mehr von seiner toxischen Liebe zu kosten, und er würde verstehen, dass ich es nicht kann.

Ich kann nicht.

Meine Angst ist größer.

Die Angst, dass er mich doch nicht liebt.

Nicht so sehr wie ich ihn.

Mit aller Macht kämpfe ich meine Tränen zurück, trete hinter das Podium und sage nur ein Wort: »Danke.«

Stille umhüllt mich. Niemand reagiert, niemand applaudiert.

»Nun, Miss Weaver«, raunt die Dekanin des Fachbereichs Philosophie hinter mir. Ich spüre, dass ihr missfällt, ausgerechnet mich nach oben geholt haben zu müssen. »Professor Goldman versicherte mir, Sie hätten eine Rede vorbereitet.«

Ich schlucke hart. Mein Blick huscht über das Publikum. Soll ich es tun? Soll ich vor allen Leuten verkünden, dass ich mein Studium abbrechen werde? Wird Jaxon dann vom Zirkel aufgenommen?

Mit einem Schritt nach vorn fasse ich ihn nochmals ins Auge. *Jaxon, du weißt, dass ich das nur für dich tue. Verdammt noch mal nur für dich. Ich hoffe, du kannst damit umgehen, dass jemand etwas wirklich nur für dich tut.* Als meine Lippen vor dem Mikrofon landen, sehe ich ihn herausfordernd an und bemerke, dass er leicht den Kopf schüttelt. Ganz leicht, aber es ist für mich sichtbar. Ob er weiß, was ich sagen will? Ob er mich davor warnen will, etwas zu sagen, das mir schadet? Oder ihm? Was auch immer meine Anwesenheit am heutigen Abend für den Zirkel bedeutet, Jaxon ist kein Mitglied geworden. Ich habe zu lange gezögert. Meine Angst war zu groß.

Als ich mich räuspere, glaube ich zu erahnen, dass es sowieso zu spät ist, also nehme ich mein Schicksal an. »Ich weiß, Sie erwarten, dass ich mehr ausspreche als einfachen Dank. Dass ich mehr leiste als alle anderen, weil ich es nicht verdient habe, hier zu sein. Ich weiß das.

Meine Eltern haben nicht hart gekämpft, um mir einen Platz in Kingston zu sichern. Ich hatte einfach nur Glück. Meine Großeltern waren nicht reich. Ich kenne sie nicht einmal. Mein Leben fand nicht an einer Elite-Highschool statt, ich ging auf eine halbstaatliche Schule. Ich wurde von Sozialhilfe ernährt, von Kirchenspenden an Weihnachten beschenkt. Ich bin auf ein Stipendium angewiesen. Ich bin auf Ihr Geld angewiesen. Und auch wenn Sie es vielleicht nicht gutheißen, wenn Sie mich eigentlich nicht unterstützen wollen, verspreche ich, dass ich alles dafür tun werde, meinen Teil zurückzugeben. Denn ich weiß, dass nichts hiervon selbstverständlich ist. Kein einziger Dollar, der in meine Bildung fließt, ist für mich selbstverständlich. Sie geben mir eine Chance, die ich sonst nie hätte. Und ich danke Ihnen von ganzem Herzen dafür. Ich danke Kingston. Und jedem, der es mir ermöglicht hat, heute Abend hier zu sein. Ich danke selbst für das bezaubernde Kleid, das mir jemand geschenkt hat, der mir viel bedeutet. Für die Schuhe meiner Freundin Harper. Für das Essen. Für die Ehre. Danke.«

Ich trete zurück, weil mir schwindelig geworden ist. Die ganze Zeit über habe ich in das grelle Licht der Scheinwerfer gesehen, um mich auf meine Worte konzentrieren zu können. Doch jetzt ist es der Tisch der Tyrells, der meine Aufmerksamkeit wieder auf sich zieht.

Nicht Jaxon applaudiert. Aber sein Vater.

Samuel Tyrell hebt die Hände und applaudiert laut. Harper tut es ihm gleich. Sie lächelt mich an und ich lächle automatisch zurück. Ihre und meine Freundschaft wird für immer die verrückteste der Welt sein. Aber es scheint, als könne uns selbst der schlimmste Verrat nicht auseinanderbringen.

Und ich brauche eine Freundin. Ich brauchte sie von Anfang an. Ich habe gar keine andere Wahl, als ihr zu verzeihen.

JDs Familie und ein paar andere Sportler stimmen in den Applaus mit ein und schließlich folgt zögerlich fast der ganze Saal.

Jaxon ist der Letzte, der die Hände hebt.

Wir sehen uns an und ich kann nicht lesen, was in ihm vorgeht. Ich kann es nur ahnen. Ich bin diejenige, die ihn verdrängt. Warum auch immer der Zirkel mich für so wichtig hält. Werde ich es jemals erfahren? Oder werde ich sterben, bevor ich mich retten kann?

Hat Sylvian recht? Wie weit wird Jaxon gehen, um mich aus dem Weg zu räumen? Weil ich hier oben stehe, sitzt Jaxon dort unten und hat nicht mit den anderen Kings den Raum verlassen.

Als ich von der Bühne gehe, begegnet mir am Rande der Tanzfläche Zayn. Er wartet dort, sieht unfassbar attraktiv aus wie sein Bruder. Er lächelt mich an, wie nur Zayn mich anlächeln würde. Verwegen und ironisch. Daher weiß ich, wer er ist. Vielleicht auch daher, weil es nur logisch ist, dass Reece mit den anderen Kings gegangen ist, und Zayn seinen Platz einnehmen kann.

»Hallo, Prinzessin«, sagt er beschwingt, als ich ihn erreiche. Seine Augen blitzen kühl. »Willst du tanzen?«

ZAYN

Tanz für mich, Babydoll. Aber achte darauf, wo du hintrittst. Auf dem Parkett liegen überall die Minen der Elite. Ein Fehler und … ciao!

SIEBZEHN

MABLE

Ich denke nicht darüber nach, Zayns Angebot auszuschlagen. Von einem der Crescents auf die Tanzfläche geführt zu werden, ist mehr Sieg als Untergang. Außerdem fühle ich mich in diesem Moment sicher. Auch wenn das verrückt ist, nach dem, was Sylvian angedeutet hat.

Aber niemand würde mir heute Abend etwas antun, oder? Jeder im Raum würde es mitbekommen.

Ich weiß, dass jedes andere Mädchen gerade gerne an meiner Stelle wäre, doch meine Gedanken sind woanders.

Zayn zieht mich vor sich, als das kleine Orchester zu spielen beginnt. Natürlich hat die Elite eine ganze Schar von Musikern einbestellt. Zu uns haben sich innerhalb der letzten Minuten einige andere Paare gesellt, aber es bleibt unbestritten, dass wir im Zentrum stehen.

Ich kann nicht anders, als zu schmunzeln, weil Clarisse uns dabei zusehen muss, wie ›Reece‹ Crescent mich zum Tanz auffordert. Und als Zayn den ersten Schritt macht, erblasst bestimmt jedes anwesende Mädchen vor Neid.

Er kann tanzen, als hätte er nie etwas anderes getan. Obwohl ich nicht viel mehr Schritte beherrsche als das, was ich in meinem Sportunterricht in der Highschool gelernt habe, führt er mich durch den langsamen Takt der Musik. Mir wird einmal mehr bewusst, dass ich mir ein wenig Führung als Frau wünsche. Ich will nicht jeden Schritt bestimmen müssen. Manchmal will ich einfach folgen dürfen.

Zayn blickt auf mich herab und mit jedem weiteren Schritt schmilzt unsere Umgebung zu einem Blur aus Lichtern zusammen. Er wirbelt mich herum, hält mich fest, lässt mich wieder gehen. Obwohl wir nicht reden, oder gerade deswegen, wird die Stille zwischen uns mit jedem Klang der Geigen intensiver.

Schließlich stoppt der Dirigent die Musik und Zayn wirbelt mich herum, um mich nach hinten fallen zu lassen. In seinen Armen liege ich plötzlich da, sehe in das hübsche, makellose Gesicht der Crescents, das von seinem blonden Haar umrahmt wird.

Dann küsst er mich.

Fuck. Ich bin zu wehrlos. Wenn ich versuche, zurückzuweichen, werde ich fallen, und wenn ich ihn von mir stoße, wird er mich fallen lassen.

Also halte ich einfach die Augen geöffnet und den Mund geschlossen, bis er von mir ablässt.

»Was, Dole?«, raunt er vor meinen Lippen. »Willst du nicht, dass jeder hier im Raum weiß, dass keiner genug von dir bekommen kann?«

»Das ist nicht das, was sie sehen«, flüstere ich. »Sie sehen mich, das Flittchen, das sich nach oben geschlafen hat.«

Zayns Augen verdunkeln sich und er zieht mich sofort hoch. »Ach, echt?«, fragt er, als würde ihn dieser Umstand plötzlich tierisch aufregen. »Dabei bist du die einzige Frau hier, die keine Hure ist.«

Er sagt es in die Stille des Ballsaals hinein und alle um uns herum hören ihn.

»Reece«, höre ich jemanden tadeln. Seine Mutter steht mit seinem Vater ganz in der Nähe. »Ich bitte dich.«

»Es ist wahr.« Zayn bewegt spöttisch die Lippen und breitet plötzlich die Arme aus. »Jeder in diesem verspackten Saal ist eine verdammte Hure, bis auf Amabelle Weaver!«

Das plötzliche Schweigen ist hart wie ein Schwert. Nicht ein Schritt wird mehr gesetzt.

»Jeder hier in diesem Raum hat sich für irgendeine Scheiße prostituiert. Die meisten Frauen und Männer ficken, um sich in reichere Familien einheiraten zu können. Oder sich weiteren Einfluss zu sichern. Die Männer genauso wie die Frauen, nur dass wir oft nicht mit Sex ankommen müssen. Nur mit Lügen und vorgegaukelter Liebe. Die Frauen hingegen sind allesamt Huren. Ich habe schon fast jedes Mädchen hier gevögelt, weil sie sich mir angeboten hat wie ein verdammtes Stück Fleisch. Und zwar nicht, weil sie *mich* geil fand, sondern weil sie mein Geld und meinen Namen geil fand. Diese ganze verdammte Universität ist nichts weiter als die Brutstätte für neue verlogene Verbindungen zwischen Männern und Frauen der mächtigsten Familien des Landes. Diese Universität ist eine *Lüge*. Nicht ohne Grund ist die *Beste ihres Jahrgangs* eine verdammte Stipendiatin. In diesen Hallen geht es nicht um Bildung oder Wissen oder Erfolg, es geht einzig und allein um Sex. Und wer am Ende den Richtigen fickt, hat gewonnen.«

Zwei Sekunden sagt niemand ein Wort, dann ist plötzlich Jaxon bei uns. »Ich glaube, das reicht, mein guter Freund«, sagt er, umfasst Zayns Oberarm und holt ihn von der Tanzfläche.

»Ich sage nur die verdammte Wahrheit, ihr heuchlerischen Spießer!«

»Niemand will die Wahrheit hören«, murmelt Jaxon ihm zu. Ich bleibe zurück auf der Tanzfläche, nicht sicher, was ich jetzt tun oder wie ich reagieren soll. Dass ausgerechnet Zayn so über mich sprechen würde – während es alle mitbekommen –, hätte ich niemals erwartet.

Es schmerzt, dass Jaxon mich komplett ignoriert hat. Aber ich verstehe es auch. Ich verstehe, dass er glaubt, ich hätte ihn verraten, dabei haben mich die Geschehnisse des heutigen Tages einfach überrollt. Eigentlich hatte ich vor, mich für ihn und gegen Kingston zu entscheiden. Aber Reece, Vance, die Erkenntnis, wie weit Jaxon geht, um alle um sich herum kleinzuhalten, zuletzt Sylvian und dann Jaxons Kopfschütteln vor der Rede ...

Nein. Mach nicht den Fehler, dir selbst die Schuld zu geben. Jaxon Tyrell ist derjenige mit den tausend Fehlern. Nicht du.

Bevor ich auf der Tanzfläche noch in Grund und Boden gestarrt werde, weil Crescent mich vor allen Leuten geküsst und dann diese Dinge gesagt hat, folge ich Jaxon und Zayn durch die Menge. Sie müssen den Ballsaal verlassen haben. Ich gehe ihnen nach und betrete kurz darauf den Zigarrenraum. Immer wieder erstaunt es mich, in was für einem Luxus die Elite lebt. Der holzvertäfelte Raum ist wie so viele in Kingston mit zahlreichen Bücherregalen ausgestattet. Auf dem Boden liegt ein prunkvoller Perserteppich, an den Wänden hängen opulente Landschaftsbilder und ein glitzernder Kronleuchter taucht den Raum in herrschaftliches Licht. Im imposanten Steinkamin prasselt ein künstliches Feuer und die Sessel sind allesamt breit, ledern und mit dicken Armlehnen versehen.

»Wo hast du die her, verdammt?«, höre ich Jaxon gerade sagen, der mit dem Rücken zu mir steht.

Zayn antwortet ihm nicht, sondern nickt in meine Richtung, damit Jaxon weiß, dass ich hier bin.

Der King der Kings fährt herum. Ich zucke zurück, weil er in seiner Hand eine Waffe hält.

Nein. Unmöglich. »Bitte, Jaxon«, flehe ich. »Ich …«

»Was willst du?«, fragt er laut. Jedes Gefühl ist aus seiner Stimme gewichen. »Möchtest du dich bei Crescent bedanken, dass er sich für dich vor allen Leuten blamiert hat? Oder glaubst du wirklich, mich könnte interessieren, was *du* mir zu sagen hast?«

»Ich hatte nicht wirklich die Gelegenheit, mit dir …«

Er unterbricht mich mit einem kalten Lachen. »Nein? Du hattest keine Gelegenheit mit mir zu sprechen? Oder darüber nachzudenken, was du tust? Ich glaube schon, dass du das hattest. Aber dass du dich für Kingston entschieden hast, statt für mich, ist das eine. Was dich für mich verachtenswert macht, ist, dass du mit *Vance* hier aufgekreuzt bist. Du bist nicht besser als all die anderen Schlampen, die diesen Campus bevölkern. Nur *versuchst* du keine zu sein und ich bin es leid, dir bei diesem krampfhaften Versuch zuzusehen. Zayns Blick auf dich ist verklärt. *Du bist* die größte Hure von allen. Ich habe *ein einziges Mal* einem Mädchen vertraut. Ich habe dir *die Wahrheit* über meine Beweggründe gesagt. Und was tust du? Ziehst das Kleid an, das ich für *dich* gekauft habe und begehst Verrat. Verpiss dich, Belle.«

Mein Brustkorb hebt und senkt sich hektisch. Zayn steht hinter Jaxon, aber ich kann mir von ihm keine Hilfe erhoffen.

»Ich habe versucht, das Richtige zu tun!«

Plötzlich grinsen beide. »Das Richtige?«, fragt Jaxon süffisant. »Du hast bestimmt das ›Richtige‹ getan. Aber das ›Richtige‹ hat in der Welt der Elite keine Bedeutung. Du hättest niemals hier auftauchen dürfen. *Das* wäre richtig gewesen. Richtig wäre gewesen, dass du verschwindest, wenn man es dir sagt. Aber du hörst nicht einmal jetzt, nicht wahr, Belle?«

Bevor ich etwas erwidern kann, hebt er plötzlich die Waffe. Es ist geradezu lächerlich bemitleidenswert, wie meine Füße einfrieren, obwohl ich laufen sollte. Stattdessen bleibe ich stehen und blicke in zwei blaue Augenpaare. Sie starren mich nieder, jeder auf seine ganz eigene Art. Stehen vor mir, fixieren mich mit ihrem Blick. Und mit der Waffe, die auf mein Herz gerichtet ist.

Ich könnte sterben.

Das hier könnte mein Ende bedeuten.

»Wir haben dich alle gewarnt. Mehrmals. Jeder von uns.« Aus Jaxons Stimme ist jeglicher Glanz gewichen. Nur noch ein paar Atemzüge, dann hat er vielleicht abgedrückt. Was soll ich in den letzten Sekunden meines Lebens denken? Was soll ich erwidern?

Entschuldige?

Entschuldige, dass ich dir im Weg bin?

Dass du mich so sehr hasst?

Soll ich Mitleid empfinden für den Mann, der mein Leben von der ersten Sekunde an vernichten wollte?

Oder sollte ich mich selbst bemitleiden?

»Wenn ich jetzt ›Lauf‹ sage«, seine Stimme so dunkel wie der Abgrund, der in ihm darauf lauert, mich zu verschlingen, »wirst du dann endlich hören?«

Es ist nur ein leichtes Drehen meines Kopfes, aber er versteht die Geste.

Nein. Ich kann nicht.

Meine Füße sind wie festgefroren.

Mein Ende scheint unausweichlich, aber ich konnte noch nie vor ihm fliehen.

Vor keinem von ihnen.

Weil mich die Sehnsucht immer wieder zurücktreibt.

Jaxons Hand schließt sich um die Waffe, und sein Körper scheint zu zerbersten, bevor er den Abzug drückt.

Da stehe ich.

Und vielleicht ist es Amors Pfeil, der mich trifft, statt einer Kugel.

Denn neben allem Schrecklichen, das ich erlebt habe, weiß ich, dass ich nie zuvor so sehr geliebt habe.

Nie zuvor.

ACHTZEHN

SYLVIAN

»Du hast uns verraten«, knurre ich Reece ins Ohr, während wir dem Universitätspräsidenten folgen. »Du hast die Kings verraten, verdammt.«

»Ich habe nicht euch verraten«, erwidert Reece kühl, »sondern Jaxon.«

»Jaxon sind *wir*. Wir sind einer und einer ist alle.« Meine Enttäuschung ist grenzenlos. Selbst Vance, der in erster Reihe hinter Barrett hergeht, als würde ihn jeder Schritt Kraft kosten, kann nicht so viel fucking Hass in mir wecken, wie Reece es gerade tut. »Niemand von uns wäre hier, wenn *Jaxon* nicht wäre.«

Reece lacht spöttisch. »Das wollte Jax uns glauben lassen, ja. Dabei waren unsere Plätze *immer* schon sicher. Nur Jaxons nicht. Und deswegen hat er uns um sich geschart. In der Hoffnung, sich dadurch wichtiger für den Zirkel zu machen.«

»Das musst du mir nicht erklären«, murmle ich mit unterdrückter Wut. »Trotzdem ist er unser *Freund.* Ohne ihn wären wir nicht, wer wir sind. Dann würden jetzt ein anderer Reece, ein anderer Romeo und ein anderer Sylvian Barrett folgen. Du kannst Jaxon und damit uns nicht so sehr ficken und glauben, es wäre in Ordnung.«

»Ach, du mit deinem ›uns‹«, antwortet Reece gelangweilt. »Wo war das ›uns‹, als Jaxon uns verschwiegen hat, dass er nicht in den Zirkel aufgenommen wird, wenn Mable und Vance in Kingston bleiben?«

»Wann hat er dir das erzählt?«

»Nicht *er* hat es uns erzählt. Sondern Mable Zayn. Und ich habe die Aufnahmen dazu gehört. Was ist dein Problem, Silvano? Akzeptiere einfach, dass selbst Vance in seinem Leben weniger gelogen hat als Jaxon.«

Ich würde Reece auf der Stelle in den Magen schlagen, wäre der Präsident nicht in der Nähe.

Romeo geht neben mir her und legt mir eine Hand auf den Oberarm. »Nicht jetzt«, raunt er.

»Fick dich«, raune ich zurück. Ich ertrage es kaum, neben Reece zu atmen. Und neben Vance. Ich hatte befürchtet, dass Jaxon nicht in den Zirkel aufgenommen werden würde. Trotzdem hat es mich kalt erwischt. Ohne ihn will ich kein verdammter Teil des Zirkels sein. Vielleicht hat Mable etwas zwischen uns verändert, aber Jaxon Tyrell ist mein *bester* Freund. Er ist wie ein Bruder für mich. Ich habe alles mit ihm geteilt. Die Mädchen, Mable, meine Geheimnisse, mein Innerstes. Es gibt kaum etwas, das er nicht über mich wüsste. Hinter Präsident Barrett herzutrotten, statt bei Jaxon zu sein, fühlt sich selbst wie ein fucking Verrat an. *Und genau so ist es. Ich habe ihn verraten und dir den Vorzug gegeben, Mable. Ich glaubte, das Richtige zu tun, und merke jetzt, dass es das Falscheste überhaupt war. Fuck!*

»Sie wissen bereits, was jetzt passieren wird, schätze ich?«, fragt Barrett und hält vor ein paar Treppenstufen, die ins Souterrain führen. Dort ist eine schwarz lackierte Eisentür eingelassen. Sie fügt sich nur unpassend in die hellen Steinwände ein und strahlt den Charme einer Gefängniszelle aus.

»Ich weiß es«, erwidert Romeo tonlos. »Die anderen haben keine Vorfahren im Zirkel.«

Barrett reagiert körperlich auf dieses Wort, als wäre es ein Fluch. »Es hat mich geehrt, Sie auf dem Weg des Wissens und Lernens begleiten zu dürfen. Sie alle sind … begabt. Beeindruckend begabt, teilweise. Selbst Sie, Buchanan. Ich habe letztens noch Ihr Spiel gesehen. Hervorragende Leistung, keine Frage. Was auch immer Sie hinter dieser Tür erwartet … denken Sie an das, was Sie gelernt haben.« Präsident Barrett steigt die wenigen Treppenstufen hinab, steckt einen altmodischen Schlüssel in die schmiedeeiserne Tür, ohne ihn zu drehen. Er kommt zurück, nickt uns zu und geht ohne weitere Worte den Weg zurück, den wir gekommen sind, während Romeo nach dem Türknauf greift.

Er öffnet mit ein paar wendigen Handbewegungen die Tür und stößt sie auf.

Vance und ich bleiben zurück, während Reece und Romeo vorgehen.

»Du willst nicht ohne Jaxon Teil des Ganzen sein, oder?«, fragt Vance rau.

»Sprich mich nie wieder an, Wichser«, entgegne ich, gehe aber dennoch keinen Schritt vor. Was ich denke oder nicht denke, geht diesen Penner nichts an. Und dass er recht hat, ärgert mich noch mehr.

Romeo hält uns die Tür auf und sieht uns genervt an. »Vance gehört jetzt dazu. So wie du, Silvano. Kommt jetzt.«

Widerwillig folge ich Romeo. Hinter der Tür erstreckt sich ein schmaler Flur mit einer niedrigen Decke. Romeo probiert alle Türknäufe aus, bis er einen von ihnen öffnen kann. Diesmal geht er nicht hindurch. Sein Blick gleitet in den Raum, dann zu mir.

Mir gefällt nicht, was ich darin lese.

Noch viel weniger gefällt mir, dass Jaxon nicht hier ist.

»Was«, frage ich Romeo schroff und trete an seine Seite. Dann sehe ich es.

In dem Raum hinter der Tür brennen mehrere nackte Glühbirnen, die von der Decke baumeln. Die Szenerie ist mehr als skurril und könnte direkt aus einem Horrorstreifen stammen.

Vor uns auf einem Stuhl sitzt eine Frau. Über ihrem Kopf trägt sie einen schwarzen Sack, ihre Hände sind gefesselt. Einzelne Seile halten sie locker an der Brust und vermutlich auch am Hals unter dem Tuch aufrecht. Sie wirkt, als würde sie schlafen, aber vermutlich ist sie betäubt.

Der Stuhl selbst befindet sich in der Mitte eines sternförmigen Pentagramms. Schwarz gezeichnete Runen verlaufen über den Boden bis hin zu den Wänden und die Glühbirnen tauchen den größtenteils leeren Kellerraum in gespenstisches Licht.

»Ihr wisst, wer das ist, oder?«, fragt Vance leise.

Niemand von uns antwortet. Allein an ihren strähnigen Haaren, die unter dem schwarzen Sack hervorlugen und an den strichförmigen Narben über ihren Pulsadern habe ich sie erkannt.

»Eleanore.« Reece' Stimme ist nur ein Flüstern.

»Haben wir nicht eigentlich dafür gesorgt, dass sie niemand findet?«

»Natürlich haben wir das«, entgegnet Romeo kühl. »Aber dem Zirkel entgeht nichts.« Er tritt um den Stuhl herum auf eine Art Steinaltar zu. Dort liegen vier Gegenstände. »Ein Schlagring, ein Messer, ein Revolver und ein Fläschchen, von dem ich vermute, dass es sich um Gift handelt.« Romeo fährt mit dem Finger zwischen den vier Waffen entlang. »Und eine Notiz.« Er hebt den Zettel an. Auf total billige Weise wurden dort ein paar Wörter aufgedruckt. Die Schriftart des Ausdrucks wirkt derart stümperhaft, dass es schon wieder psychotisch ist. *»Bereinigt eure Sünden«*, liest Romeo laut vor. Dann schmunzelt er. »Reizend. Ich glaube, das ist das einfachste Aufnahmeritual, von dem ich je gehört habe.«

»Was zur Hölle läuft hier, Romeo«, zischt Reece ihn an, der sich wie Vance nicht einen Millimeter bewegt hat.

»Wir werden Eleanore töten. Dabei ist es sogar egal, wer es tut, auch wenn die Waffen leicht zuzuordnen sind. Sylvian.« Er legt einen seiner langen Zeigefinger auf das Messer. »Reece, für dich der Revolver. Vielleicht, weil sie nicht wussten, ob Zayn an deiner Stelle mitgehen würde. Er ist doch ziemlich geübt im Umgang mit Schusswaffen, nicht wahr? Vance, du prügelst dich gern. Und für mich ist das Gift. Ich fühle mich fast geschmeichelt, dass der Zirkel meinem Charakter derart viel Aufmerksamkeit widmet.«

»Weil du ein hinterhältiges Arschloch bist?«, fragt Vance.

Romeo sieht auf. Seine grauen Augen wirken im flackernden Licht matt wie Geisterhöhlen. »Vorsicht,

Buchanan. Es ist nie ratsam, sich im Zirkel selbst Feinde zu machen.«

»Ich brauche sie mir nicht erst zu machen. Du gehörst schon dazu.«

Romeo hat nicht mehr für ihn übrig als ein müdes Lächeln. »Also. Wer mag?«

»Sag mal, spinnst du?!«, fährt Reece ihn an. »Das hier kann nur eine Falle sein. Alles, was wir brauchten, um im Zirkel aufgenommen zu werden, ist eine *reine* Weste. Keine Morde, keine übermäßige Gewalt, zumindest keine sexuelle, und nicht ein einziger Versuch, während des Studiums zu betrügen. Und dann ist das Erste, was der Zirkel von uns verlangt, ein Mord? Und du … hast genau das erwartet?«

»Natürlich«, entgegnet Romeo unbeeindruckt. »Ihr nicht? Wir wollten Eleanore sowieso beiseiteschaffen, sobald wir aufgenommen worden sind. Aber wie ihr seht, besteht der Zirkel darauf, dass es ein ritueller Mord wird. Noch bin ich nicht ganz im Thema, aber alles, was ich weiß, ist, dass Ritualmorde beeindruckende Schwingungen freisetzen.«

»Wovon zur Hölle redest du!«, blafft Reece ihn an.

»Scheiße«, brummt Vance, »wollt ihr mir gerade sagen, der Zirkel sei eine verdammte satanische Sekte?«

Romeo atmet tief durch. »Wenn für dich der Glaube an die eigene Macht und die eigenen Fähigkeiten eine Religion darstellt, dann vermutlich durchaus, Buchanan. Willkommen in der Realität. Keine Ahnung, warum du überhaupt hier bist. Reece, schick das nächste Mal Zayn. Dann hätten wir das Thema längst erledigt. Sylvian, darf ich dir den Vortritt lassen? Du wartest schon eine Ewigkeit darauf, Eleanores Schicksal zu beenden, habe ich recht?«

»Was ist mit Jaxon?«, frage ich ihn tonlos.

Für einen winzigen Augenblick zuckt ein Schatten über sein bleiches Gesicht, doch dann hebt er die Schulter. »Er hat versagt. Hätte Reece ihn nicht verraten, hätte Amabelle Weaver sich heute Abend mit ihm verlobt und Vance wäre nicht aufgetaucht. Ich habe dafür alles in die Wege geleitet. Mit Zayns Unterstützung.«

»Zayn?«, zischt Reece.

»Nun, drei Könige hatten ein und dasselbe Ziel: Weaver aus Kingston zu vertreiben. Leider hat das Standardprozedere im ersten Semester bei ihr nicht gewirkt. Und mehr Gewalt und Peinigung hätte unseren Platz im Zirkel riskiert. Also hat jeder von uns Dreien versucht, sie auf seine eigene Art davon zu überzeugen, Jaxon zu wählen, der bereits früh den Entschluss gefasst hat, sie mit einer Ehe zur Aufgabe des Studiums zu motivieren. Nicht meine liebste, aber tatsächlich eine elegante Lösung. Schließlich scheint Amabelle Weaver nach wie vor eine nicht uninteressante Rolle zu spielen und so wäre sie uns nie wieder in die Quere gekommen. Ich mache dir keinen Vorwurf, Reece. Du wusstest von alldem schließlich nichts. Im Grunde ist es mein Fehler. Hätte ich dich eingeweiht, wäre Jaxon heute Abend bei uns.«

»Ach ja? Warum klingst du danach, als wäre die Hälfte von dem, was du sagst, erfunden?«, frage ich.

Sein Blick flackert zu mir. »Du kennst den Grund.«

»Du weißt davon?«, frage ich.

»Wovon?«, fragt Reece.

»Von dem einen Grund, der alles verändert.«

Ich mache zwei Schritte auf ihn zu. »Du verlogener Bastard! Was hat der Zirkel mit Amabelle vor?!«

»Ich habe absolut keine Ahnung, Silvano!«, zischt er. »Aber du hast gerade verraten, dass es einen Grund gibt, den du uns verschweigst.«

Ich fasse es nicht. Er hat mich rhetorisch ausgetrickst. Romeo hat nicht wie ich Nachforschungen betrieben und dadurch Mables Geheimnis herausgefunden. Er weiß nichts. Genauso wie Jaxon und niemand sonst etwas weiß.

»Wer ist verlogen, Sylvian?«, fragt Romeo schmierig. »Und wer ist wirklich eine Gefahr für Amabelle Weaver? Vielleicht für uns alle?«

»Wovon zur Hölle spricht er, Sylvian?« Reece' Stimme wird lauter.

»Es geht nicht um mich. Sondern um die Frage, warum du hinnimmst, dass Jaxon nicht aufgenommen wurde.«

Romeo presst den Kiefer zusammen. »Wir haben eben alle unsere Geheimnisse, nicht wahr?«

Ich starre ihn an und dann wird mir plötzlich alles klar.

Er arbeitet für den Zirkel.

»Du warst es!«, knurre ich. »Du hast dem Zirkel gesagt, wo sie Eleanore finden. Die ganze fucking Zeit frage ich mich, wie der Zirkel sicherstellt, dass die Anwärter sich an die Regeln halten. Keine Gewalt. Kein Betrug. Und ebenfalls frage ich mich die ganze Zeit, warum du überhaupt Teil von uns bist. Und ich dachte, es wäre, weil du ihn liebst. Ich dachte, verdammt noch mal, dass du Jaxon liebst. So wie ich ihn liebe, nur ... weniger brüderlich. Aber alles, worum es dir ging, war der fucking Zirkel. Du bist ein Teil von ihnen. Du bist der Spitzel.

Du solltest uns kontrollieren. Du solltest sicherstellen, dass Jaxon nur die besten Anwärter um sich schart. Weiß er davon? Weiß er, was du die ganzen Jahre über getan hast?«

Romeos Finger zuckt. Ich habe ihn nicht aus den Augen gelassen und weiß, dass er nach dem Revolver greifen will.

»Du wirst mich sicher nicht erschießen!«, schreie ich und mache einen Satz auf ihn zu. Ein Griff nach dem Messer und dem Schlagring. Romeo fasst nach dem Revolver, doch er erwischt ihn nicht rechtzeitig. Ich schlage ihm gegen das Kinn, dränge ihn zur Mauer und halte ihm das Messer an die Kehle.

Reece ist mir gefolgt und hat die Waffe an sich genommen.

»Sind hier Kameras, Romeo?!«, fahre ich ihn an und schüttle ihn, damit er antwortet.

»Wenn du mir etwas antust, bist du morgen tot«, hustet Romeo.

»Ja? Nun, dein Hokuspokuszirkel scheint mir seine Macht ein wenig zu sehr auf den Fanatismus junger Mitglieder zu stützen. Ritualmorde, bei denen Schwingungen freigesetzt werden? Diesen Scheiß glaubst du doch selbst nicht!« Ich drücke ihm das Messer so fest in die Haut, bis er blutet.

»Bitte, Sylvian«, keucht er und ich genieße die Panik in seinem Blick. »Ich habe nicht um *mein* Leben Angst.«

»Was?!« Unverhohlene Wut packt mich, weil er vermutlich versucht, mich zu manipulieren. Ich wusste es. Ich wusste es die ganze Zeit, dass etwas mit Romeo nicht stimmt. Für mich war klar, dass er schwul ist und sich einfach nur nicht outen will. Aber damit lag ich verdammt noch mal falsch. Romeo ist nicht schwul, er ist der fucking Spitzel einer Satanistenloge, der keine Hemmungen hatte, uns vier Jahre ins Gesicht zu kotzen mit seinen Lügen! Ich merke gar nicht, wie ich auf ihn einschlage, bis Reece mich am Arm zurückreißt. Wie in einem Blutrausch habe ich auf den Wichser eingeprügelt. All die Male, als er sich bewusstlose Frauen mit in sein Zimmer genommen hat. Es ging ihm nie darum, zu verbergen, dass er nur auf Männer steht. Nein. Jedes einzelne Mal hätte uns auffallen müssen, dass er ’nen gewaltigen Schaden hat und irgendwelche Aggressionen kompensieren muss. Das perfekte Opfer, um von einer satanischen Sekte als Spitzel eingesetzt zu werden. Fast schon zu leicht, ihn zu manipulieren und auf seine eigene Seite zu ziehen.

»Lass ihn leben, ja?«, sagt Reece leise. »Du weißt nicht mal, ob deine Vermutung stimmt.«

»Wer soll es sonst gewesen sein?«

Romeo dreht sich blutend und hustend auf die Seite. »Ich befolge einfach die Regeln«, bringt er atemlos hervor und bleibt mit geschlossenen Augen liegen. »Ihr habt ja keine Ahnung, wozu der Zirkel fähig ist. Sie haben Mittel und Wege, ganze Familiendynastien auszulöschen, wenn man sich ihren Regeln widersetzt.«

»Und warum ist dir Jaxon egal?!«, brülle ich ihn an.

»Ist er nicht!«, schreit er zurück und da ist sie, die aufgeknackte Schale. Das erste Mal, dass ich Romeo wirklich erreiche. Vielleicht haben die Kings ihn auf andere Weise verstanden, aber ich war diesem Kerl noch nie nah.

Noch nie bis jetzt.

Jetzt, da er zu mir hochblickt und in seinen Augen

nichts als Kummer zu finden ist. Der physische Schmerz ist nichts gegen das, was er innerlich fühlt.

»Wenn dir Jaxon nicht egal ist, dann sollten wir nicht akzeptieren, dass er fehlt«, knurre ich, richte mich auf und klopfe den Staub von meinen Beinen. »Hast du dem Zirkel gesagt, wo sie Eleanore finden, Romeo?«

»Meinem Vater«, nuschelt er mit glasigen Augen. »Ich habe es meinem Vater gesagt.«

»Und dein Vater ist im Zirkel«, kombiniert Vance.

»Wieso bist du wirklich ein Teil von uns, Romeo?« Ich trete ihm vors Bein, als er nicht antwortet.

»Lass ihn.« Reece zieht mich abermals zurück.

Romeo hustet wieder und krümmt sich. Als er die Augen auf meine richtet, sind sie leer. So leer, dass ich absolut keine Antwort darin finden kann. »Wenn du ... wenn du mich tötest«, raunt er, die Arme schützend vor seiner Brust. »Wenn du mich tötest, Silvano, dann nimmst du Jaxon seinen wichtigsten Freund. Der Zirkel lässt nicht zu, dass einem seiner Mitglieder etwas ungestraft zustößt. Häufig ist die Strafe für solche Verbrechen etwas Schlimmeres als der Tod. Tu ... ihm ... tu Jaxon das nicht an.«

»Also liebst du ihn doch?«, frage ich mit gehobener Braue.

Romeos Lippen werden schmal. Er wird es nicht zugeben. Weder dass er Jaxon auf andere Weise als einen Bruder liebt, noch dass er für den Zirkel arbeitet.

»Bist du schon ein Mitglied, Romeo?«, fragt Reece glatt. »Hat Sylvian recht? Wurdest du eingesetzt, um uns zu beschatten?«

Romeo ballt die Hände vor seinem Bauch und blickt

stur auf den kalten Stein vor seinem Gesicht. Und dann gibt er es doch zu. »Ja.«

»Verdammt!« Ich will mich wieder auf ihn stürzen, doch Vance stellt sich mir in den Weg. »Verpiss dich!«

»Jaxon weiß davon.« Romeos Stimme klingt gebrochen, als er sich langsam aufrichtet.

»Mit Fäusten kommen wir an dieser Stelle nicht weiter«, sagt Vance beruhigend. Ich muss ihm recht geben, auch wenn ich ihn dafür hasse.

Romeo rappelt sich auf. Blut tropft ihm von der Oberlippe auf sein Kinn. Seine Augen sind von meinen Schlägen gerötet. »Jaxon hatte alles unter Kontrolle. Durch meine Hilfe. Wir haben nie über den Fall gesprochen, dass der Zirkel ihn nicht wählt. Es ... schien nicht möglich. Unsere Pläne haben *immer* funktioniert. Bis Amabelle Weaver aufgekreuzt ist und Unterstützung von dir und Harper erhalten hat.« Ein leichter Vorwurf schwingt in seiner Stimme mit. »Und bis heute Abend einer der Kings uns verraten hat.« Es beruhigt mich zu sehen, dass auch Romeo Reece einen hasserfüllten Blick zuwirft. Diese Gefühlsregungen haben mir bei ihm bisher gefehlt.

»Na ja«, entgegnet Reece. »Wenn das hier der Zirkel ist«, er deutet auf die gefesselte und reglose Eleanore, »kann Jaxon doch froh sein, dass er nicht mitmachen muss.«

»Witzig«, entgegne ich.

Vance hat sich abgewendet und sieht sich im Raum um. »Was ist, wenn wir Eleanore nicht umlegen, Portcharles?«, fragt er Romeo und streicht mit den Händen über die unebene Steinwand, vermutlich auf der Suche nach Mikrofonen und Kameras. »Was passiert dann mit uns?«

»Ich würde es nicht einmal in *Erwägung* ziehen«, entgegnet Romeo gedämpft.

Reece verschränkt die Arme vor der Brust. »Gut. Dann tut es. Wir hatten es eh vor. Erledigen wir die Scheiße und verlassen diesen muffigen Keller wieder.«

»Keine Kameras«, sagt Vance, der den Raum abgegangen ist. »Wieso nicht? Sie lassen uns einfach machen?«

»Sie vertrauen mir«, gibt Romeo leise zu.

Ich schließe die Hand fester um mein Messer. Das war also der Grund. Jaxon konnte mir nie sagen, warum wir ihn dabeihaben. Klar, Romeo war loyal. Er hat mitgemacht. Er liebt die Grausamkeit und sein Vater ist keine unbekannte Figur. Aber er ist auch ein Freak. Ein hinterhältiges Schwein. Wenn Jaxon davon weiß, dass Romeo uns bespitzeln sollte, hat er das Richtige getan. Auch wenn ich mir gewünscht hätte, er hätte wenigstens mich eingeweiht.

»Hast du Eleanore untersucht, Vance?«, fragt Reece skeptisch. »Vielleicht ist sie komplett verwanzt und unser Gespräch wird auf alle möglichen Endgeräte übertragen.«

Vance geht auf Eleanore zu, bückt sich vor sie und fasst nach ihrem rechten Schuh. Sofort richtet er sich wieder auf.

»Was?«, fragen wir alle gleichzeitig.

»Sie fühlt sich leblos an.« Ohne weitere Vorwarnung zieht Vance den Sack von Eleanores Kopf.

Augenblicklich frisst sich ungeahnte Kälte in meine Knochen. Dort, wo Eleanores Kopf sein sollte, befindet sich der blanke Schädel einer Schaufensterpuppe. Jemand ... jemand hat ihren Kopf abgetrennt und den der Puppe auf ihrem Hals arretiert. Stützen an ihrem Hals, die zuvor von dem schwarzen Sack verborgen wurden, zeugen davon, dass sich jemand Mühe dabei gegeben hat, das Ganze möglichst lebendig aussehen zu lassen.

Reece hält sich eine Faust vor den Mund, als würde er sich jeden Moment übergeben müssen, während wir um Eleanores Leiche herumgehen.

Sicherheitshalber berühre ich sie und prüfe, ob ihr restlicher Körper nicht auch nur eine Attrappe ist. Leider fühlt er sich *verdammt* menschlich an.

»*Keine Sünden*«, liest Vance die schwarze Schrift vor, die jemand auf die Stirn der Schaufensterpuppe gekritzelt hat. »Wie nett. Sie wollen also doch nicht, dass ihr mordet.«

»Wir«, verbessere ich ihn. »Wir. Deswegen bist du dabei, Vance. Sie haben dich genommen, weil du von unseren Sünden weißt. Also machen sie dich lieber zu ihrem Freund, damit du uns anderen nicht gefährdest. Es ist alles ein doppeltes Spiel.«

»Was tun wir jetzt?«, fragt Reece, der noch immer Eleanores ersetzten Kopf anstarrt, als müsse er sich den Anblick unbedingt unter die Netzhaut brennen.

»Was würdest du tun?«, frage ich Romeo, der zusammenzuckt.

»Ich?«

»Ja.« Reece steckt die Hände in seine Taschen. »Was würdest du tun, Romeo? Als Jaxons Schatten kannst du am ehesten eine Entscheidung für uns alle fällen, oder nicht?«

»Vertraut ihr mir denn?« Er klingt ein wenig *zu* hoffnungsvoll.

»Nein«, knurre ich. »Du bist ein Fanatiker. Entweder du liebst den Zirkel oder Jaxon. Und beides auf ziemlich ungesunde Art. Etwas anderes nehme ich dir nicht ab.«

Romeos Lippen werden schmal. »Ich kann keine Entscheidung fällen. Denn du bist der Einzige, der *alles* zu wissen scheint, oder nicht? Warum wurde Jaxon nicht in den Zirkel aufgenommen? Sag es uns.«

Angst durchflutet mich. Wenn Jaxon von Mables Existenz erfährt, wird er sie töten wollen. Er wird sie allein deshalb töten wollen, weil sie ihn verraten hat. Wenn er dann einmal erfährt, wer sie *wirklich* ist, wird er sie ohne weiteres erschießen – oder erschießen lassen. »Nicht hier. Nicht ... wenn Jaxon nicht da ist.«

»Gut«, entgegnet Romeo geschäftig. »Vance bleibt bei mir.«

Ich merke Reece an, dass sich ebenso sein Magen wie meiner umdreht, weil uns klar wird, dass wir die gesamte Zeit einen Spitzel in unseren Reihen hatten.

»Können wir dir denn vertrauen?«, fragt Reece abschätzig.

»Ihr habt sowieso keine Wahl. Findet Jaxon. Bewahrt ihn davor, noch schlimmere Fehler zu machen. Vielleicht bringt ihr zuvor Weaver aus der Schusslinie, wenn es bei dieser ganzen Sache wirklich um sie geht.«

»Schusslinie?«, fragt Vance brummend. »Was genau will der Zirkel von Mable?«

»Das hier scheint deine kognitiven Fähigkeiten um ein Vielfaches zu übersteigen, Buchanan. Ich habe keine Zeit, dir in einfacher Sprache zu erklären, was das *Problem* der heutigen Nacht darstellt.«

»Ich will es auch wissen«, schaltet sich Reece ein.

»Warum ist Mable in Gefahr? Was zur Hölle verschweigst du uns, Sylvian?«

»Ich erkläre es dir auf dem Weg, Crescent«, würge ich ihn ab. »Was werdet ihr tun?«, frage ich Vance und Romeo.

»Überleben«, entgegnet Romeo unheilschwanger. Aber ich weiß, was er eigentlich meint. Vance und Romeo werden gemeinsam sicherstellen, dass wir wirklich nicht abgehört wurden. Vance hat genügend Übung darin, Kameras zu verstecken und aufzuspüren, wegen der Scheiße, die wir mit den Stipendiatinnen abgezogen haben. Und falls sie wirklich nichts finden, wird Romeo für uns lügen. Er wird als falscher Spitzel des Zirkels nichts von unserem Gespräch durchsickern lassen und damit die Wahrheit verfälschen.

Jedenfalls hoffe ich das.

Ich hoffe, dass ich mich nicht in ihm getäuscht habe und er mehr ist als eine Marionette des Zirkels.

Er ist ein King.

Zeit, es zu beweisen.

NEUNZEHN

JAXON

Ich liebe dieses Mädchen. Das wird mir in dem Moment bewusst, als sie auf die Bühne geht und einer riesigen Versammlung aus missgünstigen Superreichen zu erklären versucht, dass sie dankbar ist. Niemand nimmt ihr diesen Mist ab, weil niemand dieses Gefühl kennt: *Dankbarkeit.* Man kann den Multimillionären und ihren Erben Gold in den Arsch stopfen, sie würden trotzdem nicht Danke sagen. Sie glauben nämlich, alles, was ihnen gehört, hätten sie auch verdient. Das stimmt natürlich zu einem gewissen Teil, aber es schadet nicht, ein wenig ehrfürchtig zu sein.

Das ist die Lektion, die *ich* lernen musste. Amabelle Weaver besitzt Ehrfurcht. Ich besaß bis heute nur Egoismus. Und ich will gar nicht sagen, dass sich dieser Egoismus in mir ändern lässt. Da ist vielleicht ein kleines bisschen das Gefühl dazugekommen, dass auch ich nicht alles haben kann.

Zum Beispiel sie.

Als Crescent Amabelle auf die Tanzfläche führt, will ich ihn am liebsten umbringen. Er respektiert nicht, dass ich ihre verdammte Wahl war. Vermutlich war ich das auch nie und er weiß es. Er kennt sie noch besser als ich. Eigentlich müsste ich nur ihn fragen, um herauszufinden, was Amabelle ausmacht. Als Zayn sie schließlich küsst, ist es Provokation pur.

Das ist fast zu viel für mich.

Dieses verfickte Spiel hat sich gegen mich gewendet. Jeder einzelne King hat sich gegen mich gewendet. Und selbst der Zirkel glaubt, er könne auf mich verzichten.

Romeo und Sylvian sind mit den anderen verschwunden, Reece hat mich verraten und Zayn küsst Belle vor meinen Augen, um mir zu zeigen, dass ich verloren habe. Dass niemand sie je ganz bekommen wird und wir alle ausgerechnet das Mädchen wollen, das immer ihren eigenen Kopf behalten wird.

Als er sich dann auch noch vor allen Leuten blamiert, denke ich schon, auch das würde er nur tun, um mir eins reinzuwürgen. Aber dann bemerke ich, dass sein Jackett sich bei seinen Gesten nicht so bewegt, wie es sich bewegen sollte. Er trägt etwas bei sich, etwas Schwereres als ein Handy. Also bugsiere ich ihn von der Tanzfläche, schleife ihn in den nächstbesten Raum und greife nach der Waffe.

Er konnte mir nicht erklären, woher er sie hat, bevor Amabelle den Raum betrat. Und jetzt stehe ich vor ihr, die Waffe auf sie gerichtet und fühle in mir den tiefsten Wunsch, sie dazu zu bringen, endlich zu laufen.

Nicht, weil ich wie Sylvian Angst davor haben könnte, wir könnten ihr Untergang sein. Sondern weil sie meiner ist. Hätte ich getan, was ich immer tue, hätte ich sie bluten lassen und wirklich vertreiben wollen – hätte ich sie nicht gefickt und es gleichzeitig genossen, stünde sie nicht mehr hier und ich wäre im Zirkel aufgenommen worden.

Das ist die bittere Wahrheit.

Das ist die Wahrheit, die schmerzt.

Und es wäre so himmlisch, ich könnte den größten Fehler meines Lebens einfach ausradieren. Obwohl ich kurz davor bin, obwohl ich nichts mehr zu verlieren habe, weil ich alles verloren habe, steht sie dennoch da und deutet ein Kopfschütteln an.

Sie wird nicht laufen.

Amabelle Weaver würde lieber sterben, als sich von mir, von Kingston, von den Kings und überhaupt von der Gefahr fernzuhalten. Als ich abdrücke, folge ich dem Verlangen, endlich wieder die Macht über das Geschehen zurückzuerhalten. Jemand, der über den Tod und das Leben anderer entscheidet, ist verdammt machtvoll. Und diese Macht, dieses *Streben nach Macht* und dieses innere Bedürfnis danach, ist alles, was ich habe.

Es ist das, was mich ausmacht. Ich *bin* diese Form von Macht.

»Spinnst du?«, zischt Zayn mich an. Ich habe weit an Mable vorbeigezielt, aber sie ist trotzdem zusammengezuckt, als hätte ich sie getroffen.

»Spinnst *du*?«, fahre ich ihn an. »Warum schleppst du eine *geladene* Waffe mit auf die Gala?«

»Was hast du geglaubt?! Dass extra ein Schalldämpfer aufgeschraubt ist, obwohl sie ungeladen ist?!«

»Wie auch immer. Du bist ein Freak, Crescent. Wen wolltest du erschießen?«

Er mahlt mit dem Kiefer und antwortet nicht. Mir ist

es auch egal. Für diesen Moment jedenfalls. Wichtig ist nur, dass ich ihm die Waffe abgenommen habe. Denn *Zayn* würde sicher nicht danebenschießen, wenn er einmal sein Ziel ins Auge gefasst hat.

»Willst du sie?«, frage ich ihn.

»Was?«, keucht er. Es ist mittlerweile unverkennbar, wie sehr er zu sich selbst geworden ist. Noch zu Beginn des Colleges hat er stets versucht, Reece zu imitieren. Er hat getan, was Reece tut, er hat geredet, wie Reece spricht. Bis es sich über die Dauer der Zeit immer mehr angeglichen hat. Aus Reece wurde Crescent und aus Crescent schließlich Zayn. Beide fluchen, beide verstellen sich, beide sind ganz und gar in ihrem Element. Und trotzdem ist die *Zayn*-Note unverkennbar rebellisch. Zayn will ausbrechen. Er hat Angst davor, aber er will ausbrechen und weil er so ein jämmerlicher kleiner Freak ist, liebe ich ihn. So wie ich jeden meiner Kings liebe.

Sie alle.

Die kleinen, hässlichen Verräter.

Sie könnten mich töten, jeder einzelne nacheinander auf mich schießen, und ich würde sie lieben. Weil sie ich sind und ich bin sie. Weil für mich ein Leben ohne dieses Band der Freundschaft unvorstellbar scheint.

»Willst du sie?«, frage ich Zayn nochmals und beobachte seine Reaktion.

Der Schönling Crescent, dessen Maske als Zayn zusammenfällt wie ein schlecht gebautes Kartenhaus.

»Warum zur Hölle fragst du mich das?!«, fährt Zayn mich an und blickt verunsichert in Amabelles Richtung, die noch immer reglos dasteht und uns anstarrt.

»Oh, vielleicht frage ich dich das, weil ich eine Waffe

in der Hand halte und dein lieblicher Bruder mich heute verraten hat. Und ich endlich die Wahrheit erfahren will. Wir fangen mit dir an, Zayn. Für wen war diese Waffe bestimmt und wenn sie für Belle bestimmt war, warum hast du sie nicht verwendet?«

Zayns Nasenflügel blähen sich. Ich treibe ihn mit meiner Fragerei in die Enge. Aber das ist genau das, was ich will.

»Ich kann dir mehrere Optionen anbieten«, fahre ich fort. »Entweder du gehst mir auf den Sack, dann erschieße ich heute wirklich jemanden. Der Zirkel wird mich sowieso nicht nehmen und als Mörder von einer Person, die eigentlich gar nicht hier sein dürfte, kann man schlecht gelten. Oder aber du verschwindest und verpisst dich zu deinem Bruder und ihr versucht, mir so lange aus dem Weg zu gehen, bis sich diese Mordlust in mir gelegt hat. Die dritte Option ist, dass du deine Loyalität mir gegenüber beweist.«

»Und wie soll ich das tun?«, fragt er laut. »Was soll diese Loyalität beweisen, außer der Tatsache, dass ich noch immer vor dir stehe? Ich trage deine Scheiße mit, von Beginn an. Hätte *ich* dich verraten wollen, hätte ich sicher nicht bis heute Abend gewartet.«

»Und warum? Warum ›trägst du meine Scheiße mit‹?« Ich nicke in Belles Richtung. »Ihretwegen? Bist du *verliebt* in sie, Zayn und macht dir das solche Panik, dass du alles daran setzt, sie zu vertreiben? Würdest du sie sogar töten, damit sie geht?«

Zayn sieht aus, als würde ich ihm das größte Geheimnis überhaupt abverlangen.

»Gottverdammt«, knurre ich. »Wer bin ich für dich,

dass du mir die Wahrheit verschweigst? Ich habe *alles* mit dir geteilt.«

»Alles bis auf die Tatsache, dass der Zirkel dich nicht aufnehmen wird, wenn sie bleibt!«, blafft er mich an und zeigt herrisch in Amabelles Richtung. »Du hast uns andere immer nur so viel wissen lassen, wie gerade nötig war, und das ist der wahre Grund, weshalb du gescheitert bist. Hätte irgendjemand von uns gewusst, dass es wirklich so ernst ist, hätten wir reagieren können. Aber du kannst eben die letzte Mauer deines Misstrauens nicht einreißen, Jax. Du hast *Angst* davor, dass dir irgendjemand mal wirklich bis unter die Haut geht. Und deswegen willst du Dole auch weiter teilen. Du willst sie teilen, damit sie dir nie wirklich nah werden kann, während du gleichzeitig die maximale Kontrolle über alles behältst. Aber dieser verdammte tyrannische Weg eines Tyrells ist *gescheitert*. Du hast vier Jahre lang gekämpft, ohne ans Ziel zu kommen, weil du vergessen hast, dass jede Lüge irgendwann in sich zusammenbricht. Das ist heute passiert. Und deine ›Belle‹ täte gut daran, es zu erkennen. Sie sollte wirklich laufen. Sie sollte *vor dir davonlaufen*, weil du mit deinem inneren Zwiespaltsscheiß es nie geregelt bekommen wirst, gut zu ihr zu sein. Du bist ja nicht mal zu dir selbst gut. Genauso wenig wie Sylvian. Ihr ergänzt euch beide wirklich perfekt.«

Meine Adern glühen. Ich will Zayn umbringen für seine Worte und weiß doch, dass es nichts nützt. Denn ihn zu verlieren, wäre noch einmal schmerzhafter. Und dafür hasse ich mich. Ich hasse diese Schwäche in mir. Diese unendliche Schwäche, die Kings zu lieben. Sie mussten mich allesamt erst verlassen und verraten, damit es mir klar wird. Damit mir bewusst wird, wie lächerlich am Arsch ich bin. Wie schwach ich mich selbst mit diesen Gefühlen mache. Würde ich sie nicht als meine Brüder sehen, wäre ich allein. Und wenn man allein ist, trägt man nur für sich selbst Verantwortung. Und erst dann ist man wirklich fähig und frei.

Ich öffne den Mund, um etwas zu erwidern, aber Amabelle kommt mir zuvor.

»Ich liebe dich trotzdem, Jax.«

Zayn und ich fahren gleichzeitig zu ihr herum und sprechen wie aus einem Mund. »Was?«

»Zayn hat bestimmt recht, aber ich bin nicht so blind oder dumm, wie du vielleicht denken magst. Als ich am Strand deinen Namen gesagt habe, war mir vieles von dem klar, was Zayn gerade gesagt hat. Und ich habe dich gewählt, Jax, weil ich weiß, dass du es am meisten von allen brauchst. Du brauchst jemanden, der sich wirklich und wahrhaftig nur für *dich* entscheidet. Ich liebe dich, Jaxon.«

In meinem Kopf herrscht Chaos. »Wenn du mich lieben würdest, wärst du nie mit Vance …«

»Ach, vergiss Vance!«, ruft Zayn dazwischen. »Das ist das Mindeste, was sie hätte tun können, um dich ordentlich zurückzuficken, Jax. Aber wie es scheint, kannst du selbst das klügste Mädchen dazu bringen, sich in deine jämmerliche Fassade zu verlieben. Du weißt *nichts* über ihn, Dole. Er ist ein Bastard. Er wird dich benutzen und auswringen. Wenn du ihm am Ende nicht mehr nützlich bist, wird er dich einfach ersetzen. Und gerade als er das endlich mal erkennt, dass ihn seine Scheißart an einen Tiefpunkt seines Lebens manövriert hat, kommst du und streichelst ihm die Eier? Jaxon *verdient*, dass sich alle von ihm abwenden. Aber scheiß drauf.

Wenn du das anders siehst, weil du einfach zu dumm bist, dich an letztes Semester zu erinnern, dann have fun. Ich gehe 'ne Runde Clarisse ficken. *Sie* würde Jaxon niemals zurücknehmen. Sie hat 'nen Fitzel mehr Stolz als du, aber es reicht, um nicht armselig auf dem Boden zu kriechen vor einem Bastard, der wollte, dass Hilbredge dich fickt, wenn du dich nicht für deine Existenz entschuldigst. Werdet glücklich.« Zayn greift in seine Jacketttasche, holt eine Schachtel Zigaretten hervor, zündet sich eine an und geht zur Tür.

Das Merkwürdige ist, dass Amabelle und ich uns von seinen Worten vermutlich gleichermaßen überrollt fühlen. Als hätte sich eine große Lawine aus Lava direkt über uns gewälzt.

Als Amabelle sich in seinen Weg stellt, zittert sie. Mehr noch als in dem Moment, als sie glaubte, ich wäre kurz davor, auf sie zu schießen. »Wenn du jetzt nach diesen Worten gehst, bist du feiger, als ich dachte«, murmelt sie mit unterdrückter Wut.

»Ich?«, blafft er sie grob an. »Ich und feige? Weißt du, wie *gefährlich* es ist, Jaxon Tyrell die Meinung zu geigen? Hast du eigentlich überhaupt 'nen blassen Schimmer davon, was eine Waffe in seinen Händen wirklich anrichten kann? Ich bin nicht feige. Ich bin das Gegenteil davon. Ich habe keine Angst vor ihm. Du vermutlich schon, oder? Sonst würdest du nicht irgendetwas von Liebe faseln, um die Situation zu entschärfen. Gib zu, du hattest Angst, dass er mich nach meinen Worten einfach abknallt, also hast du irgendwas Nettes gesagt. *Ich liebe dich.* Pah. Du *kannst* diesen Kerl nicht lieben. Nicht nach allem, was er dir angetan hat. Es ist einfach fucking noch mal nicht möglich.«

»Ach ja?!«, fragt sie herausfordernd und streckt das Kinn nach vorn. »Aber in dich kann ich trotz allem verliebt sein, hm? Das stellst du nicht infrage?«

Er lacht sie spöttisch aus. »Es ist absolut unmöglich, mehrere Typen zu lieben, Trailerparkgirl. Was du fühlst, ist die Sucht nach Aufmerksamkeit. Du findest es geil, von uns allen begehrt zu werden. Aber wenn du das echt mit Liebe verwechselst, bist du noch armseliger, als ich dachte.«

»Du bist das schlimmste Arschloch von allen!«, schreit Amabelle aufgelöst. In ihren Augen brennen Tränen und ich kann mir vorstellen, dass diese Tränen Zayn ganz und gar befriedigen. Genau so will er sie sehen. Er kann sich nicht vorstellen, dass sie ihn mag, und wehrt sich mit allem, was er hat, dagegen.

»Ja?«, fragt Zayn höhnisch. »Wenn du das denkst, Dole, dann ist dir echt nicht mehr zu helfen.« Er fasst an ihre Schulter, drängt sie zur Seite und geht zur Tür.

Ich verdrehe die Augen, hebe die Waffe erneut und schieße in seine Richtung.

»Nein!«, schreit Amabelle. *Du glaubst doch nicht, dass ich ihn erschießen würde, oder doch? Bitte. Was für eine Verschwendung von einem King.*

Zayn hält inne. Die Tür vor seiner Nase hat ein hübsches Einschussloch abbekommen. Gelassen dreht er sich um und mimt den Coolen, als er an seiner Zigarette zieht.

»Du wirst bleiben, bis es endgültig vorbei ist, Zayn«, sage ich. »Und ich schätze, es wird nie vorbei sein.«

Amabelles Atem geht hektisch, als ich mich ihr nähere.

»Nun, das war ein interessanter Seelenstriptease,

würdest du nicht auch sagen, Belle?«, frage ich sie und halte noch immer die Waffe in der Hand, als ich vor ihr zum Stehen komme. »Ich finde, jetzt, da du klargemacht hast, weswegen mein Name am Strand fiel, solltest du uns erzählen, warum es keiner der anderen war.« Ich umfasse Amabelles Nacken, was sie aufkeuchen lässt. »Ich will, dass du es ihm ins Gesicht sagst«, raune ich an ihrem Ohr. »Lass ihn hören, weshalb *sein* Name nicht fiel. Sag es.«

Ihr Blick flattert zu mir nach oben und ihr Herzschlag geht schnell. »Vielleicht, wenn du keine Waffe mehr in der Hand hältst, Jax.«

»Oh, nein«, säusele ich, drücke den Lauf an ihren Hals und genieße, wie Zayn sich vor meinen Augen komplett verspannt. »Die Waffe fühlt sich gerade verdammt gut an, Belle. Lass die Wahrheit raus und leb damit, dass sie dein Ende bedeuten könnte.«

Sie zittert so stark, dass ich lächeln muss. Auf der einen Seite ihres Halses die Waffe, auf der anderen Seite lege ich meine Lippen an ihre schweißnasse Haut.

Während ich sie küsse, beobachte ich Zayn. Er ist bleich geworden. So bleich wie jemand, der sowieso kaum Farbe hat, bleich werden kann.

»Komm schon, Belle. Sag es.« Zärtlich streichle ich sie mit dem Lauf.

»Du bist irre, Jax«, flüstert Zayn.

»Kein Vergleich zu dir, mein lieber Psychofreund.« Ich fahre mit meinen Lippen hoch zu Belles Ohr. Sie ist eingefroren, aber ihr Herzschlag rast. »Hm?«

»Ich habe dich gewählt, weil ich glaube, dass du mich am wenigsten verletzen kannst.«

»Aha?«

»Ich habe mich in alle verliebt, aber wenn du mich betrügen oder verlassen würdest, käme ich damit am besten klar. Weil ich insgeheim sowieso damit rechne. Weil ich weiß, dass es irgendwann passieren wird. Aber ...«

»Aber ...?«, frage ich sanft.

»Ich liebe dich, Jaxon. Aber ... aber in die anderen ...«

Zayn schüttelt den Kopf, als würde er befürchten, dass ich abdrücke, wenn sie etwas Falsches sagt.

»Aber in die anderen habe ich mich genauso verliebt.«

»Was heißt ›genauso‹?«, frage ich raunend.

Sie schließt krampfhaft die Augen. Tränen rinnen ihr über die Wangen. »So sehr, dass ich mir nicht vorstellen kann, es zu überleben, wenn ich mich für sie entscheide und sie mich doch fallen lassen. Während ich es bei dir fast schon erwarte. Ich weiß, wie es ist. Wie es ist, wenn du tust, was du mit Menschen tust. Das ist der Grund, weshalb ich deinen Namen gesagt habe. Einerseits weil ihr Wichser mich dazu gezwungen habt, andererseits weil ich glaube, dass du die Kings am besten ersetzen kannst und der letzte Grund ist der, dass du mich niemals so tief verletzen können wirst wie die anderen. Reiner Selbstschutz. Tötest du mich jetzt?«

Ich lache an ihrem Ohr. »Noch nicht.«

Zayns Lippen sind schmal geworden.

»Was sagst du dazu, mein Freund?«, frage ich ihn. »Glaubst du jetzt noch immer, sie wäre dumm und einfältig und armselig und alles, was du gerade gesagt hast? Oder nimmst du hin, dass sie das alles *nicht* ist?«

»Nimm die Waffe runter, Jax«, sagt er leise.

»Okay. Wenn du sie fickst.«

Seine Augen weiten sich.

»Los, zeig ihr, was du wirklich fühlst. Dass all dein Gerede nichts als Eifersucht war. Ich will es sehen. Ich will dabei *zusehen.*«

Sein innerer Widerstand schlägt sich in dem angespannten Spiel seiner Muskeln nieder. »Du musst auch einfach immer die Oberhand behalten, oder?« Zayns blaue Augen sind scharf auf mich gerichtet. »Kannst du es echt nicht ertragen, zu verlieren?«

»Tja, wie es scheint, habe ich nicht verloren. Eigentlich kann ich froh sein, dass der Zirkel mich nicht genommen hat. Er will Leute wie euch. Leute, die eine Organisation wie den Zirkel brauchen. Die es einfach nicht ohne einen Anführer schaffen. Leute wie dich, Zayn. Also steh zu deinen Schwächen und tu, was ich sage. Fick sie.«

Er lacht rau, als ich die Waffe herunternehme und Amabelle in seine Richtung schiebe.

»Er hat nur versucht, dir ein bisschen was heimzuzahlen für eben«, erklärt Belle Zayn leise. »Vielleicht wird er dich wirklich noch erschießen, wenn du es nicht zurücknimmst?«

Zayn seufzt schwer, als er auf sie zutritt und ihr eine verlorene Strähne hinters Ohr schiebt. »Die Frage ist, was wird er mit *dir* tun, Dole? Wenn du deine Worte nicht zurücknimmst.« Er beugt sich langsam zu ihr herunter. Allein seine Geste ist für mich so befriedigend, dass ein Teil in mir entspannt. Ich kann mir überhaupt nicht vorstellen, das Kostbarste, das ich besitze, *nicht* mit den Kings zu teilen.

Und wenn ich Amabelles Worte richtig gedeutet

habe, dann besteht einer ihrer Wünsche darin, dass ich dafür sorge, die Kings zusammenzuhalten.

Sie müssen mehr noch als ich lernen, zu ihren Gefühlen zu stehen.

Zayns Lippen berühren zärtlich die von Amabelle und ich spüre umgehend, wie ich hart werde. Crescent küsst sie immer drängender, während Amabelle seufzt. Allein das Seufzen ... Mein Schwanz pulsiert. Ich sehe dabei zu, wie Zayn die Träger ihres Kleides beiseiteschiebt, und beginne um die beiden herumzugehen.

Wie auf der Pirsch. Ich warte darauf, dass ich mich auf meine Beute stürzen kann.

Langsam blättert Zayn Amabelles Kleid auf. Dadurch wird erst sichtbar, wie heftig sich ihre Brust hebt und senkt. Er fährt mit seinem Daumen über die freigelegten Ansätze ihrer Brüste und anschließend über ihre bebenden Lippen. Dann tritt er plötzlich um sie herum, umfasst ihren Nacken und neigt ihren Kopf zur Seite, um sich Zugang zu ihrem Hals zu verschaffen. Ich bleibe stehen, um Amabelle dabei zu beobachten, wie sie gar nicht anders kann, als sich seinen Berührungen hinzugeben.

Zayn legt seine Lippen an ihr Ohr, während er sie zärtlich streichelt. »Lass ihn nicht gewinnen, Mable«, wispert er. »Dieses eine Mal nicht.«

»Dann musst du endlich ehrlich zu mir sein, Zayn«, flüstert sie zurück, die Augen fast krampfhaft geschlossen. »Sei ehrlich zu mir.«

Die Vorstellung, Amabelle könne sich in letzter Konsequenz doch für einen anderen entscheiden, killt mich. *Tu das nicht, Belle. Zayn will mich am Boden sehen, weil er irgendein Problem nicht bewältigen kann. Aber da ge-*

höre ich nicht hin. Du weißt das. Du weißt, dass ich dich brauche und du mich.

Zayn hält in seinen Bewegungen inne. Er scheint gegen sich selbst zu kämpfen. »Ich kann nicht«, gibt er gepresst von sich. »Ich bin kein ehrlicher Typ.«

Amabelle fährt zu ihm herum und Zayn nimmt automatisch einen Schritt Abstand. Etwas baut sich zwischen ihnen auf, das so wahnsinnig intensiv ist, dass ich für einen Moment reglos dastehe, um die Intensität nicht zu zerstören. *Das ist schon wieder so krank, Belle. Wieso nehme ich mich selbst zurück, nur damit Zayn seine Komplexe überwinden kann?*

Ich sehe, wie seine Finger zittern, als er sich eine zweite Zigarette anzündet. Die erste glüht noch immer im Aschenbecher vor sich hin. Seine Hände zittern schließlich so stark, dass er die Zigarette kaum anzünden kann.

»Warum versuchst du es nicht wenigstens?«, fragt Amabelle und geht auf Zayn zu. Sie fasst nach seiner Wange. Er lässt es geschehen und dann passiert das Unvermeidliche.

So überraschend wie kalkulierbar. Ich weiß nicht, warum ich nicht damit gerechnet habe, weil es seine Art ist, auf solche Dinge zu reagieren. Zayn stößt Amabelle so hart und grob in meine Richtung, dass ich sie gezwungenermaßen auffangen muss. Er greift gleichzeitig meine rechte Hand, reißt sie herunter und entwendet mir blitzschnell die Waffe. Er nimmt drei Schritte Abstand, richtet sie auf mich, während ich mich wie von selbst vor Amabelle stelle.

Jetzt bin ich es, der Todesangst verspürt. Da ist so vieles, das ich Zayn Crescent zutraue. Von seinem Bruder getrennt zu werden, ist für ihn ein Grund, weswegen er jemanden töten würde. Und aus demselben Grund würde er es lassen. Er würde niemals etwas tun, das dazu führt, dass Reece ihn von sich stößt. Trotzdem weiß ich nicht, was wirklich in Zayn vorgeht. Was er bereit ist, zu riskieren. Aus Rache, aus Genugtuung – oder schlicht aus Wahnsinn.

»Bitte, Zayn«, wimmert Amabelle.

»Halt die Klappe«, fährt er sie an. Sein Arm zittert. Das ist weder ein gutes noch ein schlechtes Zeichen. Er könnte allein aus Versehen abdrücken. »Ich will *einmal* erleben, wie Jax von seinem hohen Ross runterkommt. Ich will *einmal* sehen, dass er scheitert. Dass er die Kontrolle verliert. Dass er nicht mehr oder weniger als wir anderen ist. Und du kommst und zerstörst es, Dole. Dann lass es mich wenigstens auskosten. Diesen Moment, in dem er nicht weiß, ob ich ihn wirklich erschießen würde – oder dich.« Er lächelt schmal. »Eigentlich sollte ich es tun, Jax, was meinst du? Ich würde Sylvian einen Gefallen tun. Denn wenn es dich nicht mehr gibt, hat er auch keine Angst mehr, du könntest seiner heiligen Amabelle etwas antun. Und ich würde Reece einen Gefallen tun, weil er dann endlich der King wäre, für den er sich die ganze Zeit schon hält. Und Dole würde ich auch einen Gefallen tun, weil du nie gut zu ihr sein wirst.«

»Kannst du *bitte* die Waffe runternehmen?«, fleht Amabelle ihn an.

Zayn verdreht die Augen. Langsam vergeht die Furcht, dass Zayn durchdreht und im Affekt schießt. Dafür ist er ein zu gut trainierter Soldat. »Als er mich abknallen wollte, hast du nicht gefleht, aber ich darf ihn nicht erschießen?«

»Ihr seid beide total wahnsinnig!«

Zayn mahlt mit dem Kiefer und blickt mir fest in die Augen. *Worum streiten wir eigentlich? Um die Vorherrschaft? Um dich? Um unseren Stolz? Was genau ist es, was uns auseinanderbringt?*

JAXON

Ich liebe es, wie du zitterst. Du hast Angst, aber du bleibst. Denn ganz, ganz tief in dir vertraust du mir. Das ist verrückt, aber dafür liebe ich dich, Belle. Du hast recht, du siehst mich. Mich und mein Innerstes. Und du weißt, dass ich gar nicht so ein schlechter Mensch bin, wie ich es versuche zu sein.

Du bist klug. Zayn lügt, weil er eifersüchtig ist. All das weißt du, oder? Er ist verdammt eifersüchtig. Er hat sich so sehr in dich verknallt, dass es fast schon peinlich ist, ihm bei seinen schwächlichen Versuchen zuzusehen, es zu verbergen. Er ist der größte Softie von uns. Du wirst ihn bespucken und ihm das Gesicht zerkratzen können, er würde dich immer lieben. Krank, oder? Dass du jeden von uns auf so unterschiedliche Weise faszinierst ... Oder ist das einfach nur Schicksal?

ZWANZIG

MABLE

Es ist das Adrenalin, das mich durchstößt und innehalten lässt. Die Situation zwischen Jaxon und Zayn ist so angespannt, dass ich mich dadurch zerrissen fühle und selbst nicht mehr weiß, wohin.

Zayn steht da, sein Kiefer ist vollständig verhärtet. Er blickt Jaxon herausfordernd an, während nach wie vor die Waffe auf ihn gerichtet ist. Zwei Männer, die miteinander um etwas kämpfen, dessen Bedeutung ich nicht verstehe. Geht es um ihr Ego? Geht es um die Geheimnisse? Die Wahrheit?

Oder doch um mich?

Es vergehen Minuten, in denen niemand etwas sagt.

»Warum streiten wir eigentlich?«, fragt Jaxon schließlich. Seine Stimme ist leer. »Das sind nicht wir, Crescent. Wir sind genau das Gegenteil von dem hier.«

»Doch genau das sind wir!«, ruft er plötzlich. Seine blauen Augen sind gefüllt mit Wahnsinn und ich bekomme so große Angst, er könne wirklich abdrücken. »*Wir* sind die fucking Kings. *Wir* sind Brüder. *Wir* teilen alles. Aber Reece und du, ihr musstet unbedingt aus Doles Entscheidung ein fucking Spiel machen. Ihr wolltet unbedingt herausfinden, wer die letzte Runde gewinnt und habt dadurch *alles andere* verloren! Ihr wollt Amabelle für euch! Ihr wollt irgendeinen Besitzanspruch anmelden, statt das zu leben, was uns immer ausgemacht hat! *Wir* sind eine Einheit. Aber ihr habt zugelassen, dass das *Spiel* euch zerstört. Wie fühlt sich das an? Fühlt sich das wirklich wie ein *Gewinn* an? Oder ist dir klar, dass du in dem Moment, als Mable deinen verdammten Namen gezwungenermaßen hervorgebracht hat, weil der Scheißdruck auf sie unendlich wurde, *alles* verloren hast, Jax?« Zayn zittert wieder, dieses Mal am ganzen Körper. »Du hast die Kings verraten! Noch bevor irgendjemand von uns die Gelegenheit dazu bekam! Du hast das verraten, was wir sind und bis zuletzt waren. Wir waren Bastarde. Wir waren Heuchler. Wir waren wichtiger als der Zirkel oder irgendein anderer Scheiß. *Wir waren wir.* Und *wir* haben uns immer *alles geteilt.* Nie wären *wir* auf die Idee gekommen, dass einer von uns mehr Anspruch auf eine Sache hat als der andere. *Wir* hätten Amabelle normalerweise niemals vor eine Wahl gestellt. Aber du hast dieses Wir aufgegeben. Du hast *uns* aufgegeben. Du wolltest Amabelle für dich, statt sie zu teilen. Und scheiße, ich könnte sie wirklich töten dafür, dass sie auch nur eine Sekunde zugelassen hat, dass du sie besitzt.«

»Bitte nimm die Waffe herunter«, verlange ich ruhig. Woher ich den Mut nehme, weiß ich nicht. Aber ich habe das Gefühl, dass ich sonst gleich sterben werde. Als müsse ich jetzt mutig sein, bevor es mein Ende bedeutet.

Zayn blickt mir in die Augen und dann sehe ich es. Ich sehe, wie sie ganz kurz glasig werden, bevor er den Kopf senkt, die Waffe in beide Hände nimmt und das

Magazin entfernt. Er steckt es in die rechte Tasche seiner Hose und die Waffe in sein Jackett.

Ich atme erleichtert auf.

Dann tritt Zayn schließlich vor, drückt seine Zigarette in einem Aschenbecher aus und kommt auf mich zu, ohne seinen Blick von Jaxon abzuwenden. Er packt mich am Oberarm, wirbelt mich grob herum, vergräbt seine rechte Hand in meinem Haar und holt mich vor seine Lippen.

Er küsst mich, ohne dass ich mich dagegen wehren könnte. Rau, gierig, hart. Seine Zunge schmeckt nach Rauch, sein Mund ist weit geöffnet und ich bemerke, wie er seine Augen weiterhin auf Jaxon gerichtet hält. Ich schaffe es, mich vom Zauber seiner Nähe zu lösen und ihn wie auf der Tanzfläche von mir zu weisen.

Zayn nimmt zwar Abstand, aber seine Hand bleibt in meinem Haar. Ich höre Schritte durch den Raum und weiß, dass Jaxon uns wieder umrundet. »Du bist fucking Gift, Dole. Ich hätte dich nach unserem Tanz wirklich erschießen sollen. Dann wäre für immer Ruhe.«

Ich reiße die Augen auf und alles in mir fängt Feuer. *Er ist so ein verdammter Arsch!* In blinder Wut werfe ich mich auf ihn und versuche ihn ins Gesicht zu schlagen, werde aber von Jaxon gepackt und zurückgehalten. Er hält mich um die Taille und am Kinn fest, während ich versuche nach Zayn zu treten. »Gott, ich hätte so verdammte Lust, dir dein hübsches Gesicht zu zerkratzen, du verdammter Lügner!«

Zayn sieht aus, als würden ihn meine Worte treffen und ich hasse ihn dafür. Ich hasse es, wie er versucht, scheiße zu mir zu sein und im nächsten Moment meine Sehnsucht stillt.

»Ist okay, Belle«, raunt Jaxon an meinem Ohr. »Erinnerst du dich an Reece' Worte? Du bist die erste weibliche Person seit vier Jahren, die ihn überhaupt kennenlernt, während er nicht seinen Bruder imitiert. Und dann hat er sich auch noch in dich verliebt, ts ts ts.«

Zayn schnaubt.

Jaxon streichelt über meine Kehle. Allein sein Finger ist extrem elektrisierend. »Aber er hat auch recht. Ich habe wie er nicht geglaubt, du könntest uns alle lieben. Deswegen wollte ich, dass du dich entscheidest. Damit wir uns nicht ewig um dich streiten. Nur Zayn scheint erkannt zu haben, dass wir das gar nicht brauchen. Wir müssen uns nicht um dich streiten. Du *willst*, dass wir dich alle gleichzeitig besitzen, ist es nicht so?«

Obwohl sie gerade erst wieder bewiesen haben, was für gigantische Arschlöcher sie sein können, würde ich am liebsten ein lautes Ja rufen. Ich will, dass sie es endlich verstehen. Dass sie endlich aufhören, mich *zer*teilen zu wollen, weil ich *geteilt* werden will.

»Gib mir deine Hände«, sagt Jaxon und tritt um mich herum.

Und als ich gehorche, weiß ich, dass ich ihm damit recht gebe.

Dass ich Zayn recht gebe.

Ich habe mich in sie alle verliebt. Und jeder von ihnen weckt ein anderes Bedürfnis in mir. Wenn ich nicht muss, würde ich nie wieder auf einen von ihnen verzichten.

EINUNDZWANZIG

JAXON

Ich gehe auf Amabelle zu, die in dem goldenen Kleid vor mir steht. Auf natürliche Art ist sie bezaubernd und ihr Anblick regt das altbekannte Verlangen in mir, das ich von keiner Frau sonst kenne. »Gib mir deine Hände«, bitte ich täuschend sanft und halte ihr meine beiden Handflächen zum Zeichen, ich würde keine schlechten Absichten verfolgen, nach oben.

Zögernd streckt sie beide Hände aus und legt sie hinein. Dass sie mir immer noch vertraut, ist irgendwie niedlich. Wobei ich viel mehr glaube, dass sie einfach darauf steht, auf einem Drahtseil über der Manege voller Löwen zu tanzen.

Ein Schuss, der sie hätte treffen können?

Mein Zorn, der sie hätte töten können?

Who the fuck cares, meine Hübsche? Wenn man doch immer wieder dem Tod knapp entrinnt ... Wie bei einem Fallschirmsprung. Noch hattest du jedes Mal deinen Fallschirm dabei ... Aber was, wenn er einmal fehlt?

Ich verziehe meine Mundwinkel zu einem Lächeln und umfasse ihre beiden Hände. Flink spreize ich ihre Zeigefinger ab und schließe sie in meine Hand. Dann ziehe ich fest daran. Ihre beiden Hände sind jetzt mit meiner rechten Hand verkeilt und sie wird sich nicht befreien können, solange ich es nicht will.

»Und was jetzt?«, fragt sie atemlos, als sie mit ihrem Gesicht direkt vor meinem landet und probeweise an ihren Händen zerrt, ohne Aussicht auf Erfolg.

»Jetzt überlege ich mir, was ich mit dir tun kann.« Mit meiner freien Hand greife ich an meinen Gürtel und löse ihn. »Weißt du, Belle, im Grunde stehe ich da mit nichts. Die Kings haben mich verlassen, du hast dich gegen mich entschieden, und Zayn ist ein Irrer, der nicht damit klarkommt, an die Identität seines Bruders gefesselt zu sein. Mit nur einem einzigen Schachzug hast du mir alles genommen. Mit *Vance* zusammen hier aufzutauchen, hat alles zerstört. Und trotzdem ... kann ich dich nicht erschießen. Ist das nicht erbärmlich?«

Ihre Augen huschen in Zayns Richtung. Es nervt mich, dass ihre Aufmerksamkeit nicht ganz mir gehört, obwohl ich nicht gerade schöne Dinge sage. Nein. Sie sieht Zayn an, als wäre er ihr Alles. Ich reiße meinen Gürtel aus meiner Hose und umschlinge damit Amabelles Hand. Dann ziehe ich sie an der Schlaufe zu mir, lege eine Hand um ihr Genick und drücke zu, bevor ich sie küsse.

Ich küsse sie, weil sie in diesem Moment mein ist. Gerade gehört sie ganz mir. Alles an ihr unterliegt meiner Kontrolle. Was sie selbst tut. Was die Kings mit ihr tun. *Einfach alles.* Ich muss das auskosten. Ich muss es Zayn beweisen.

Du gehörst verdammt noch mal mir, solange ich es nicht anders entscheide!

Meine Wut entfesselt sich und ich küsse Amabelle

fordernder. Sie wimmert und ich schmecke ihre Tränen, aber ich lasse ihr keinen Raum zu fliehen. Mit dem Gürtel in der einen Hand, mit ihrem Hals in der anderen, schiebe ich sie vor mir her, bis sie mit dem Arsch gegen den Billardtisch stößt. Ich suche den Reißverschluss ihres Kleides und ziehe ihn grob herunter.

Dann entblöße ich ihre Brüste.

Zayn ist uns in einigem Abstand gefolgt und positioniert sich auf der anderen Seite des Billardtisches. Lauernd. Abwartend.

Ich werde ihm beweisen, wem du gehörst.

»Du bist Mein, Belle«, knurre ich, fasse in ihr Haar und presse meine Lippen auf ihre. Sie sträubt sich, aber sie sagt keinen Ton. Sie will es und ich weiß es. Nur will sie mehr als mich. Sie will fucking Zayn genauso wie mich. Sie will jeden King genauso wie mich. Sie hat sich nicht für mich entschieden. Sie ist mit fucking Vance auf die Gala gekommen.

Alles in mir explodiert bei diesem Gedanken. Was war ich bereit zu opfern für sie?

Und wie dankt sie es mir?

Ich fasse unter ihr Kleid, ziehe ihre Strumpfhose und den Slip aus. Sie sieht mich keuchend an. Kann sich kaum halten durch ihre verbundenen Hände.

Wenn ich könnte, würde ich dich auf ewig anketten, Belle. Du hast mich verraten. Du hast mich verraten und du solltest dafür bezahlen!

Zayns Blicke auf mir heizen mich noch an. Wenn ich will, bin ich stärker als sie alle. Das macht mich zum fucking Anführer. Die Kings sind *nichts* ohne mich. Das wissen sie. Das spüren sie. Das sehen sie, während ich Belle ficke.

Ich öffne meine Hose, ziehe ihren Arsch zu mir heran und stoße mich in ihre Pussy, während sie gleichzeitig zurücksinkt. Sie keucht. Sie keucht, weil sie es liebt. Sie liebt es, Zayn über Kopf anzusehen, während ich sie ficke. In diesem einen Moment wünschte ich, er wäre nicht da. Nicht, weil ich nicht mit ihm teilen will.

Das will ich.

Er labert Bullshit.

Ich teile alles mit den Kings.

Aber er hat insofern recht, dass etwas zwischen uns zerstört wurde. Wir sind keine Einheit mehr. Wir sind kein Wir mehr. Wir sind Einzelkämpfer. Wir wurden zerrissen. Durch das Spiel, durch den Zirkel, schließlich durch Belle.

Während ich sie ficke, wird mir all das klar. Ich ramme mich hart in sie, doch es reicht nicht. Das alles wird mir nie die Befriedigung geben, die ich brauche. Belles Stöhnen wird lauter und sie lechzt nach mehr.

Sie ist so verdammt verdorben und ich liebe sie.

Ich liebe sie. Ich liebe sie, wie ich die Kings liebe. Zayn hat in einem zweiten Punkt recht. Ich habe zu verbissen darum gekämpft, entscheiden zu dürfen, ob Amabelle nun in Kingston bleibt oder nicht. Darum war es mir gegangen. Reece wollte, dass sie bleibt, ich wollte, dass sie geht. Es war wichtig, dass Amabelle eine Wahl traf.

Dachte ich.

Aber ich kann ihr fucking kleines Leben nicht länger zerstören. Ich kann sie selbst dann nicht hassen, wenn sie mit Vance auf dieser beknackten Gala aufkreuzt.

Es geht nicht.

Mein Atem geht stoßweise, als mein Schwanz zwischen ihre feuchten Schenkel gleitet. Alles an ihr ist himmlisch erregend. Die zarte, weiche Haut. Ihre rosafarbene nasse Pussy. Das Kleid, das ihre Gestalt in ein funkelndes Strahlen taucht.

Mein Schwanz durchstößt sie, aber es ist nicht genug. Ich brauche Belle dreckiger. Ich brauche sie verruchter. Ich will sie als meine kleine Sex Doll. Ich will sie als Sex Doll der Kings.

Und ich will sie fucking noch mal behalten.

Du bist Mein. Aber ich toleriere, wenn du auch allen anderen Kings gehörst.

Ich mache einen Schritt zurück, sodass Amabelle mit gespreizten Beinen und schwerem Atem auf dem Tisch liegen bleibt. Meine Gefühle steigen mir zu Kopf. Ich habe keine Worte mehr für den Scheiß, der mir in dieser Nacht bereits passiert ist.

»Sie hat mich verraten«, raune ich und öffne die Knöpfe meines Hemdes.

Amabelle regt sich auf dem Tisch. Mit verbundenen Händen hat sie Schwierigkeiten, sich aufzurichten. Bevor sie es ganz schafft, tritt Zayn zu uns und drückt gegen ihre Schulter. »Bleib liegen«, befiehlt er kühl.

»Der Zirkel hat mich verraten«, ergänze ich bitter.

»Hätte er nicht, wenn Dole nicht von Reece und Vance eingelullt worden wäre«, wirft Zayn ein. »Ich habe dir von Anfang an gesagt, dass sie nur fucking Ärger bedeutet. Wir hätten Romeo den Scheiß erledigen lassen sollen. Er hat sie noch nie gemocht.«

Amabelle ist ganz still geworden und sieht Zayn unverwandt an.

»All die Male, als Sylvian sie gewarnt hat …« Gleich

stehe ich mit geöffnetem Hemd und geöffneter Hose vor ihr. »Sie hat nie auf ihn gehört.«

»Nein«, ergänzt Zayn süffisant. »Hätte sie sollen? Niemand von euch wollte das wirklich.«

»Und du?«, frage ich kalt. »Niemandem ist entgangen, wie du sie ansiehst. Rachel hast du verachtet. Aber bei Amabelle kriegst du es einfach nicht hin.«

Seine Lippen werden schmal. »Fuck it. Das kleine Miststück ist trotzdem schuld daran, dass wir uns seit Thanksgiving zoffen. Warum zeigst du ihr nicht, wo ihr verdammter Platz ist? Sie tanzt uns allen auf der Nase rum, weil du und Reece unbedingt den netten Kerl mimen wolltet. Dabei wollte sie eigentlich immer Sylvian am meisten. Weil er nie nett war. Verstehst du das endlich? *Sie will nicht eure netten, verlogenen Seiten.* Sie will nicht eure Lügen. Sie will die hässliche *Wahrheit.* Gib sie ihr.«

»Jetzt versteht ihr euch plötzlich, hm?«, fragt Belle zynisch und versucht sich erneut aufzurichten.

Zayn drückt sie wieder zurück und fährt sie schroff an. »Halt die Klappe.«

»Eben wolltet ihr noch aufeinander schießen!«, wirft sie ihm vor. Er drückt ihr kurzerhand die Hand auf die Lippen.

»Was an: ›Halt die Klappe‹ verstehst du nicht?«

Ich beobachte Zayn und Belle, wie sie miteinander kämpfen, wobei Zayn ihr im Grunde keinerlei Bewegungsfreiraum lässt. Mein Schwanz ist noch immer hart und um nicht wie ein Trottel mit offener Hose dazustehen, schließe ich sie vorerst wieder. »Du hast recht, Crescent«, murmle ich und umrunde den Billardtisch. »Ich war zu nett. Ich hatte geglaubt, wenn ich es schaffe, mich zu verändern, wird sie sich für mich entscheiden und Kingston verlassen, wenn ich ihr ein besseres Leben biete. Aber genau das war der Fehler.«

»Ja.« Zayn blickt auf Amabelle hinab, die frustriert den Kampf gegen ihn aufgegeben hat. »Ihr habt alle eine Reihe von Fehlern begangen. Aber deine waren die größten, Jax. Jetzt ist Vance im Zirkel und nicht du. Alles wegen fucking Dole.«

Interessiert bleibe ich auf der anderen Seite des Tisches stehen. »Was schlägst du nun vor, mein Freund?«

Zayn sieht auf und plötzlich grinst er verwegen. Es gab nie ein Problem zwischen uns. Hahnenkämpfe – nichts weiter. Er hat in einigen Punkten recht und in anderen unrecht. Das weiß er. Aber er ist und bleibt ein King. Ein Teil von mir. »Ich denke, es ist Zeit, ihr zu zeigen, wo ihr Platz wirklich ist.«

Ich nicke. »Nur zu.«

Er lässt sie urplötzlich los und umfasst die Schlaufe des Gürtels.

»Ihr seid einfach nur durch! Was ihr redet, ist der totale Müll! Seit einer halben Stunde redet ihr einfach nur Müll!«

Ein lautes Klatschen und ihr Kopf fliegt zur Seite.

Ich lasse Luft durch die Zähne entweichen. »Hart, Crescent.«

Er ignoriert mich und presst beide Finger in Amabelles Wangen, die zu erschüttert von der Ohrfeige scheint, als dass sie sich regen würde. »Die schulde ich dir noch für meinen Bruder. Und jetzt geh auf die Knie.«

Von hier aus kann ich ihr Gesicht nicht sehen, aber Zayns schiefes Grinsen zeigt mir, dass Amabelle ihm eine Grimasse schneidet. »Sicher nicht, du frauenverachtender Bast-«

Er hält ihr wieder den Mund zu. »Dass jeder von uns so zu dir sein wird, sagen wir dir schon lange. Du wolltest es einfach nicht glauben, Dole.« Zayn umfasst ihren Kopf und drückt ihn rücklings herum, sodass Amabelle gezwungen ist, sich auf dem Billardtisch auf den Bauch zu drehen.

Tränen der Wut steigen ihr in die Augen und ihr entweicht sofort ein Stöhnen, als Zayn mit einer Hand zwischen ihre Beine geht.

»Ich werde dich erst ficken, wenn du danach bettelst, kleine Hoe«, säuselt er und schiebt seine Finger tief in sie.

Amabelle beißt sich auf die Lippen, damit ihr nicht noch einmal ein Laut der Lust entweicht. »Ich will überhaupt nicht, dass du mich fickst, Zayn. Du hast mich gerade ins Gesicht geschlagen. Lass mich verdammt noch mal los.«

»Aah, Belle«, werfe ich gelassen ein. »Warum sollten für dich andere Regeln gelten als für uns? Du hast mit dieser Ohrfeigerei angefangen.«

»Dass du ihn verteidigst, ist so armselig.« Sie kann sich mit ihren gefesselten Händen nicht aufstützen, da Zayn nach wie vor die Schlinge des Gürtels in der Hand und ihre Arme gefangen hält. Amabelle liegt dort, versucht mit den Füßen Halt zu finden und sich gegen Zayn zu wehren, aber sie hat keine Chance. Mit nur einer Hand schafft er es, sie zu bändigen. Mit der anderen zieht er seinen eigenen Gürtel aus. Und als sie noch immer nicht stillhält, schlägt er sie auf den Hintern.

»Sie wird nach unseren Schwänzen geradezu *betteln*, wenn du so weitermachst«, bemerke ich süffisant.

»Träumt weiter!«, ruft sie.

Zayn schlägt sie ein zweites Mal, bevor er den Gürtel, der um ihre Hände gewickelt ist, loslässt und seine Finger erneut in ihre Fotze schiebt. »Sehr gern, Dole«, sagt er lachend und zwinkert mir zu.

Ich trete um den Billardtisch herum und greife nach einem Queue. Den Stab in der Hand beobachte ich, wie Zayn sie fingert und gleichzeitig ihren Hintern knetet.

»Sei jetzt ganz still«, verlangt Zayn und sie gehorcht für ein paar Sekunden. Er umwickelt seine Faust mit dem Gürtel, ohne dass sie es mitbekommt, dann zieht er seine andere Hand aus ihrer Pussy und verpasst ihr einen herben Schlag auf den nackten Arsch.

»Spinnst du?!« Belle fährt herum und funkelt uns wütend an.

Er schlägt gleich ein zweites Mal zu.

Ich trete nah an Amabelle heran, um sie zu bändigen, indem ich sie relativ sanft auf den Tisch drücke. Schmunzelnd beobachte ich, wie Zayn sie mit spielender Geduld züchtigt. Ihre Schimpfwörter werden vulgärer und mein Schwanz härter. Ich liebe es zu sehen, wie sich die Haut an ihrem Arsch allmählich rot färbt.

Zwischen Zayns Schlägen fahre ich mit der Hand darüber und als ihre Flüche verstummen, sie dafür aber schmerzerfüllt keucht, schiebe ich meine Finger zwischen ihre Beine. Sie ist so himmlisch nass, dass ich lachen muss. *Fuck, wir werden dich so ficken, Belle. Ich werde Zayn dich ficken lassen und er wird dabei zusehen, wie ich es tue. Du wirst so verdammt wund sein, dass du darum bettelst, dass wir aufhören und du nur noch unsere Schwänze lutschen darfst …*

Zart stimuliere ich ihren Kitzler. Nicht zu viel, dass es sie befriedigen könnte, nicht zu wenig, damit sie für den Schmerz entschädigt wird.

»Warte«, murmle ich, als Amabelles Hinterteil bereits rot glüht. Ich stimuliere weiter mit allen Fingern ihre Pussy und ihren Kitzler, während ich sie auf dem Billardtisch festpinne, damit sie uns nicht mit hektischen Bewegungen nervt. Zayn streichelt ihren Arsch und schiebt schließlich zwei Finger in ihren After.

Wir massieren sie so lange, bis Amabelle ihr Stöhnen nicht mehr zurückhalten kann. Ich merke, wie sie kurz davor ist zu kommen, und breche ab. Sofort zieht auch Zayn seine Hand zurück. Wir grinsen uns an, als Amabelle verzweifelt aufschreit.

»Ihr seid solche Arschlöcher!«

»Gerade wollte ich dir anbieten, dass du mir einen bläst, damit ich dich ficke, aber ich glaube, jemand muss über seine Wortwahl nachdenken«, sage ich lächelnd und greife wieder nach dem Queue.

Ich nehme den Stab und lasse ihn über ihren Hintern tanzen.

»Das wirst du nicht tun«, keucht sie.

Jetzt ist es Zayn, der sie festpinnt.

»Das ist ein Holzstab, Jaxon!«

»Ah, jetzt wo du es sagst.«

Zayn lacht über meinen Witz und ich schlage zu. Der Stock federt auf ihrer weichen Haut. Es sieht fantastisch aus.

»Warum haben wir damit so lange gewartet?«, frage ich Zayn.

»Weil ihr Idioten seid?«, fragt er zurück und feixt. »Richtig dumme Idioten. Ihr glaubt, dass ihr nett zu ihr sein müsst, damit sie lernt, euch zu vertrauen. Dabei ist sie eine geile Schlampe und steht drauf, wenn wir sie erziehen. Nix Vertrauen. Gehorsam. Nach heute Abend wird sie ein ganzes Stück mehr davon mitbringen.«

»Du könntest ausnahmsweise Recht haben, Crescent.« Ich schlage Belle ein weiteres Mal mit der Queue und beobachte, wie ihr Körper reagiert.

Sie verkrampft sich auf dem Tisch, aber ich brauche mehr. Sie muss erschöpft zusammensinken und alles tun, was wir verlangen, damit es aufhört. Ich schlage sie ein paar weitere Male, bis ihr Körper bei jedem Schlag heftig zusammenzuckt.

»Wenn ich jetzt Stopp sage, werdet ihr dann aufhören?«, fragt sie bebend.

Zayn und ich sehen uns an. Wir wissen natürlich, wie viel sie aushält, obwohl wir geil sind. Aber wenn wir ihr kein Safeword geben, sind wir Bastarde. »Sind wir Bastarde?«, frage ich raunend.

Sein rechter Mundwinkel verzieht sich. »Jap. Tut mir leid, Dole. Du hast schon tausende Warnungen erhalten. Pech gehabt.«

»Aber …!«

Ich schlage sie so hart, dass sie aufheult. »Los, weine für mich, Schönheit.«

Zayn grinst und es dauert nicht lange, bis durch die Schläge mit dem Queue Tränen über Belles Wangen rinnen. Wir lassen sie los und sie stemmt sich in ihrem halb offenen Kleid auf den Rücken. Ihr Make-up ist verschmiert und ich will unbedingt, dass sie mir jetzt einen bläst. Das Verlangen danach ist unerträglich.

»So werdet ihr es nie schaffen, dass ich euch vertraue«, murmelt sie.

Zayn und ich heben gleichzeitig die Brauen.

»Sie hat keine Ahnung, wovon sie redet«, kommentiert Zayn achselzuckend und öffnet seine Hose. Sein Schwanz ist nicht weniger hart als meiner. »Sieh ihn dir an, Dole.« Er reibt mit der Faust über seinen Schaft.

Obwohl sie versucht, ihn zu ignorieren, huscht Amabelles Blick zu seiner Hüfte. Sofort stellt sich die Röte auf ihren Wangen ein und sie starrt wie gebannt auf seinen Schwanz. »Willst du, dass ich dich ficke? Du willst es. Du willst es, dass dieser Schwanz tief in dir steckt. Und seiner auch.« Er nickt zu mir und ich fasse über meine Latte, die verlangend zuckt. »Soll ich dich ficken?«

Belle sieht aus, als würde es sie die größte Kraftanstrengung überhaupt kosten, zu antworten. »Ja«, sagt sie kleinlaut.

»Ich habe dich nicht gehört.«

»Fick mich, Zayn!«, ruft sie ihm zu und presst die Augen zusammen, als würde sie sich für ihre Schwäche schämen.

Zayn lässt seinen Schwanz los und zeigt symbolisch auf sie. »You see. So schnell geht das.«

»Sie soll dir einen blasen, bevor du sie vögelst«, gebe ich vor.

»Hast du gehört, Dole?«, fragt Zayn belustigt.

»Ich hasse euch«, murmelt sie.

Wir lachen, während ich an der Gürtelschlaufe ziehe und diese löse, sodass sie sich mit freien Händen und zischend vor Schmerz, weil ihr Hintern glüht, vor uns aufsetzen kann. In ihren Augen steht purer Trotz, als sie sich nach unten auf den Boden sinken lässt. »Wenn ich als Entschädigung nicht wenigstens fünf Mal komme, könnt ihr euch ein neues Opfer suchen.«

»Fünf Mal, das ist nicht gerade wenig«, merke ich an.

Sie hebt die Schultern, bevor sie auf den Knien vor Zayns Hüfte rutscht und seinen Schwanz in den Mund nimmt.

»Fuck«, stöhnt er und ich fühle mit ihm.

Es ist so verdorben, wie sie da sitzt. All das Spanking hat sie nicht davon abgehalten, sich bereitwillig Zayns Schwanz reinzuschieben. Ich trete neben sie, weil ich es nicht länger erwarten kann. Amabelle lässt Zayns Latte aus sich herausgleiten, während sie zu mir nach oben sieht und meine Hose mit flinken Fingern erneut öffnet.

Ich fasse in ihr Haar und schiebe ihr meine Eichel rau zwischen die Lippen. Stöhnend ficke ich ihren Mund und könnte direkt kommen. Aber ich hebe es mir auf für später.

Amabelle legt eine Hand um meine Länge, nachdem ich sie losgelassen habe, und wendet sich wieder Zayns Schwanz zu. Während sie auf dem Boden kniet, bläst sie ihm einen und gibt mir einen Handjob. Dann wechselt sie wieder.

Ich bin nicht so zurückhaltend wie Zayn und fasse grob um ihren Kopf. Meine Spitze gleitet so tief, dass sie würgen muss, und ich schiebe sie noch etwas tiefer. »Fuck, ist das gut«, stöhne ich und ramme mich weiter in sie.

Belle wimmert und versucht gleichzeitig Zayns Schwanz umfasst zu halten.

Ich ficke sie hart und schnell in den Mund, bis ich für den Moment genug habe.

Sie sinkt keuchend zurück, als ich von ihr ablasse, und leckt sich über die Lippen.

Zayn schiebt mich beiseite und seinen Schwanz wieder in ihren willigen Mund. So geht es hin und her, bis ich so steinhart bin, dass mir sogar ihr zarter Mund nicht mehr reicht.

Ich will ganz von ihr umschlossen werden.

Ausgequetscht. Ich will sie spüren. So tief ficken, dass sie schreit.

Als Zayn sich stöhnend aus ihrem Mund zurückgezogen hat, biete ich Belle meine Hand an. Sie greift danach, lässt sich von mir in den Stand ziehen, und gerät direkt zwischen uns. Während Zayn von vorn ihre Brüste umfasst und ihren rechten Nippel mit dem Mund bearbeitet, dehne ich ihren Nacken und verschaffe mir Zugang zu ihrem Hals. Wir küssen sie, bis ihr Atem hektisch geht, dann wirbeln wir sie gemeinsam herum, sodass sie wieder auf dem Billardtisch Platz nehmen kann.

»Zeig uns deine Pussy, Dole«, befiehlt Zayn und starrt auf das Kleid, das alles verbirgt.

Amabelle ziert sich und spreizt nur zögerlich ihre Beine.

»Zeig sie uns, verdammt«, knurre ich.

Sie sieht sehr danach aus, als würde sie sich ein Augenrollen verkneifen, und spreizt ihre Beine so weit wie möglich, während sie ihr Kleid anhebt.

Gierig starren wir auf ihre nasse Öffnung. Da ich sie schon hatte, tritt Zayn vor. Belle lässt sich zurücksinken, als er seinen Schwanz vor ihrer Pussy positioniert. »Betteln, Babydoll«, schnurrt er.

»Ich werde dir die Scheißwaffe abnehmen und dich erschießen, wenn du mich nicht fickst!«

Zayn lacht laut, aber mir gefällt nicht, wie sie mit ihm spricht. Für den Moment lasse ich es ihr durchgehen. Sie hat schon einiges erdulden müssen. Aber das alles war erst der Anfang. Als Zayn sich mit einem tiefen Stoß in sie rammt, stöhnt sie lustvoll. Ich lasse ihm nicht viele Stöße, dann fasse ich an seine Schulter und er tritt zurück.

Genauso hart wie er zuvor schiebe ich mich in sie.

Belle starrt mich an, als hätte sie nicht damit gerechnet, dass wir so schnell wechseln. Zwei, drei Stöße, bevor ich anfange, sie zu stimulieren. Ich presse mich mit schnellen Bewegungen in sie, während ich ihre Klit streichle.

Ein Sturm baut sich in ihren Muskeln auf und Schweiß zieht sich über ihren gesamten Körper, als sie schließlich schreit. Kaum ist ihr Orgasmus verklungen, nehme ich wieder Abstand. Zayn macht genau dort weiter, wo ich aufgehört habe. Vielleicht ist er noch ein wenig schneller, noch ein wenig rauer. Er stemmt sich mit beiden Händen auf den Billardtisch und fickt sie dagegen, bis sie ein weiteres Mal die Kontrolle verliert und flehend wimmert, bevor er sie ganz kommen lässt.

»Komm mit«, raune ich und nicke Zayn zu. Wir helfen Belle auf, deren Kleid nur noch halb an ihr sitzt und führen sie zu der einzigen Couch im Raum. Ich öffne mein Hemd noch etwas weiter und Zayn tut es mir gleich, bevor er mir eine Kippe anbietet.

Wir setzen uns rauchend auf die Couch. Unsere Schwänze nackt und hart betrachten wir Belle, die unschlüssig vor uns steht.

»Tu dir keinen Zwang an«, biete ich ihr an und grinse schief.

Ein heftiges Beben geht durch ihren Körper, als sie sich mir nähert. Schweiß glänzt nun überall auf meinem Körper. Bevor sie mich ganz erreicht, greife ich an ihr Handgelenk und drehe sie um. Mit beiden Händen fasse ich in ihren Arsch, sodass sie vor Schmerz zusammenzuckt und hole sie vor meine Latte. Von unten stoße ich in sie, bis sie lustvoll stöhnt.

Mit festen Bewegungen reitet sie mich und ich knete ihr Hinterteil dabei. Ich achte darauf, dass es ein bisschen schmerzhaft für sie ist. Währenddessen steht Zayn wieder auf und tritt vor sie.

»Hi, Dole«, sagt er ironisch und fasst an ihre Brüste. Sie bewegt sich wild auf mir, weil ich von unten in sie stoße, aber er schafft es trotzdem, ihre Nippel mit den Händen zu stimulieren und zu zwirbeln. »Tut das weh, ja?«, fragt er genüsslich, als sich in ihr Stöhnen schmerzverzerrte Geräusche mischen.

»Ja, Gott!«, flucht sie, was ihn weitermachen lässt, während er zwischendurch an seiner Zigarette zieht.

Um es ihm gleichzutun, lasse ich das Tempo zurückgehen, umfasse von hinten ihre Hüfte und reibe gezielt an ihrer pulsierenden Klit, während ich mit der anderen Hand die Zigarette zum Mund führe.

Sie bewegt sich stöhnend auf mir, bis sie ein drittes Mal laut und hemmungslos kommt.

»Fuck, du bist so geil, Dole. So geil.«

»Du könntest sie Doll nennen. Dann erinnert mich dieses Scheißwort nicht immer an alle anderen Mädchen, die du so genannt hast.«

Zayn überlegt kurz. »Meinetwegen. Dann bist du ab jetzt nur noch meine kleine Babydoll.« Bevor Amabelle ihm sagen kann, wie sie das findet, beugt er sich nach vorn und küsst sie, während ich noch immer in ihr stecke.

»Zwei sind noch übrig.« Sein Grinsen ist schief. »Jetzt fick mich, Doll.«

Er setzt sich zurück auf das Sofa und ich schiebe Belle von mir herunter. Ihre Wangen sind mittlerweile dunkelrot verfärbt. *Warum schämst du dich, Darling? Steh dazu, dass du alles, was passiert, genau so willst.*

Bei Zayn angekommen lässt sie sich mit dem Gesicht in seine Richtung auf seinen Schoß gleiten. Ich nutze die Pause, um aufzurauchen, und sehe Belle dabei zu, wie sie langsam auf Zayns Schwanz sinkt. Etwas zwischen ihnen entsteht, eine Tiefe, die mir schon letztens am Strand aufgefallen ist, und die beiden nähern sich plötzlich, als würden sich ihre Lippen wie magisch anziehen.

Sie küssen sich leidenschaftlich, was ich witzig finde, weil sie ihn zuvor angeschrien und verflucht hat. Die beiden versinken komplett in ihrem Fick und verschmelzen zu einer Einheit, als sie das vierte Mal kommt.

Jetzt scheint ein Knoten bei ihr geplatzt zu sein. Der Knoten der hemmungslosen Lust. Sie küsst Zayn wild, nachdem sich ihre Ekstase gelegt hat, dann greift sie nach mir und zieht mich an meinem Hemd zu sich. Ich muss schmunzeln, bevor ihr Mund mich verschlingt.

Geschickt ziehe ich sie zu mir, sodass ich mich wieder entspannt setzen kann. Ihre Lippen suchen sehnsuchtsvoll nach meinen und sie stöhnt willenlos, als Zayn mit dem Kopf zwischen ihre Beine gleitet.

Er leckt sie, während ihre Lippen auf meinen liegen. Allmählich drücke ich ihren Kopf nach unten, sodass sie meinen Oberkörper küsst, mich liebkost und schließlich wieder meinen Schwanz umschließt.

Ich sehe, wie Zayn sich ihrem After widmet und genieße die Minuten, in denen er sie weitet und sie mir einen bläst. Sanft streichle ich über Belles Kopf. Sie ist wirklich eifrig dabei, dafür, dass sie angeblich nichts hiervon wollte.

Als sie zu mir aufsieht, erkenne ich in ihren Augen ein herausforderndes Strahlen. Während sie viermal kommt und sie zwei ficken kann, müssen wir sie uns teilen. Und das ist genau das, was sie will. Und was ich will.

»Ich hatte schon Sorge, du meintest den Scheiß ernst, dass du nie wieder mit den anderen ficken willst«, sage ich mit einem schiefen Lächeln.

Sie grinst nur, umschließt meine Latte fest mit ihrer Hand, um sie nicht nur mit ihrem Mund zu stimulieren, und stöhnt, als Zayn sich langsam in ihren Arsch vorschiebt. Es dauert noch eine ganze Weile, bis er sie zu ficken beginnt und ich Amabelles Kopf festhalten muss, damit sie nicht wegrutscht.

Wir rammen uns jeweils in sie, nehmen für diesen einen Moment keine Rücksicht und kommen fast zeitgleich.

Fuck.

Es fühlt sich so fucking gut an, in Belles Mund abzuspritzen. Zayn sieht aus, als wäre er einen Marathon gelaufen, als er sich langsam löst. Amabelle schluckt meinen Samen und bleibt ermattet auf dem Sofa liegen. Meine Hand gleitet zwischen ihre nassen Beine und ich reibe sie, so lange, bis sie wimmernd ein letztes Mal kommt.

Dann hauche ich ihr einen Kuss auf die Stirn.

»Wir sollten sie für immer behalten«, raune ich.

Zayn hat sich zurückgelehnt und beide Arme über

die Lehnen der Couch gelegt. »Meinetwegen«, sagt er noch immer etwas atemlos. »Aber nur, wenn ihr wieder normal werdet und sie wissen lasst, wo sie steht.«

Ich streiche durch Belles verschwitztes Haar, die selig vor sich hin lächelt. Sie trägt noch immer irgendwie das Kleid, das ich ihr gekauft habe. All die Pailletten schimmern wie Schmuck auf ihrer Haut.

»Glaubt, was ihr wollt«, murmelt sie. »Früher oder später wird jeder Einzelne von euch um Vergebung flehen. Ich weiß es. Ihr seid viel schwächer, als ihr glaubt.« Glücklich über ihre dämlichen Worte sinkt sie komplett in sich zusammen und schließt die Lider.

Zayn hat die Augen verdreht und sich eine weitere Kippe angesteckt. »Sie hat uns nicht mal richtig kennengelernt und glaubt schon, unsere Schwächen zu kennen. Die Arme.«

Mein rechter Mundwinkel zuckt. »Sie liebt nun mal die Lüge, Crescent. Was sollen wir dagegen tun?«

JAXON

Böse, böse, böse.

So kenne ich dich. Und so lieben wir dich.

Fragt sich nur, wie weit du gehen kannst, bevor die Bestrafung deutlich über das Versohlen deines zarten Hinterns hinausgeht. Warum habe ich plötzlich große Lust, das in Erfahrung zu bringen?

ZWEIUNDZWANZIG

MABLE

Ich fühle mich so verboten gut, dass ich es nicht einmal schaffe, Jaxon etwas zu entgegnen. Warum auch immer ich das dämliche Gefühl nicht loswerde, nicht nur begehrt zu werden.

Sondern irgendwie geliebt.

Ich weiß, dass das dumm ist, und mein glühender Hintern und meine wunde Pussy sprechen dafür, dass ich mich irre. Aber trotzdem werde ich zutiefst übermannt von einem sättigenden Gefühl der Zufriedenheit.

Zayn hat seine Hand auf mein Bein gelegt und Jaxon streichelt weiter durch mein Haar, und ich hoffe und bete in diesem Moment, dass sie niemals damit aufhören. Dass sie nicht von mir weichen. Dass ich für alle Zeit diese unfassbar intensive Verbindung, die jede Moral und jedes Werteverständnis sprengt, fühlen darf.

»Tu uns einen Gefallen und sei ehrlich, Belle.« Jaxons Stimme klingt gesättigt, als hätte er ein Festmahl hinter sich. Nur dass mein Körper dieses Mahl war.

»Ja?«

»War es dein erstes Mal?«

Ich ziehe meine Unterlippe zwischen die Zähne. »Mit Sylvian im Wald?«

»Mit uns«, schaltet Zayn sich ein.

»Warum wollt ihr das wissen?«

»Du hast dich verhalten wie eine Jungfrau«, säuselt Jaxon. »Nicht Sylvian gegenüber, wie es scheint. Aber gegenüber Crescent und auch mir ... Warum? War das ein Trick? Wolltest du, dass ich glaube, ich wäre der Erste für dich?«

Mir wird heiß, als ich daran zurückdenke, wie Jaxon und ich zum ersten Mal miteinander geschlafen haben. Während Reece und Sylvian dabei waren. »Nein, kein Trick.«

»Echt, Baby.« Zayn fährt mit seinen Fingern weiter geschmeidig über mein Bein. »Du hast dich da nie wirklich konkret ausgedrückt und ich glaube, für Jaxons Ego ist es wichtig zu wissen, dass einer der Kings der Erste war. Das wird ihm dann quasi noch mal einen Orgasmus bescheren oder so.«

Jaxon lacht rau. »Du bist nur eifersüchtig, Zayn. Du wärst gerne beim ersten Vierer dabei gewesen.«

»Vielleicht?«, entgegnet Zayn.

»Also, wenn ihr es genau wissen wollt ...«

»Bitte«, fleht Zayn ironisch.

»Ich habe Erfahrung«, gestehe ich. »Aber ich war vor euch noch nie ... mit Männern allein.«

Zayn reißt die Augen auf. »Du bist bi?«

Ich lache und schüttle den Kopf. »Wäre das gut oder schlecht?«

»Sie hat ›wäre‹ gesagt«, stößt Zayn erleichtert aus.

»Gerade von dir hätte ich nicht erwartet, dass es dich stören würde«, sagt Jaxon entspannt.

»Allein die Vorstellung, mit einer Frau konkurrieren

zu müssen, ist doch total abturnend. Wir würden ständig gegen sie abstinken und müssten anfangen, uns Mühe zu geben. Wie scheiße wäre das?«

Ich lache laut. »Und wenn ... *wir* uns alle eine zweite Frau teilen?«, frage ich lasziv.

»Tja, lass mich nachdenken.« Zayn legt spielerisch einen Finger ans Kinn. »Ich soll 'ne andere Pussy lecken, obwohl ich deine haben könnte? Nö.«

»Vorsicht, Crescent«, murmelt Jaxon gelöst, »das kommt fast einem Liebesgeständnis gleich.«

Zayn zuckt mit den Achseln und streichelt mich weiter.

»Ihr habt ja kein Problem mit eher schrägen sexuellen Vorlieben, oder?«

»Scheiße, Belle, was kommt jetzt?«

Ich mache es mir mit dem Kopf auf seinem Schoß etwas bequemer. »Es ist ewig her, dass ich eine ... ›Phase‹ hatte. Ich war dreizehn und meine wesentlich älteren Freundinnen haben mich in die Clubs nach Philly mitgenommen und nach den Partys waren wir hier und da bei ihren wesentlich älteren Freunden. In diesen Nächten habe ich so viel getrunken, dass ich mich kaum an sie erinnere. Alles, was ich noch weiß, ist, dass ich sehr oft dabei war, wenn sie miteinander gevögelt haben. Manchmal haben sie sogar Pornos gedreht. Das Problem war ... Auch wenn ich nicht mitgemacht habe, hat es mich fasziniert. Ich dachte, irgendetwas stimmt nicht mit mir, dass ich mit dreizehn ... Fantasien hatte, die völlig entgleist sind. Aber ich habe jede Gelegenheit genutzt, mit ihnen zu feiern. Ich habe für diese Nächte gelebt. Bis mich einer von den Kerlen angemacht hat.«

»Was hat er getan?«, fragt Zayn, als wäre er kurz davor, aufzuspringen, den Typen aufzuspüren und umzubringen.

Ich lache wieder. »Nichts! Er hat mich angemacht und ich habe gesagt, dass ich nicht will. Wirklich, ich war immer *sehr* betrunken, deswegen erinnere ich mich kaum an Details. Aber ich glaube, er hat kapiert, dass ich Männern nicht vertrauen konnte wegen meiner Mom und ihren Freiern. Also ... kam es dazu, dass meine Freundinnen mir Dinge gezeigt haben. Sie haben mir gezeigt, wie ich mich selbst befriedige. Insofern habe ich meine Jungfräulichkeit quasi an mich selbst verloren.«

»Das ist alles?«, fragt Zayn skeptisch. »Dir ist nie etwas passiert?«

»Doch. Es gibt eine Nacht, an die ich mich nicht erinnere, weil ich vermutlich irgendwelche Drogen genommen habe, an die ich mich auch nicht erinnere. Vielleicht hatte ich Sex. Vielleicht nicht. Keine Ahnung. Vielleicht hatte ich auch mit mehreren Typen Sex? Mit mehreren Frauen? Vielleicht habe ich Dinge getan, die ich nüchtern niemals getan hätte? Ich weiß es nicht. Aber ich habe Jahre gebraucht, um mit diesem Gefühl klarzukommen. Und dann habe ich irgendwann akzeptiert, dass es egal ist. Dass ich nicht meine gesamte Sexualität verleugnen muss, nur weil ich *glaube*, dass da mal etwas passiert sein *könnte*, das mir vielleicht sogar *gefallen* hat.«

»Und trotzdem hast du Reece quasi Sex angeboten?«, fragt Jaxon dunkel. »Trotz der schlechten Erfahrung, die du vielleicht gemacht hast. Obwohl Sylvian dich vor uns gewarnt hat. Obwohl wir einfach abgefuckte Wichser sind, hast du dich auf uns eingelassen?«

»Sehe ich so aus, als hätte ich jemals etwas davon bereut?«, frage ich ihn und dehne meinen Kopf nach hinten, um ihn ansehen zu können.

Er schüttelt rätselnd den Kopf. »Hattest du nie Angst, dass wir …«

»Doch. Mein Leben lang hatte ich Angst davor, dass Typen mich einfach nur benutzen würden. Bis mir klar geworden ist, dass man sich nicht benutzen lassen kann, wenn es einem gefällt. Nie, nicht ein einziges Mal bin ich auf die Idee gekommen, dass ihr mich benutzt hättet. Wie auch? Ich wollte alles davon. Ich … *will* das hier. Und klar, die Gefahr bestand, dass ihr mich vergewaltigen würdet. Aber … na ja … dafür müsstet ihr erst einmal etwas mit mir tun wollen, das ich nicht … insgeheim will.«

Die Männer schweigen und verständigen sich durch mehrdeutige Blicke.

»Gut, dann hätten wir das geklärt«, sagt Zayn. Seine Stimme klingt, als hätte er einige Mühe damit, sich zusammenzureißen. »Ich glaube, mir ist jetzt einiges klar geworden.«

»Sie benutzt uns«, raunt Jaxon.

»Was?«, frage ich ihn lachend.

»Du kleines dreckiges Luder benutzt *uns*. Scheiße, wie blind bin ich, dass mir das entgangen ist? Die ganze Zeit bilde ich mir ein, du wärst nur zu meinem Vergnügen in Kingston, Belle. Dabei ist es genau andersherum.«

»Wir sind erbärmlich.« Zayn schüttelt theatralisch den Kopf. »Sie hat uns einfach komplett ausgetrickst. Selbst wenn wir sie an unser Bett fesseln und nie wieder gehen lassen, wäre es noch so, dass sie das alles insgeheim geplant hat. Echt peinlich.«

»Ich kann nicht glücklich werden, wenn ich mir nicht einreden kann, ich würde eine Frau benutzen.« Jaxon klingt so herrlich selbstironisch, dass mein Herz zu flattern beginnt. »Ich brauche das. Belle. Wir vergessen dieses Gespräch wieder und tun so, als wärst du nicht verdorben auf die Welt gekommen. Wir brauchen dich als brave Jungfrau, die vor Angst zittert, wenn wir unseren Gürtel lösen. Anders wird das nicht funktionieren.«

»Definitiv nicht.« Zayn und er grinsen sich an und ich weiß nicht, wie ernst ich ihre Worte nehmen muss. Bevor ich weiter darüber nachdenken kann, hat Jaxon sich vorgebeugt. Er küsst mich von oben.

»Wir werden noch eine Menge Spaß miteinander haben, Belle.«

Das klingt gut. Viel zu gut. Und weil ich weiß, dass vieles, das geschehen ist, ein Spiel war, und all das Spanking, all der dunkle Sex auch ein Spiel waren, traue ich mich, es auszusprechen. Sie haben mich nicht wirklich bestraft. Sie haben getan, wonach ich mich insgeheim gesehnt habe. Und dass jemand meine innersten, tiefsten Gelüste endlich in voller Gänze kennt, versteht und befriedigt, lässt mich übermütig werden. »Was, wenn wir einfach gemeinsam zurückgehen?«

Zayns Hand verkrampft, als würde er sofort verstehen, wovon ich spreche, aber Jaxon streichelt meine Wange weiter.

»Wohin?«, fragt er.

»In den Saal. Wir. Zusammen. Quasi ... als Paar. Nur halt ... wir drei.«

Er hält mit seiner Hand inne und eine drückende Stille füllt den Raum. Doch bevor ich in seinem Gesicht lesen kann, ob ihn mein Gedankengang stört oder er wegen etwas anderem irritiert ist, wird plötzlich die Tür aufgestoßen.

Ich richte mich auf, als Reece und Sylvian den Raum betreten. Schnell bedecke ich mich, als hätten die beiden mich noch nie nackt gesehen.

»Was zur Hölle tut ihr hier?«, herrscht Reece und starrt seinen Bruder nieder. »Es stinkt bestialisch nach Sex. Habt ihr sie wirklich *hier drin* gefickt, während nicht mal die Türen abgeschlossen waren?«

»Was stört dich daran, Bruder?«, fragt Zayn abschätzig. Er und Jaxon haben mittlerweile ihre Hosen geschlossen.

»Was mich daran stört?«, fragt Reece. »Hast du ihr wenigstens dieses Mal gesagt, wer du bist?«

»Was tut *ihr* hier?«, fragt Jaxon. Er klingt misstrauisch. »Ihr hättet heute Abend nicht mehr auftauchen dürfen.«

»Ich glaube, ihr seid uns eher eine Antwort auf diese Frage schuldig«, schnalzt Reece und positioniert sich mit herausforderndem Blick neben seinem Bruder. »Geht es dir gut, Mable?«

Ich zucke zusammen, als er mich anspricht.

»Ah, sie fragst du das?«, beschwert sich Zayn, aber jeder ignoriert ihn.

Alle Augen liegen auf mir.

»Sie haben dich nicht gezwungen, oder?«, fragt Reece.

»Nein!«, fauche ich ihn an. »Tu nicht so, als würde dich das interessieren. Wo ist Clarisse, hm?«

Er schnaubt. Die Zwillinge gleichen sich bis ins letzte Detail ihres Äußerlichen, aber wenn sie vor mir stehen, kann ich sie unterscheiden. Ich weiß nicht, wie es funktioniert. Ich könnte ihre jeweiligen Unterschiede kaum jemandem beschreiben. Es sind die feinen Nuancen in ihrem Auftreten, die sie für mich unverwechselbar machen. »Hat Zayn dir nicht gesagt, dass das Ganze mit Clarisse *seine* Idee und ich selbst bis gestern in New York war, bevor er dich in den Arsch gefickt hat?«

»Was?«, frage ich fassungslos und wende mich an Zayn. Dieser betrachtet gelangweilt seine Fingernägel und scheint vollkommen desinteressiert.

»Ich war bis gestern in New York«, wiederholt Reece trocken. »Zayn hat vorgegeben, ich zu sein. *Mehrmals.*«

»Auch die ganze Sache mit Clarisse und das Niedermachen auf dem Gang?«, frage ich fassungslos und starre Zayn an. »Warum sollte er das tun? Warum solltest du das zulassen, Reece?«

»Tja, ich war nicht hier und wusste nichts davon«, entgegnet Reece. »Aber warum sollte Zayn sich vor dir erklären, bevor er dich fickt, hm?«

»Zayn, stimmt das?«

»Und wenn?«, fragt er mich gereizt.

Wieder einmal wird mein Kopf von den Zwillingen vollkommen durcheinandergebracht. Wen muss ich nun hassen? Zayn oder Reece? Beide? Niemanden? »Du hast mich vor aller Augen vorgeführt! Ich dachte, Reece würde mich hassen! Du warst ... du warst ein ekliges Arschloch, Zayn! Warum stehst du nicht wenigstens dazu?«

Reece verzieht die Lippen. »Warum sollte er? Ich hatte ihm die Gelegenheit gelassen, es dir zu sagen. Aber ... Es ist viel praktischer, wenn du denkst, ich wäre das Arschloch. Dann drängst du dich nicht zwischen uns.«

»Darum geht es nicht!«, zischt Zayn und funkelt seinen Bruder wütend an. »Sie«, er zeigt demonstrativ mit einem Finger auf mich, »hat es provoziert! Sie wollte, dass ich sie vor allen fertigmache! Sie hat im Flur so lange auf mich eingeredet, bis ich geplatzt bin! Alles klar?! Es war überhaupt nicht meine Absicht, dass *du* sie vorführst.«

Es fröstelt mich, weil Zayn es offen zugibt. Er hat sich als Reece ausgegeben und ich habe jedes einzelne Wort von ihm geschluckt.

»*Ich* sie vorführe?«, fragt Reece spöttisch. »Du meinst *dich,* der es nicht lassen kann, *ich* zu spielen?«

»Wer auch immer.«

»Und was war *eigentlich* deine Absicht hinter dem Ganzen, liebster Bruder?«

»Genug.« Jaxon steht auf und stellt sich Reece und Sylvian entgegen. »Du hast mich verraten, Reece. Ich glaube, du bist der Einzige, der sich heute Nacht erklären muss.«

Reece sieht so wütend aus, wie ich ihn noch nie zuvor erlebt habe und macht demonstrativ einen Schritt auf Jaxon zu. »Du. Du und mein Bruder, ihr habt unfair gespielt und wolltet Mable dazu bringen, dass sie ihr Studium für eine lächerliche Heirat aufgibt. Ihr wolltet ihr alles nehmen.«

»Ja, verdammt!«, ruft Zayn zu ihm hoch. »Wir nehmen der armen Mable alles, indem sie Jaxon Tyrell heiratet. Einen der begehrtesten Erben des Landes. Das ist total logisch, Bro!«

»Und wozu ist das nötig, wenn es dabei nicht nur um Jaxons Ego und deinen Hass geht?«, fragt Reece schroff.

»Weil es der fucking Zirkel so will!«, ruft Zayn. »Weil der fucking Zirkel sonst Jaxon nicht aufnehmen wird. Weil der fucking Zirkel sonst verrät, wer ich bin, klar?! Also piss dich nicht ein, Bro. Jaxon hätte ihr ordentlich Kohle in den Arsch geschoben, dafür, dass wir anderen einfach weitermachen können wie bisher. Ich habe an uns *alle* gedacht. Nicht nur an das dämliche Schachspiel und Dolls dämliche Entscheidung.«

Ein Kribbeln durchjagt mich, weil er es tatsächlich schafft, das lang gezogene Wort ›Dole‹ in ›Doll‹, die Puppe abzuändern.

Bevor Reece zu einem Widerwort ansetzen kann, hat sich Sylvian vor ihn geschoben. »Sag das noch mal.«

»Was noch mal?«, fragt Zayn ihn kalt.

»Der Zirkel verrät, wer du bist, wenn Mable weiter studiert?«, wiederholt Sylvian. »Wie kommst du darauf?«

»Äh«, macht Zayn gespielt verwirrt, »die haben es mir gesagt?«

»Die?«

»So'n Typ. Sieht aus wie ein Investment Broker von der Wallstreet. Groß. Äh. Besser kann ich ihn nicht beschreiben.«

»Bitte?«, fragt Reece.

»Der Zirkel ist auf dich zugekommen?« Jaxon verengt die Augen. »Alter, fuck, und du erzählst nicht einmal *Reece* davon?«

»Du erzählst ja auch niemandem irgendwas.« Zayn verschränkt abschätzig die Arme vor der Brust. »Hab dich halt als Vorbild, Jax.«

»Was hast du mir noch alles verschwiegen?!«, schreit Reece und plötzlich eskaliert die Situation. Er stürzt sich auf seinen Bruder, der auf dem Sofa sitzt. Sylvian versucht, Reece zurückzuhalten, was diesen dazu bringt, sich mit voller Kraft gegen Sylvian zu wehren. Auch Jaxon mischt sich ein und für ein paar Millisekunden, sieht es so aus, als würden die Kings sich komplett auseinanderreißen. Die Vorwürfe, die sie sich gegenseitig ins Gesicht brüllen, kommen so durcheinander, dass ich keinen einzigen davon verstehe.

Bis ich allein daran, wie oft mein Name in den verschiedenen Varianten fällt – ›Amabelle‹, ›Mable‹, ›Belle‹ und das neue ›Doll‹ – erkenne, dass es um mich gehen muss.

Dass sie sich meinetwegen schubsen und anbrüllen und völlig eskalieren.

»Könnt ihr bitte aufhören, euch um mich zu streiten?«, rufe ich.

Es ist beeindruckend, wie schlagartig alle vier still werden und sich mir zuwenden.

»Niemand streitet gerade um dich«, lügt Reece. Seine Stirn ist feucht, sein perfekter Anzug unordentlich verrutscht und seine Hände zu Fäusten geballt.

»Es klingt so. Und bevor ihr weitermacht, sollte ich euch vielleicht mitteilen, dass ich mich nie entscheiden wollte, es nur gezwungenermaßen getan habe, ich jeden von euch auf seine Art liebe und im Grunde völlig am Arsch bin, weil ich mir nicht vorstellen kann, dass ich auch nur über einen von euch hinwegkommen würde, wenn er mit irgendeiner anderen Frau zusammen ist. Ihr seht aus, als könntet ihr diese Information gerade vertragen. Auch wenn Zayn sagen wird, dass es hierbei nur um … irgendein Aufmerksamkeitssyndrom meinerseits geht oder so.«

Die Kings starren mich an und für eine geschlagene Minute sagt niemand von ihnen ein Wort.

»Gut«, sagt ausgerechnet Jaxon. Zayn richtet seinen Anzug, Sylvian streicht sich durchs schwarze Haar und Reece blickt mich ungewohnt dunkel an. »Wer will sich das Feuerwerk ansehen?«

»Gute Idee«, entgegnet Zayn.

»Reece?«, fragt Sylvian.

Reece betrachtet mich so intensiv, dass meine Wangen heiß werden. »Sicher, dass ich es machen soll und nicht du?«

»Wir haben das besprochen«, raunt Sylvian.

Reece räuspert sich, dann tritt er vor und bietet mir den Arm an. »Wir gehen zurück.«

»Aber …«

Sylvian verdreht die Augen, schiebt Reece zur Seite und fasst nach meinem Handgelenk. Damit zieht er mich ruckartig an sich. Er sieht fantastisch aus, mit seinem Anzug, dem schwarzen Haar, dem leichten Bartschatten, den vielen Ringen an seinen Fingern. Und doch nehme ich allein seine Augen wahr. Nehme wahr, wie das Grün darin mich verschlingt. »Du wirst *tun*, was er sagt. Du wirst ihm *blind* vertrauen. Du stellst *nichts infrage*, was gleich geschehen wird. Du *spielst* mit. Wenn du auch nur darüber *nachdenkst*, dich zu sträuben, werde ich dich packen, mitschleifen, in ein Verlies sperren und auf diese Art dafür sorgen, dass du sicher bist. Oder du gehst mit Reece. Das sind die zwei Optionen. Welche wählst du?«

»Wenn du sie so fragst, wird sie das Verlies nehmen«, wirft Zayn zynisch ein.

»Dich hat niemand gefragt«, zischt Sylvian, ohne sich zu ihm umzudrehen. »Baby.«

»Okay, ich gehe mit Reece mit«, murmle ich leise.

»Sehr schön.« Sylvian lächelt schmal und lässt mich los.

Mein Blick huscht zu Jaxon. Er blickt ausdruckslos zurück. Einzig in seinen Augen erkenne ich, dass es innerlich in ihm stürmt.

»Darf ich bitten?«

Schluckend hake ich mich bei Reece ein. Er führt mich zur Tür, aber ich kann nicht anders, als mich mehrmals zu den Kings umzudrehen. Weil es Sylvian war, der mich dazu gebracht hat, mit Reece mitzugehen, wage ich nicht, darauf zu bestehen, Antworten zu bekommen. Das ist meine Sylvian-Schwäche. Sein Befehl, mein Körper gehorcht. Von Anfang an.

Kurz vor der Tür hält Reece inne und atmet tief durch. Die Kings sind bereits in ein leises Gespräch miteinander versunken. Ein glühender Stich in meinem Herz stellt fest, dass ich es liebe, sie so zu sehen. Zusammen. Verschworen. Wie eine Einheit.

»Lass mich dich ansehen«, murmelt er und streicht mit den Fingern über mein Kleid. »So können wir unmöglich da rausgehen.«

»Wie sehe ich aus?«

»Wie von zwei Kings durchgefickt.«

Ich schmunzle, doch er bleibt ernst, als er wieder nach meiner Hand greift und meine Hand in seine Armbeuge legt. Als wir den Herrensalon verlassen, kommt es mir so vor, als würde ich ins absolute Ungewisse treten.

Was haben die Kings und Reece vor?

DREIUNDZWANZIG

JAXON

»Okay, *was* hat das alles zu bedeuten?«, frage ich Sylvian. Daran, wie dunkel das Grün seiner Augen ist, erkenne ich, dass irgendetwas verdammt falsch gelaufen ist. Nun, damit könnte er zwar auch einfach nur meinen, dass ich nicht im Zirkel aufgenommen worden bin, aber … es scheint mehr dahinterzustecken.

»Wir müssen reden«, beginnt er unheilschwanger. »Über … *alles*.«

Ich werfe Zayn einen Blick zu.

»Er kann bleiben«, sagt Sylvian. »Reece weiß sowieso Bescheid.«

»Was für ein ›Alles‹ meinst du?«, frage ich.

»Na ja …« Sylvian lächelt ironisch. »Den ganzen Scheiß, den du mir verschwiegen hast. Als wäre ich ein Kind, dem man die Wahrheit verschweigt, um es zu beschützen. Du warst nie ehrlich zu mir.«

Ich mahle mit dem Kiefer. »Vielleicht hatte ich Angst, dass du nicht mitmachen würdest, wenn du mich wirklich von Grund auf kennst.«

Zayn schnaubt. »Die ehrlichsten Worte, die ich jemals von dir gehört habe, Tyrell.«

Sylvian wendet sich ihm zu. »Okay, Crescent. Du darfst zuhören und du darfst deine Klappe halten.«

»Meinetwegen«, entgegnet er augenrollend.

»Ich verstehe deine Angst, Tyrell«, sagt Sylvian. »Und sicher, ich hätte nicht mitgemacht, hätte ich gewusst, wie krank und verlogen du wirklich bist. Dass du bereit bist, nicht nur einen Teil, sondern *alles* vor mir zu verbergen. Romeo ist ein Spitzel des Zirkels und du hast es mir nicht gesagt. Du nimmst von Beginn an Instruktionen des Zirkels entgegen und hast es uns nicht gesagt. Waren wir jemals Freunde? Oder war ich nur die *Idee* eines Freundes?«

»Natürlich sind wir Freunde«, presse ich hervor.

»Ja? Beweis es.«

Ich starre ihn an. »Wie ...«

»Während du damit beschäftigt warst, gegen deinen Vater anzukämpfen, hast du eine Sache übersehen. Du hast übersehen, dass mehr hinter seinem Plan steckt. Das Stipendiatenprogramm war nur vorgeschoben, um etwas ganz anderes zu erreichen. Und ich habe schon vor Jahren herausgefunden, was es ist. Ich wusste es. Die ganze Zeit. Wenn du mein Freund bist, wirst du verstehen, warum ich schwieg, und mir verzeihen. Wie ich dir verzeihe.«

»Was habe ich übersehen?«, frage ich tonlos, doch meine Brust fühlt sich an, als würde jemand Ketten darumlegen und sie langsam enger ziehen.

Sylvian beugt sich vor. Er sagt nur wenige Worte und sie sind so ultimativ niederschmetternd, dass ich ihm nicht glauben kann. Es nicht will. Noch nie habe ich so sehr gehofft, die Wahrheit wäre eine Lüge, wie jetzt gerade.

Ich bringe keinen Ton hervor, als Sylvian sich wieder entfernt und mir ausdruckslos entgegenblickt.

Meine Finger zucken verräterisch. Mein Kopf explodiert. Wenn ich Sylvian ausschalte und Zayn überwältige, kann ich mir von ihm die Waffe und das Magazin erkämpfen. Die Waffe, die ich jetzt brauche.

Nur wen soll ich erschießen?

Ich hatte meine Gelegenheit und ich habe sie verstreichen lassen.

Ich hätte Belle töten müssen.

»Warum hast du es mir nicht gesagt?«, frage ich ohne Stimme, während alles in mir zusammenbricht. Meine Kings. Meine Ziele. Mein Leben. Scheiße. Reece' Verrat ist nichts gegen Sylvians Lüge. Ich habe vertraut. Ich habe vertraut und es war der größte Fehler meines Lebens. »Wieso hast du zugelassen, dass sie überhaupt nach Kingston kommt? Warum, Sylvian?!«

»Weil ich sie liebe, Jaxon.« Das Grün in seinen Augen wird matt. »Ich liebe sie.«

Allein um ihm etwas zurückzuzahlen, sollte ich seiner ›großen Liebe‹ den Hals umdrehen. Verficktes Arschloch. Sein jämmerliches Liebesgesülze hat mich *alles* gekostet. »Wenn du sie liebst«, frage ich leise. »Warum hast du dann zugelassen, dass ich sie ficke? Ich meine … *ich* habe *sie* gefickt. Weit kann deine Liebe nicht reichen, wenn du dabei tatenlos zugesehen hast, obwohl du die ganze Zeit wusstest, wer sie ist.«

»Nun ja … ich bin und bleibe ein King, oder? Moral ist eher ein Fremdwort für mich.«

Ich lache hart, ohne amüsiert zu sein.

»Wartet ... heißt das ...« Zayn scheint auf einer tierisch langen Leitung zu stehen, dann verzieht er das Gesicht. »Öäh.«

»Und Reece?«, herrsche ich Sylvian an. »Was hat er gerade mit Amabelle vor? Wo bringt er sie hin? Versucht ihr, sie vor mir zu beschützen? Ihr entscheidet euch alle *für sie* und *gegen mich?*«

»Nein«, raunt Sylvian, der einmal mein bester Freund war und sich als der größte Verräter überhaupt entpuppt hat. »Wir entscheiden uns weder für sie noch für dich. Wir tun das, was du tun würdest, wärest du in unserer Lage. Wir versuchen, euch beide zu retten.«

»Zu retten«, wiederhole ich spöttisch. »Verschwindet.«

»Was?«, fragt Sylvian.

»Geht mir aus den Augen. Verzieht euch!« Ich blicke sie nacheinander kalt an. »Verschwindet!«, brülle ich sie an und beide weichen zurück. »Ihr werdet alles bereuen, was ihr heute Nacht zugelassen habt. *Jeden einzelnen Moment.* Ihr seid *nichts* ohne mich. Und Amabelle wird niemals *euch* ohne *mich* wollen. Das ist die hässliche Wahrheit, die *ihr* nicht sehen wollt!«

Sylvian wirft Zayn einen zweifelnden Blick zu, aber dann ziehen sie sich zurück. Vielleicht, weil sie wissen, dass ihnen nichts als Flucht bleibt.

Ihnen bleibt *nichts*.

Denn ich bin ein König. Diese Universität wurde von meinem Urahnen gegründet. Ich *bin* diese Universität. Selbst der Zirkel überschätzt seine Macht, wenn es darum geht, was ein Einzelner erreichen kann. Wenn ich nichts mehr zu verlieren habe, kann ich *alles* gewinnen.

Während ich dort stehe, vor der Couch, auf der ich

Amabelle gefickt habe, spüre ich all den Zorn wie einen Tornado durch mich hindurchpeitschen.

Mir wird klar, dass es das größte Geschenk ist, endlich durchschaut zu haben, wie meine Freunde in Wahrheit zu mir stehen. Und zu wem Amabelle in Wahrheit steht.

Ich brauche keine Königin.

Ich brauche eine *Waffe*.

Ich brauche keine anderen Könige.

Ich brauche eine *Armee*.

VIERUNDZWANZIG

ROMEO

Es war alles ein Plan. Jeder einzelne Moment meiner Zeit in Kingston. Auch davor, in der Highschool. Der Plan, den Jaxon Tyrell mit mir geschmiedet hat.

Den einen, ultimativen Plan.

Ich stehe vor Eleanore, die ich selbst hierhergeschafft habe. Ich habe sie hergeholt, habe sie auf den Stuhl gesetzt und gefesselt. Das habe ich den anderen Kings natürlich nicht gesagt. Das hat sie auch überhaupt nicht zu interessieren.

Denn als ich heute Abend vor ihr stand, kam alles über mich, was dieses Mädchen für uns bedeutet hat. Wie wir sie vernichten wollten, weil wir glaubten, sie wäre Samuel Tyrells wahre Tochter.

Wir glaubten, sie wäre ein Problem für Jaxons Platz im Zirkel, wenn sie genauso wie er Bestnoten erreicht hätte. Denn in einem solchen Fall hätte der Zirkel seinen Platz vielleicht an Eleanore vergeben, da immer der Beste unter Geschwistern gewählt wird. Aber Eleanore ist nicht seine Schwester. Leider bekamen wir das zu spät heraus. Obwohl wir sie zerstören wollten, blieb sie stark.

Ein bisschen wie Mable, nur auf eine andere, wesentlich selbstzerstörerischere Art. Man konnte ihr kaum etwas anhaben, sie schien unbrechbar, spürte keinen Schmerz. Weil sie sich selbst ständig welchen zugefügt hat.

Sie war ein Psycho.

Ich habe sie von Anfang an gehasst. Seitdem ich weiß, dass sie irgendeine unbedeutende Person ist, deren Mutter nicht mal in die Nähe von Samuel Tyrells Samenerguss gekommen ist, hasse ich sie noch mehr.

Und daher wollte ich sie töten. Ich hatte mich darauf *gefreut*. Ich wusste, dass der Zirkel etwas in der Art von uns verlangen würde, und ich wollte es *unbedingt tun*.

Aber jemand kam mir zuvor.

Irgendein Fan von Chucky, der Mörderpuppe.

Ich starre auf das Puppengesicht und den Schriftzug ›Keine Sünden‹. Scheiße! Ich will nicht länger *sündenfrei* sein.

»Wenn wir herausfinden wollen, ob irgendwo an ihrem Körper Wanzen versteckt sind, müssen wir sie auseinandernehmen«, merkt Buchanan an.

Ich kräusle angewidert die Lippen. »Nur zu.«

»Du wirst mir helfen.« Vance klingt, als würde er mir etwas befehlen wollen. Und erst will ich ihm sagen, dass er zu weit geht und *ich* die Befehle gebe.

Aber dann schüttle ich dieses Gefühl ab. Ich muss ihm zugutehalten, dass er loyal ist. Sehr loyal. Zwar nicht über alle Grenzen hinaus, aber loyaler als Reece Crescent allemal. Und er ist jetzt einer von uns.

Wenn ich Reece' Verrat toleriere, dann auch Buchanan, richtig? Es ist praktischer, ihn zu akzeptieren. Denn

Jaxon Tyrell hat mich eine Sache gelehrt: Es braucht Freunde.

Und es reicht nicht, nur vorzugeben, einer zu sein. Also trete ich auf Eleanore zu und helfe Vance dabei, die Leiche an allen möglichen Stellen zu untersuchen.

Dabei denke ich daran zurück, wie ich zu den Kings kam. Was wäre ich heute, wenn ich nicht Teil von ihnen wäre?

Ich weiß noch, wie ich dasaß. In der verfickten Kantine meiner Prep School, und jeder wie immer Abstand von mir hielt. Nicht, weil ich ein Außenseiter war. Ich wollte einer sein. Ich wollte, dass mir niemand zu nahe kam und niemand mein Geheimnis herausfand. Mein Geheimnis, das Sylvian die ganze Zeit durchschaut hat, ohne dass ich es wusste!

War es zu offensichtlich?

Habe ich mir einen Fehler erlaubt?

Was habe ich getan, das ihn vermuten lässt, ich würde Jaxon ... lieben?

Ich will diese Silben nicht einmal *denken. Liebe* ist das falsche Wort. Ein Mann liebt keinen anderen Mann. Ein Mann hat keine kranken Fantasien. Ein Mann fühlt nicht, was Sylvian denkt, das ich fühle. Ich nenne es ... nicht Liebe. Ich nenne es einen Plan.

Jaxon Tyrell kam damals auf meinen Tisch zu und setzte sich zwinkernd zu mir. Vielleicht habe ich geglaubt, er hätte mich durchschaut. Dass er dachte, ich wäre schwul. Vielleicht war da dieser eine Funke, dieses eine Scheißgefühl, ich wäre in mir selbst doch nicht kaputt, weil es jemanden gibt, der genauso ist.

Er wollte mein Freund sein. Jaxon Tyrell, *der* Musterschüler, der alle Mädchen der Schule um sich geschart hat, *der* bekannteste Erbe, von dem alle wussten, wie sein Leben verlaufen würde. Er setzte sich zu mir und sagte: »Du bist Romeo, stimmt's?«

»Ja«, entgegnete ich schroff, denn das war es, was ich tat. Ich hielt jeden auf Abstand. Ich massakrierte Leute, wenn sie nicht genug Abstand hielten. Kam mir jemand zu nahe, tat ich ihm weh. Simpel. Effizient. Ich war klug genug, dass es niemand mitbekam, und mein Vater war einflussreich genug, dass ich mir keine Gedanken machen musste, von der Schule zu fliegen. Außerdem waren meine Noten ebenfalls gut. Die Lehrer waren so dumm, dass sie glaubten, *ich* wäre das Opfer. Der arme, schweigsame Streber, den niemand mag. Es hat mir schon immer Spaß gemacht, die Leute im falschen Glauben über mich zu lassen. »Und du bist Jaxon Tyrell.«

»Richtig«, antwortete er und strahlte breit. »Wir sollten Freunde sein.«

»Freunde?«, fragte ich zynisch, ließ mir nicht anmerken, wie etwas in mir auf ihn reagierte, das nicht auf ihn reagieren durfte. »Ich habe keine Freunde.«

»Ich weiß. Ich finde, ich sollte das ändern.«

»Warum?«, fragte ich trocken. »Weißt du nicht, wer ich bin? Und was ich tue, wenn man mich nervt?«

Jaxon beugte sich vor. Seine blauen Augen waren fest auf meine gerichtet und seine vollen Lippen schief verzogen. »Du und ich sind Erben des Zirkels«, raunte er.

»So wie die Hälfte des Raums«, entgegnete ich teilnahmslos.

»Ja, aber der Zirkel nimmt nur die *Besten*. Du bist intelligent genug, um es zu schaffen.«

Das stimmte. Die meisten Schüler an der Crestmore Academy hatten Eltern, die die einflussreichsten Positionen Amerikas besetzten und sie an ihre Kinder vererben würden, wenn diese sich für eine Aufnahme im *Zirkel* eigneten. Nur die besten Schüler und Collegeabsolventen wurden genommen, um zu gewährleisten, dass der Zirkel keine Idioten in seine Reihen lässt. Von dem *Zirkel* hat mir mein Vater erzählt. Und weil er selbst aktives Mitglied ist und es beim Zirkel darum geht, *zusammenzuarbeiten*, wusste ich früh, dass ich kein Teil davon werden wollte. Ich war Einzelgänger.

»Und warum sollte ich es *schaffen* wollen?«, fragte ich desinteressiert.

»Ich brauche jemanden, dem man abkauft, dass er mich hintergehen wird.«

»Wie bitte?«, fragte ich verstört.

»Ich brauche einen Freund mit einem so schäbigen Ruf, dass alle Welt glaubt, er würde mich locker hintergehen. Dieser Freund wird mein Schatten. Er wird alles tun, was ich tue, und alles sehen, was ich sehe. Und wenn jemand ... ihn ganz zufällig ... fragen sollte ... ob er etwas über mich weiß ... zum Beispiel der Zirkel ... wird dieser Freund für mich lügen.«

Alles in mir hatte sich verkrampft. Mir war nicht mal ansatzweise das Ausmaß seines Angebots klar. »Was genau soll das heißen?«

»Ich weiß, dass der Zirkel mich bespitzeln will, sobald ich in Kingston mit dem Studium beginne«, Jaxon beugte sich weiter vor, »vielleicht wegen meines Vaters, vielleicht auch einfach so. Vielleicht will es auch meine Mom. Oder vielleicht machen sie das bei jedem, der das Potenzial hat, aufgenommen zu werden. Und ich habe keinen Bock, dass ich bespitzelt werde, klar? Also suche ich einen ... Freund. Jemanden, von dem ich *weiß*, dass der Zirkel auf ihn zukommen wird, weil er sich als Spion eignet. Du bist ein kleines, hässliches Arschloch, das kurz davor war, Constance in der Umkleide zu erwürgen, weil sie es gewagt hat, dich anzumachen. Du hasst Menschen und irgendetwas ist gewaltig falsch in deinem Kopf. Ich denke, – korrigiere mich, falls ich falsch liege – dass *du* auch einen Freund brauchst, oder?«

»Warum sollte ich dir vertrauen?«

»Vertrauen?«, wiederholte Jaxon lachend. »Alter, du musst mir nicht *vertrauen.* Du wirst *ich.* Nur dann kann ich nämlich *dir* vertrauen. Dein Highschool Leben verlief bisher erbärmlich. Ich werde dich ab sofort mitnehmen. Reece Crescent wird dafür sorgen, dass du überall akzeptiert wirst.«

Ich zuckte zusammen. Allein die Vorstellung, mit den beliebtesten Kids an der Schule abzuhängen, weckte Übelkeit in meinem Magen. Ich konnte mit all der Oberflächlichkeit nicht umgehen. Es ging immer nur um Partys, Drogen und Sex. Es gab nie eine Antwort. Eine Antwort auf die Frage, warum die Welt so fucking scheiße ist und niemand etwas dagegen tut, zum Beispiel.

»Reece Crescent ist wie wir«, beschwor er mich.

»Wie sind wir denn?«, fragte ich dümmlich.

»Verdammt krank im Kopf.« Er hielt mir die Hand hin. Zwei Ringe zierten seine Finger. »Du solltest einschlagen. Die nächsten Jahre gehören *uns.*«

»Was genau ... meint ihr mit ›krank‹?«, fragte ich zögerlich. Ging es ihnen ... vielleicht wie mir? Mussten sie auch jeden Tag eine Art kranken Impuls in sich unterdrücken, der nicht in das Gehirn eines Mannes gehört?

»Ich meine damit, dass Reece und ich dieselben Mädchen ficken und sie nicht wissen, dass wir es wissen.

Sie glauben, sie würden den einen von uns mit dem anderen betrügen und andersherum. Ab und an lassen wir die Wahrheit ans Licht kommen und brechen ihre kleinen, verlogenen Herzen.«

»Ah«, entgegnete ich nur.

»Du musst nicht mitmachen.«

Ich hob eine Braue. »Weil mich eh keine will?«

»Dich keine will? Wie kommst du darauf? Ich bringe dir bei, wie dich *jede* will. Nein, ich meine nur, wir suchen keinen Freak, der sich mit uns die Mädchen teilt. Wir suchen einen Freund. Willst du einer sein, Romeo?«

JAXON

Im Krieg und in der Liebe gibt es keine Regeln, nicht wahr, Belle? Kleiner Spoiler: Wir haben Krieg.

FÜNFUNDZWANZIG

MABLE

Reece richtet vor dem Waschtisch seinen Anzug, bindet seine Krawatte neu. Ich versuche, meine Haare zu einem strengen Zopf zu flechten, damit ich nicht mehr aussehe, als hätte jemand mich durch den Fleischwolf gedreht. Wir schweigen. Das Boudoir ist eigentlich für Frauen gedacht, die sich zurechtmachen wollen. Es ist größer als mein Wohnheimzimmer und liegt im hintersten Bereich des Schlosses, sodass uns niemand stören wird, bis wir fertig sind.

Schließlich sieht Reece mich über den Spiegel hinweg an. Die letzten Wochen habe ich geglaubt, ich könne ihn und Zayn nicht unterscheiden. Was daran lag, dass Zayn sich als Reece verstellt und mich damit komplett verwirrt hat. Aber im Vergleich sind sie doch unterschiedlich.

Nicht zuletzt, weil ich mich in Reece' Anwesenheit ganz anders fühle. Etwas mehr aufgehoben. Sicherer.

»Nimm das«, sagt er und nickt zu dem Körbchen, in dem ein paar Kosmetikutensilien und ein Parfumflakon liegen. »Vielleicht hörst du dann auf, nach meinem Bruder zu riechen.«

Sofort werde ich knallrot und greife nach dem Fläschchen. Gerade als ich mich damit einsprühen will, tritt er neben mich und hält meine Hand fest. Er legt seine Finger über den Flakon und nähert sich mit seiner Nasenspitze meinem Hals. Als würde seine Anwesenheit allein ausreichen, dass ich tief entspanne, schließe ich die Augen und wünsche mich an einen Ort, der nicht mehr von Unsicherheiten geprägt ist. Reece und Zayn, die mich umgeben, während Reece die heimliche Oberhand behält, und Zayn für den Kick sorgt.

Reece bewegt seine Nase meinen Hals entlang, wodurch sich an meinem gesamten Körper die Härchen aufstellen. »Du stinkst bestialisch nach Sex.«

Ich schlucke hart. Warum zur Hölle ist mir das schon wieder unangenehm? Wieso fühle ich mich ständig ertappt und verurteilt? Bevor ich etwas entgegnen kann, schnellt seine Hand vor. Er umschließt so hart und fest meinen Hals, dass ich keuche.

»Warum ist deine eine Wange röter als die andere?«

»Zayn hat mich geschlagen«, wispere ich schüchtern.

»Und dir hat das gefallen?«

»Nein!«

»Wieso fickst du ihn dann?«

»Okay, hat es! Irgendwie! Ich bin komisch, okay?«

Anspannung verhärtet seinen Körper wie auskühlendes Eisen. Plötzlich schließt er die Augen und atmet tief und kontrolliert ein. »Hast du wirklich mit Zayn *und* Jaxon geschlafen?«

Mir steigt die Hitze in die Wangen. »Wonach sah es denn aus?«

Ein Beben geht durch Reece' Körper. Erregt ihn

diese Vorstellung? Oder verärgert sie ihn? »Ich dachte, Jaxon würde dich nie wieder anrühren.«

»Wegen Vance?«

»Auch.«

»Weswegen noch?«

»Weil du dich nicht für ihn, sondern für Kingston entschieden hast.«

»War das dein Plan? Wolltest du uns auseinanderbringen?«

»Nein. Ich wollte das *Beste* für dich.«

»Okay, ich habe das Beste bekommen. Ich habe mich für Jaxon entschieden *und* für Kingston.«

Reece lacht und lockert seinen Griff um meinen Hals. Dass er so dominant zufassen würde, hätte ich nicht gedacht. Aber ... es gefällt mir. Natürlich. Ich scheine dominanten Mistkerlen einfach nicht widerstehen zu können. »Warum er?«, fragt er plötzlich.

Ich schlage die Augen auf. »Jaxon?«

Er tritt zurück und erwidert meinen Blick. Der Ernst in seiner Miene verunsichert mich. Es ist, als würde Reece irgendeine superdurchdachte Antwort erwarten. Dabei habe ich einfach nur einen Namen gesagt, damit dieses schreckliche Zerreißspiel endet.

»Warum wolltest du, dass ich wähle?«, frage ich zurück.

Er antwortet nicht.

»Wie viel von dem, was Zayn mir als ›Reece‹ gesagt hat, ist wahr? Und wie viel von dem, was Zayn als er selbst gesagt hat? War es ein Spiel? Hast du versucht, darum zu spielen, für wen ich mich entscheide, um Jaxon eins auswischen zu können?«

Reece verzieht einen Mundwinkel und wendet sich

wieder dem Spiegel zu. »Die Wahrheit ist deutlich bitterer, als dein Herz es erkennen will.«

»Ach ja?«

»Jaxon schlug uns im Januar vor, wir sollten dich dazu bringen, Kingston für uns zu verlassen. Wir hätten dich sozusagen auf Händen von Kingston forttragen sollen. Er wollte, dass du so abgelenkt und so eingenommen von uns bist, dass du gar nicht mehr studieren *willst*, dich mit etwas Schlechterem abspeisen lässt, als du haben könntest. Alles, was er von da an tat, war darauf ausgerichtet, dich dazu zu bringen, ihn zu wählen statt Kingston. Und Romeo hat ihm dabei geholfen. Dabei war es Jaxon egal, ob er dich dafür anlügen oder dir etwas vorspielen muss. Er hatte ein Ziel. Und er hat es fast erreicht.«

Eine kalte Hand schließt sich um mein Genick. »Und du?«

Reece' Augen fixieren über den Spiegel hinweg die meinen. Das Blau darin ist wunderschön und ich bin unendlich dankbar dafür, dass nicht er es war, der mich im Gang vor allen Leuten bloßgestellt hat. »Hast du dich gefragt, warum er, wenn es doch immer sein Ziel war, dich aus Kingston zu vertreiben, es auf diese Tour versucht hat? Ich meine, er hätte dich auch einfach so lange quälen können, bis du von selbst aufgegeben hättest. Das wissen wir beide.«

»Ich hatte gehofft ... er würde mich insgeheim doch mögen?«, gebe ich dümmlich zu.

Reece lacht kalt. »Klar. Und ich arbeite für Santa Claus.« Er schüttelt den Kopf und stützt sich mit beiden Händen auf den Waschtisch. »Sicher, er mag dich. Aber vor allem mag er es, dich zu ficken und dabei dein kleines

Herz brechen zu hören. Eine der Aufnahmeregeln für den Zirkel beinhaltet, dass neue Mitglieder eine weiße Weste haben müssen. Kein Betrug bei Noten, keine Morde, keine sexuelle Gewalt. Jaxon wollte dich, aber er hätte dich vergewaltigen müssen, wäre er nicht netter geworden. Also hat er sich dazu entschieden, dich auf andere Weise zu manipulieren. Dahin, dass du dich freiwillig ficken lassen und am Ende dennoch Kingston verlassen wirst. War dir das alles klar, als du seinen Namen am Strand gesagt hast?«

Ich schlucke hart, lasse mich aber nicht beirren. »Ja.«

»Ja?«

»Zu keiner Sekunde habe ich geglaubt, er hätte sich einfach verändert.«

»Aber?«

»Aber ...« Ich beiße mir auf die Unterlippe und weiche seinem Blick aus. »Ich habe seine Lügen vielleicht sogar genossen? Wie du schon sagst, er hätte weitaus schlimmer zu mir sein können. Stattdessen hat er getan, was nötig war, damit ich den besten Sex meines Lebens haben kann. Da ist mehr als nur ein Funke Sympathie. Kein Mensch würde wollen, dass ich so verdammt glücklich bin, wenn er mich nicht doch ... ein kleines bisschen mögen würde.«

»Glücklich?« Reece sieht aus, als hätte ich ihn mit der Krawatte gewürgt.

»Manchmal?«

»Du bist zu leicht zu manipulieren, Mable.«

»Ja? Oder bin ich diejenige, die am ehesten das bekommen hat, was sie will? Ihr habt euch alle darum bemüht, mein Herz zurückzugewinnen. Es war himmlisch, begehrt zu werden. All die schönen Lügen und noch schöneren Wahrheiten und der ganze gute Sex … Selbst Clarisse hat ihre Folter erhalten, als Vance mich vor ihr gerettet hat. Und jetzt hätte ich sogar Jaxon Tyrell heiraten können. Ich weiß nicht. Vielleicht sehe ich es verklärt, aber warum sollte mich all das nicht glücklich machen?«

Reece hat das Gesicht verzogen. »Wie auch immer«, presst er hervor. Sein bildschönes Gesicht liegt in Schatten. »Ich habe versucht, dich davor zu beschützen. Nach allem, was du unseretwegen in deinem ersten Semester erlebt hast, wollte ich es nicht schlimmer machen. Die einzige Möglichkeit, wodurch man Jaxon dazu bringen kann, zu verlieren und es zu akzeptieren, ist ein Spiel. Ich schlug also vor, um dich zu spielen. Um deine *Entscheidung* zu spielen. Derjenige, den du wählst, hätte darüber bestimmen dürfen, ob du in Kingston bleibst oder nicht. Hättest du meinen Namen gesagt, hätte ich Jaxon dazu bringen können, dich in Ruhe weiter studieren zu lassen. Es wäre der einzige Sieg über ihn, den er hinnehmen würde. Über ein Spiel. Aber wie Sylvian im letzten Semester habe ich gegen ihn verloren. Ich glaube mittlerweile, dass er gar nicht verlieren *kann*, wenn er es nicht will. Oder aber ich habe dich einfach falsch eingeschätzt. Du möchtest nicht so sehr in Kingston studieren, wie ich dachte.«

»Natürlich will ich das«, murmle ich leise.

»Ja? Das ist gut. Denn ich werde einiges riskieren, um dir dabei zu helfen.«

»Einiges?«

»Bist du fertig?«

Natürlich bekomme ich keine direkte Antwort. Ich sprühe mir mit dem Parfum etwas Duft auf die Haut.

»Bist du böse?«, frage ich Reece, nachdem er sich bereits abgewandt hat.

Seine hochgewachsene Statur verspannt sich, während er sich zu mir umdreht.

»Zayn und du ... Ich war mir einfach nicht sicher, ob das funktionieren würde«, gestehe ich ihm. »Ob Zayn mir nicht letztendlich das Herz herausreißen würde, weil er ein Psycho ist, und ob du mich wirklich davor hättest beschützen können. Ich weiß, dass du dir von allen am meisten Mühe gegeben hast, mir zu zeigen, dass du die Vorfälle letztes Semester bereust.«

»Ich bereue sie nicht«, entgegnet er tonlos. »Ich bin gerne einer von ihnen, Mable. Meine Absichten waren vielleicht gut, aber hätte ich wirklich etwas Gutes für dich gewollt, wäre ich zu dir gekommen und hätte dir die ganze Wahrheit über Jaxon gesagt. Letztendlich haben Zayn und Sylvian recht: Ich habe um dich gespielt. Dann musste ich nach New York, Zayn hat ... Du kennst die Geschichte. Du willst wissen, was von Zayns Worten wahr war? Was davon auch ich gesagt hätte? Alles. Ich hätte getan, was er getan hat, wäre es mir wie ihm darum gegangen, dich zu manipulieren, damit du dich für Jaxon entscheidest. Ich hätte keine Rücksicht auf deine Gefühle genommen.«

»Ist *das* die Wahrheit?«, wispere ich. »Oder versuchst du, dich zu schützen?«

»Wovor?«, lacht er kalt.

Ich strecke eine Hand nach seiner aus. »Davor.«

Reece atmet scharf ein, als ich seine Finger umschließe.

»Magst du mich?«, frage ich leise. »Kannst du mir nicht verzeihen, dass ich Jaxon *auch* liebe?«

Er zuckt zusammen. »Du kannst ihn nicht lieben, Mable.«

»Ich tue es aber.«

»Nein, es …« Er reibt sich über die Augen und wirkt plötzlich unendlich müde.

»Warum kann ich nicht einfach selbst entscheiden?«, frage ich verzweifelt. »Wieso kann ich nicht meine *eigenen* Entscheidungen fällen? Ob ich in Kingston bleiben will oder nicht. Ob ich mit dir mitgehen will oder nicht. Wann ich mit einem von euch zusammen sein will und wann nicht. Warum muss es mindestens einen von euch geben, der ›über mich bestimmt‹? Wieso wolltest du *mich* gewinnen? Was hättest du davon gehabt? Wann werdet ihr mich als Mensch wahrnehmen, der seine *eigenen* Entscheidungen treffen kann, will und *darf?*«

»Und was willst du gerade entscheiden?«, fragt er rau.

»Das hier.« Ich trete auf ihn zu, stelle mich auf die Zehenspitzen und küsse ihn. Viel zu lange habe ich darauf gewartet. Zwischen uns ist so viel passiert. Aber es war ein Fehler, jemals auf einen von ihnen zu verzichten – solange sie nicht wollen, dass ich es tue. Natürlich besteht nach wie vor die Gefahr, dass ich mich zwischen so vielen Männern verliere, aber keinen von ihnen verletzt es, dass ich sie alle begehre. Das Einzige, das sie verletzt, ist ihr Ego. Sie *glauben* nicht, dass ich sie alle lieben kann, also will *einer* von ihnen die Oberhand gewinnen. Aber das ist Quatsch. Niemand von ihnen kann gewinnen. Weil ich selbst es sein werde, die stets die Oberhand behält.

Reece' Finger gehen zu meinem Träger und er zieht

ihn beiseite, bis der Stoff so tief fällt, dass meine Brust entblößt wird. Zärtlich massiert er mich.

»Willst du es, weil ich es bin?«, fragt er leise. »Oder tust du es nur, um Jax eins auszuwischen?«

»Ich wünschte, ich würde es wegen Jax wollen. Aber ich liebe jeden von euch.«

Das Blau in seinen Augen schimmert. »Jeden?«, raunt er. »Uns vier meinst du?«

»Sollte es noch jemanden geben?«

Er schmunzelt und schüttelt den Kopf. Dann küsst er mich. Auf Reece-Art, sanft, zärtlich und ich liebe es. Der Kuss ist einfach nur sexy. Es fühlt sich befreiend an, zu akzeptieren, dass ich das hier bin.

Dass ich mich nicht zurückhalten kann.

Und es auch gar nicht will.

Ich werde niemals Jaxon fragen können, ob ich mit einem der anderen Kings Sex haben *darf*. Es geht nicht. Dafür bin ich viel zu gern auf seiner Augenhöhe und tue, was ich will.

Reece manövriert mich gegen die Wand im Waschraum, hebt mein Kleid an und öffnet seinen Gürtel. Ich trage keinen Slip mehr, weshalb er nur ein Kondom überziehen muss. Sein Blick ist hochgradig intensiv, als er sich in mich schiebt. Ich genieße, wie sein Schwanz sich in mir anfühlt, kralle mich an ihm fest.

Er gleitet tiefer, bis er mich mit festen Stößen gegen die Wand rammt. Mein wunder Hintern glüht schmerzhaft auf, aber weil ich ein wenig gestört bin, genieße ich es.

Reece Atem kommt stoßweise und meine Lust vollständig über mich. Es könnte auch Zayn sein, mit dem ich schlafe. Und diesen einen kranken Teil meines

Kopfes würde es nicht stören, nicht zu wissen, *wer* es ist. Weil es mir einzig darum geht, *mindestens einem von ihnen nahe zu sein.*

Was die Kings sonst noch tun, um mich zu verletzen, ist unwichtig. Ich habe mich daran gewöhnt, dass sie die Welt glauben lassen wollen, sie würden mich hassen.

Reece umfasst meinen Hals und pinnt mich damit gegen die Wand. Seine Stöße sind hart und pressend und es fühlt sich an, als wäre ein Ventil geplatzt.

Bei ihm und bei mir.

Unsere Küsse gieren verlangend nacheinander. Da ist so viel zwischen uns, das ich gerade nicht ergründen kann. Seine Hand hat sich fest in das schmerzende Fleisch meines Hinterns vergraben und er fickt mich ohne Unterbrechung weiter.

Man könnte meinen, ich hätte heute Nacht schon genug Sex gehabt. Aber wer auch immer so etwas denken würde, ist nicht ich.

Atemlos schaue ich zu Reece hoch, als er sich für einen Moment ganz in mir versenkt und innehält. »Wirst du mit mir zusammen sein?«

Seine Augenbrauen senken sich. »Wen von uns hast du das noch gefragt?«

»Ist das wichtig?«

Er zögert. »Nein.«

»Also wirst du mit mir zusammen sein?«

Ich sehe ihm an, dass er mit sich kämpft. Dass ich ihn herausfordere. Aber schließlich sagt er es. »Ja.«

Mein Herz geht mir auf und ich fange an zu strahlen.

Reece bewegt sich weiter in mir und presst mir seine Lippen ans Ohr. »Solange du dasselbe Zayn fragst und er ja sagt.«

Das Glück in mir schlägt fünf üble Purzelbäume und landet verrenkt am Boden. »Zayn?!«, keuche ich. »Er wird *niemals* mit mir zusammen sein wollen.«

Reece hebt eine Schulter und knetet meinen Arsch, als er sich schneller in mir bewegt. »Gib dir Mühe, Miss Ich-will-alles-selbst-entscheiden.« Er lacht und fickt mich so hart, dass ich lustvoll stöhne.

Ich gebe mich ganz Reece' männlichen Griffen hin, als plötzlich die Tür aufgestoßen wird. Alles in mir verkrampft sich und Reece dreht den Kopf.

»Haben wir dafür Zeit oder hab' ich irgendeine Wendung des Abends verpasst?« Vance steht vor uns. Seine massige Gestalt füllt den Türrahmen. Im ersten Moment schäme ich mich zutiefst vor ihm, dann frage ich mich, warum.

»Mach die verdammte Tür zu, Buchanan«, knurrt Reece ihn an.

Vance hebt eine Braue, tritt ins Bad und schließt die Tür hinter sich. »Besser?«

Im ersten Moment denke ich, Reece würde Vance anschreien, dass er so dreist ist, zu bleiben, aber dann lacht er nur. Er nimmt meine Hände, pinnt sie über meinen Kopf und hält sie mit seiner Rechten fest. Dann schiebt er sich wieder in mich. »Vance steht auf dich, seitdem du beim Schachspiel nicht mitgespielt hast, Mable. Mit deinem Widerstand hast du das Tier in uns allen geweckt. Und Vance' Fantasie beflügelt, es gäbe in dieser Welt auch Frauen, die sich nicht für Geld ficken lassen.« Reece stößt sich hart in mich und ich keuche. Keine Ahnung, was er jetzt vorhat. Will er es Vance beweisen? »Eine Frau, die die Kings zugrunde richtet. Und du hast es wirklich geschafft. Jetzt ist er Teil des Zirkels und nicht Jaxon.« Er lächelt bitter, bevor er seine Lippen wieder auf meine senkt. Er küsst und fickt mich so einnehmend, dass ich für einen Moment sogar vergesse, dass Vance überhaupt da ist.

Mein Herz schlägt wild, als ich die Augen öffne und sehe, dass Vance sich drei Schritte genähert hat. Er steht direkt neben uns, die Arme vor der muskulösen Brust verschränkt, die Augen auf mein Gesicht gerichtet.

»Du magst es, wenn man dir zusieht, oder?«, fragt Reece schief lächelnd. »Sieh ihn an«, befiehlt er dunkel, tritt zurück und wirbelt mich herum.

Mit einer Hand um meinen Hals presst er meinen Kopf gegen die Fliesen, sodass meine Wange gegen die Wand gedrückt wird und ich Vance ansehen kann. Oder muss. Blitzschnell positioniert Reece sich hinter mir und gleitet erneut in mich. Dieses Mal von hinten. Es ist um ein Vielfaches intensiver und ich stöhne laut.

Es ist krank, dass Reece recht hat. Ich *bin* vermutlich krank, weil es mich innerlich noch geiler werden lässt, dass Vance uns zusieht.

Ich stöhne ihn lustvoll an, während Reece mich hart von hinten fickt.

Es ist himmlisch.

Es ist genauso verdorben, wie ich es brauche.

Und Vance' schweigsamer Blick auf mir gibt mir den nötigen Kick.

Um Halt zu finden, – und vielleicht, ganz vielleicht, weil ich ihm etwas näherkommen will – spreize ich meine Arme an den Fliesen. Er regt sich nicht einen Millimeter und sieht mir zu. Sieht *uns* zu. Ob es Reece genauso genießt, Vance mit dem Anblick zu zeigen, wen er nicht haben kann?

Oder bröckelt das letzte bisschen Normalität in mir und ich kann mir vorstellen, auch Vance …

Reece geht mit einer Hand an meine Pussy und schiebt seinen Schwanz bis zum Anschlag in mich. Nur wenige Berührungen seines Fingers reichen, damit ich komme. In diesem Moment ist alles vergessen. Vance, die Kings, Jaxon, Sylvians Geheimnisse.

Wir stöhnen gemeinsam, als der Orgasmus uns mit sich reißt, und in diesem Moment der absoluten Geilheit fühle ich nichts als Erleichterung und Segen. Meine kranke Fantasie wurde wieder einmal befriedigt.

»Fertig?«, fragt Vance zynisch.

Reece zieht sich zurück, wirft das Kondom in den Mülleimer und schließt seinen Gürtel. Mein Atem geht stoßweise, als ich mich umdrehe und an die Wand lehne.

»Du darfst das nächste Mal wieder zusehen, Vance.« Reece richtet mit bebender Brust sein Haar und seinen Anzug. »Und jetzt verschwinde.«

Vance bleibt stehen, wo er ist. »Das nächste Mal wirst *du* zusehen, Crescent.« Mein Herz rutscht mir in die Magengegend. Er lächelt mich an und greift nach meiner Hand, die ich ihm entziehen will, doch er hält sie fest. Er führt sie vor seine Lippen und haucht einen Kuss darauf. »Vernichte sie alle, kleine Löwin.«

»Was?«, frage ich verwirrt.

»Du stehst nicht ohne Grund im Fadenkreuz von fünf Männern. Aber ich weiß, dass du die Kings noch einiges an Ego kosten wirst. Sie werden am Ende kriechen, damit du sie nimmst. Auf diesen Moment freue ich mich seit langem.«

»Du wirst dabei wohl die größte Schleimspur hinterlassen«, entgegnet Reece abfällig.

Vance lässt meine Hand los und blickt ihn an. »Vielleicht. Aber wenigstens komme ich damit voran. Auch wenn es nie meine Absicht war, im Zirkel aufgenommen zu werden, hat irgendetwas von dem, was ich tue, dazu geführt.«

»Du kommst *bei mir* aber nicht voran«, murmle ich.

Vance verzieht die Lippen, als er sich abwendet. »Dann streck das nächste Mal nicht deine Hand nach mir aus, während Reece dir seinen Schwanz in die Pussy schiebt, Prinzessin. Vielleicht komme ich dann nicht mehr auf so schräge Ideen.« Er erreicht wieder die Tür. »In zehn Minuten beginnt das Feuerwerk. Und Romeo hat getan, was getan werden musste. Nur so ... als Info, Crescent.«

Reece mahlt mit dem Kiefer, als Vance nach draußen verschwindet. Ich richte mein Kleid.

»Ich hasse ihn«, murmle ich.

Reece lacht. »Also *das* glaube ich nicht.«

»Was? Wieso nicht?«

»Ich bin nicht blind, Mable. Du wolltest, dass er dich beim Sex berührt.«

»Aber ...« Bevor ich mich verteidigen kann, was doch nur eine Lüge wäre, greift er nach meiner Hand und zieht mich hinaus auf den Gang.

»Ich würde Vance gerne hassen, aber er ist loyal. Er hätte uns längst verraten können, weil er einiges über uns weiß, aber er hat es nicht getan. Du wirst dich an seine Anwesenheit gewöhnen müssen.«

»An seine *Anwesenheit?*«, frage ich schockiert.

»Warum schockiert dich das?«

Ich öffne den Mund, um ihm zu sagen, dass noch mehr Testosteron in meiner Nähe mich umbringen wird, als uns eine Person auf dem Flur begegnet, auf die ich heute Nacht hätte verzichten können.

Clarisse Cunningham.

Sie rauscht um die Ecke der imposanten Halle, die den Ballsaal umgibt, hält jäh inne, als sie uns zusammen sieht und verschränkt affektiert die Arme vor der Brust. Ihre langen Fingernägel tänzeln ungeduldig über ihre samtene Haut, als würde sie erwarten, dass Reece sich sofort bei ihr entschuldigt. Sie trägt ein langes, schlichtes Kleid aus silbrigem Stoff, das ihr Dekolleté besonders betont. Bestimmt ärgert es sie insgeheim, dass sie viel kleinere Brüste hat als ich. Zumindest ärgert es sie, dass Reece meine Hand hält. »Würdest du mir das erklären?«, fährt sie ihn an.

Reece wirkt völlig unbeteiligt, als er meine Hand loslässt, in mein geflochtenes Haar fasst und mir etwas ins Ohr flüstert. »Lass mich das kurz klären.«

Ich bleibe zurück, als er auf sie zugeht.

»Du bist mit *mir* hier«, zickt sie ihn an. »Und nicht mit dieser Hure.« Abfällig zeigt sie in meine Richtung. »Du kannst sie gefälligst auch *nach* der Gala für ihre sexuellen Dienste in Anspruch nehmen und musst sie nicht vor aller Augen auf der Tanzfläche küssen und dann mit ihr verschwinden.«

»Die einzige Hure heute Nacht bist du.« Reece lächelt sie halbherzig an, als sie die Augen aufreißt und ihn anstarrt. »Ich habe dich nur auf dieses Date gebeten, damit du mit niemand Besserem gehen kannst. Jetzt weiß jeder, dass dich gleich zwei Könige abserviert haben. Niemand wird dich mehr wollen, das war der ganze Plan dahinter. Gute Nacht, Clarisse.«

»Das wagst du nicht«, zischt sie. »Du wirst sofort mit mir zurück in den Saal gehen!«

»Ja? Wie gedenkst du, mich dazu zu bringen?« Reece kommt zurück zu mir, greift nach meiner Hand und zieht mich an ihr vorbei.

»Das wirst du bereuen, Dole.« Sie ist außer sich vor Wut.

»Ich bitte dich, Clarisse«, ruft ihr Reece über die Schulter zu. »Wer bin ich und wer bist du? Du kennst die Regeln.«

Sie ballt die Fäuste und lässt einen Wutschrei von sich, der mich zutiefst befriedigt.

»Welche Regeln?«, frage ich Reece, als wir den Saal betreten. Er ist fast leer. Nur vereinzelt sitzen noch Gäste an den Tischen. Die meisten warten auf dem riesigen Balkon auf das Feuerwerk.

»Die Regel, dass Zirkelmitgliedern nichts angetan werden darf. Wer sich gegen ein einzelnes Zirkelmitglied stellt, wird vom gesamten Zirkel vernichtet.«

»Aber ich bin nicht im Zirkel.«

»Nein, aber ich.«

»Und das reicht aus?«

»Noch nicht ganz.«

»Wirst du mir mehr erklären?«

Er drückt zuversichtlich meine Hand. »Nein. Das würde den Moment zerstören.«

Damit führt er mich auf den gigantischen Balkon, hinein in die Menge der Elite, und hält erst vor seinen Eltern inne.

Dort stehe ich und plötzlich richten sich alle Augen auf mich.

SECHSUNDZWANZIG

ROMEO

Jaxon hat recht behalten. Reece und er wurden zu meinem *Leben*. Und der Zirkel kam am Anfang meines Studiums auf mich zu. Sie glaubten, ich würde Jaxon verraten, und ich gab ihnen, was sie hören wollten, damit unser Plan aufging.

Dieses Spiel war gefährlich. Würde herauskommen, was ich tat, wäre ich ein Verräter in den Augen des Zirkels. Und in den Augen des Zirkels als Verräter zu gelten, endet tödlicher als tödlich. Aber es war etwas, worin ich gut war. So zu tun, als ob. Als wäre ich anders. Als wäre ich nicht der, der ich bin.

Es ist kurz vor Mitternacht, als ich die Halle betrete. Sie liegt zwei Stockwerke unter dem Ballsaal und ist kreisförmig aufgebaut. Wenn man im Ballsaal auf den Boden achtet, sieht man genau, an welchen Stellen die Wände im Keller gezogen wurden. Der Zirkel hat kein einziges Gebäude auf diesem Campus ohne versteckte Hinweise gebaut. An allen möglichen Stellen in Kingston kann man die Geheimnisse erahnen, die der Zirkel verbirgt.

Kerzen an den Wänden spenden flackerndes Licht.

Einige Kronleuchter hängen von der Decke. Alle Anwesenden sind maskiert. Schwarzgoldene Masken, die manchmal das Kinn freilassen, manchmal die Stirn und manchmal nicht einmal den Hals, bewegen sich durch den Raum. Einige von ihnen tragen Mäntel oder Umhänge und verbergen die edlen Abendkleider oder Anzüge, die zuvor noch bei der Gala präsentiert wurden.

Auch ich bin maskiert und trage schwarz.

»Wir haben auf dich gewartet.« Einer der Männer begrüßt mich. Er trägt einen Adlerkopf als Maske und wird umringt von einer Traube aus Gönnern und Unterstützern. Ein Bild, das ... mir vertraut ist. An seiner hohen Statur erkenne ich sofort, wer es ist. »Du kommst gerade rechtzeitig.«

Die Gruppe aus Männern und Frauen teilt sich und öffnet mir den Weg.

»Kennst du diesen Mann?«, fragt mich der Adlerkopf.

Ich trete näher. Einer der Anwesenden ist nicht maskiert und kniet auf dem Boden. Blut tropft ihm auf das Hemd. Sein Haar ist grau und er kommt mir vage bekannt vor. Als Antwort schüttle ich den Kopf.

»Er hat sich heute Nacht gegen einen unserer Schützlinge gestellt.«

»Gegen wen?«, fragt jemand auf der anderen Seite des Raums, der gerade erst dazugestoßen ist. »Ich glaube, wir waren heute Abend alle vor Ort und hätten etwas mitbekommen.«

»Gegen meine Tochter.«

Ein Raunen geht durch den Saal und ich habe das Gefühl, in eine unendliche Tiefe zu fallen. Tochter? Nein! Nein, nein, nein!

»Ja, Amabelle Weaver ist meine Tochter.«

Es fällt mir schwer, aufrecht stehen zu bleiben. So offensichtlich! So naheliegend! Und dennoch ... Nein, ich habe darauf vertraut, dass Sylvian etwas anderes über sie in Erfahrung gebracht hat. Denn er hätte *niemals* zugelassen, dass ... Oder hätte er es doch? Wie *krank und gestört* ist Sylvian Silvano wirklich?

»Ab sofort wird sie in Kingston die Gelegenheit bekommen, sich für den Platz im Zirkel zu qualifizieren.«

»Moment ...« Jemand lacht, obwohl es der unpassendste Moment dafür ist. »Weaver? Das Mädchen, das diese lächerliche Rede gehalten hat?«

»Diese Rede war *alles andere* als *lächerlich.*« Der Adlerkopf reckt seinen Schnabel. Es wirkt, als wolle er sich im nächsten Moment auf jeden stürzen, der ihm widerspricht.

»Er lügt.« Eine Frau tritt vor. Hochgewachsen, blondes Haar. Eine venezianische Maske in schwarz und gold. »Niemals hätte er zugelassen, dass Jaxon Tyrell oder seine Freunde ausgerechnet das verarmte Stück Dreck in ihr Bett holen. Ein *Vater* lässt so etwas nicht zu.«

Der Adlerkopf zuckt sofort in meine Richtung und fixiert mich. »Bitte?« Diese Frage gilt nicht der Frau, die ich als Clarisse' Mutter identifiziere, sondern mir.

Ich habe dem Zirkel verschwiegen, dass die Kings Amabelle gefickt haben. Weil Jaxon es seinem Vater erst dann unter die Nase reiben wollte, wenn sie sich mit ihm verlobt hat. Dass ich den Zirkel angelogen habe, darf *niemand* erfahren. »Ich weiß *alles* über Jaxon und die anderen«, betone ich glatt. »Niemand von ihnen hat mit Amabelle mehr zu tun gehabt, bis auf

Reece Crescent. Diese Verbindung hielt ich ... für angemessen.«

Der Adlerkopf bleibt starr auf mich gerichtet. *Glaubt er mir? Oder zweifelt er?*

Clarisse' Mutter lacht spöttisch. »Sicher.«

»Nun, vielleicht hat Amabelle Weaver gelogen, um bestimmten Personen eins auszuwischen?«, frage ich sie kühl und versetze ihr damit einen Seitenhieb mit dem Hinweis, dass Clarisse möglicherweise von Amabelle ausgetrickst wurde. Was natürlich nicht stimmt. Aber können sie es beweisen?

Daraufhin schweigt die venezianische Maske und ich spüre Genugtuung. Es ist so leicht, die Menschen zu täuschen.

»Warum erfahren wir erst jetzt von dieser Verbindung?«, fragt jemand anderes. »Und seit wann entscheidet ein Mitglied, an *wen* es seinen Platz vererbt?«

»Das entscheide ich nicht.« Der Adlerkopf wendet endlich den Blick ab. »Ich *kann* nur an eine Person meinen Platz vererben. Weil ich nur eine Tochter habe. *Sie* ist die wahre Tyrell.«

Mein Puls rast. Fuck. Fuck, fuck, fuck.

»Und ... Jaxon?«, wagt jemand zu flüstern.

»Jaxon ist nicht mein Sohn.« Der Adlerkopf beginnt, sich durch den Raum zu bewegen. Jedes Augenpaar folgt ihm. Es wirkt gespenstisch. Als würde er fliegen, über alle erhaben sein. »Ich wusste eines: Wenn irgendjemand zu früh davon erfahren hätte, dass Amabelle Weaver meine Tochter ist, hätte sie nicht bis heute überlebt. Und ich wollte sie dieser Gefahr nicht aussetzen, ohne zu wissen, ob es sich auch lohnt. Wäre sie nicht eine der Besten ihres Jahrgangs und hätte damit *die*

Chance, im Zirkel aufgenommen zu werden, hätte ich niemanden von euch über meine Verbindung zu ihr informiert. So hätte sie unbehelligt weiterleben können. Aber sie *hat* brilliert. Meine Tochter *wird* die Aufnahmebedingungen erfüllen. Wir wissen alle, dass es Kräfte im Zirkel gibt, die verhindern wollen, dass ich meinen Platz an sie vererbe. Amabelle zu töten, wäre der effektivste Weg, das zu vermeiden.«

»Ja?«, fragt jemand kritisch aus der Menge. »Wer würde das wagen?«

»Nun ...« Der Adler neigt seinen Kopf. »Das ist die Frage, oder? Wer könnte etwas dagegen haben, dass meine wahre Tochter meinen Platz erbt? Einer ihrer Feinde kniet gerade vor uns. Er will sie tot sehen. Er hat dafür einen Absolventen erpresst und mit einer Waffe ausgestattet.«

Eine drückende Stille breitet sich in der unterirdischen Halle aus und infiltriert meinen Kopf. *So naheliegend. So offensichtlich. Und doch so furchtbar fern von allem, was ich mir hätte vorstellen* können.

Der Mann mit dem nichtssagenden Gesicht, der noch immer am Boden kniet, hustet Blut. »Er hat euch alle hintergangen. Die königliche Elite wurde hintergangen mit einem so simplen Streich. Das ganze Programm wurde nur ihretwegen ins Leben gerufen! Wegen Amabelle Weaver! Vier Jahre und über zwanzig Stipendiaten, eine riesige Show, nur für sie! Damit sie unbehelligt in Kingston studieren kann und niemand von ihrer Rolle erfahren muss, bis nicht der richtige Zeitpunkt gekommen ist. Und ihr habt es nicht erkannt! Ihr habt geschlafen! Die gesamte amerikanische Elite *hat geschlafen*! Ihr seid erbärmlich!«

»Du schweigst!« Der Adlerkopf zieht eine Waffe und feuert auf das Knie des Fremden.

Der Demaskierte schreit schmerzerfüllt auf und sinkt zur Seite. Erst jetzt sehe ich, dass seine Hände mit schweren Ketten auf dem Rücken gefesselt sind. Die Schreie hallen durch den Raum und ich weiß, dass ein paar der Anwesenden genau das wollen.

Dass alle sehen sollen, wie sehr Einzelne leiden, wenn sie sich dem Zirkel in den Weg stellen.

»Du.« Eine Hand wird auf meine Schulter gelegt. »Nimm die. Ich weiß, dass du mitbekommen hast, was heute Nacht geschehen ist und geschehen sollte. Du bekommst immer *alles* mit, nicht wahr? Zeig uns, wozu du fähig bist und was dir die Regeln des Zirkels bedeuten. *Erschieß ihn.*«

Ich nehme die Waffe, die mir in die Hand gedrückt wird, und umschließe sie mit den Fingern. Noch nie habe ich im Auftrag des Zirkels gemordet. Und jetzt, da sie Jaxon nicht aufgenommen haben, gilt ihnen nicht meine Loyalität. Warum sollte ich die Drecksarbeit übernehmen, wenn jeder andere den Typen erschießen könnte?

Aber habe ich eine Wahl?

Ja, ich habe eine Wahl. Schließlich bin ich ein Mitglied des Zirkels. Spätestens seit heute Abend offiziell. Und damit kann mich niemand zu etwas zwingen. »Ich werde ihn nicht töten«, erkläre ich kalt. »Ich werde nicht für den Zirkel arbeiten, als wäre ich ein Sklave.« Vielleicht ist mein Vater unter den Anwesenden. Falls ja, schaffe ich es nicht, ihn im Dunkeln und unter all den Masken zu identifizieren. Er ist mir auch egal. Mein Vater hat mich erst zu dem Monster gemacht, gegen das ich tagtäglich ankämpfe. Er hat mich gezwungen, mich zu verleugnen. Und ich werde es auch weiterhin tun.

Doch es gibt etwas, das immer stärker sein wird als alles andere.

Meine Loyalität zu Jaxon.

Sie ist alles, was ich bin.

Ich bin sein Schatten.

Ich bin er.

Ich werde nicht zusehen, wie er scheitert.

Ich gebe die Waffe zurück und gehe. Im Mantel trage ich den Revolver, um den Sylvian und ich im Kellerraum gekämpft haben. Niemand weiß davon und keiner wird es erfahren.

Beim Herausgehen ziehe ich meine eigene Maske tiefer. Romeo Portcharles ist und bleibt ein King. Und er wird alles dafür tun, dass Jaxon Tyrell den Platz im Zirkel besetzt, der ihm gebührt.

Selbst wenn ich bei diesem Versuch *sterbe.*

SIEBENUNDZWANZIG

VANCE

Ich bleibe im Hintergrund, als Reece mit Mable an der Hand vor seine Eltern tritt. Etwas liegt in der Luft. Ein Gefühl der Schwere. Als würde die Wahrheit mit der größten Tragweite zwischen den Schatten darauf lauern, sich auf uns zu stürzen.

Oder auf Amabelle.

Ich beobachte ihr erhitztes Gesicht und versuche den Gedanken daran zu unterdrücken, wie sie mich angesehen hat. Die Hand nach mir ausgestreckt hat.

Fuck, wie gerne hätte ich sie gefickt. Dieses Mädchen ist pures Öl. Es braucht immer nur einen kleinen Zünder und alles steht in Flammen. Mich auf die Umgebung konzentrierend versuche ich, neutral dabei zuzusehen, wie Reece Mable seinen Eltern vorstellt.

Sie wundern sich, fragen nach Clarisse. Er erklärt es knapp und küsst sie dann.

Vor aller Augen.

Reece' Mom, die vermutlich seine Stiefmutter ist, obwohl er sie nicht so nennt, sieht zwar perplex aus, scheint aber nicht ganz abgeneigt. Schließlich ist Mable bildhübsch. Etwas unterscheidet sie von den anderen.

Ich höre, wie die Leute um mich herum tuscheln. Wie sie darüber sprechen, dass Mables Rede sie beeindruckt habe und es vielleicht gar nicht so dumm von einem Reece Crescent ist, sie zu wählen.

Braves Mädchen. Du hast sie alle um den Finger gewickelt.

Es folgen ein paar Worte Geplänkel. Reece hält dabei Mable an ihrer Taille eng an sich gedrückt.

Das ist gut. So hat es ein potenzieller Angreifer schwerer, an sie heranzukommen.

Ihr Lächeln an seiner Seite ist unbeschwert und wunderschön. Für einen Moment fühle ich mich gut, weil Reece es hinbekommt, sie glücklich sein zu lassen. Sie hat allen Frieden der Welt verdient. Besonders, da ihr noch einiges bevorsteht, wenn ich Sylvians Andeutungen Glauben schenken soll.

Ich muss schmunzeln, während ich die beiden dabei beobachte, wie sie im Schein des knallenden Feuerwerks an die Balustrade treten. Reece streicht ihr eine Strähne hinter das Ohr und redet leise auf sie ein.

So gut wie jeder sieht dem Paar zu, weil sie im Zentrum stehen.

Dann öffnet Reece vor ihr die Hand. Mables Wangen erröten und ich frage mich, warum es mich verdammt noch mal nicht stört, sie so zu sehen. Müsste es mich nicht abfucken? Oder glaube ich daran, dass es sowieso keine Bedeutung haben wird?

Oder ... will ich sogar, dass es eine Bedeutung für sie hat?

Einfach ... damit sie glücklich ist?

Sylvian

Ich habe Reece alles erklärt. Und wir wissen nicht, wie wir dich besser schützen könnten als auf diese Weise, weil wir auch nicht wissen, was der verdammte Zirkel oder einige Mitglieder planen. Die Wahrheit ist nicht immer geradlinig. Sie ist nicht immer einfach. Sie ist zermürbend, undurchschaubar und wiegt schwer.

Zur Auswahl standen er, ich und Vance. Bist du mit einem von uns offiziell liiert, bist du sicher.

Nun, wir waren uns schnell einig, dass Vance nicht infrage kommt.

Reece wollte, dass ich es bin, der mit dir vor dem Feuerwerk steht und vor aller Augen vorgibt, du würdest mir gehören. Aber wer hätte uns applaudiert? Ich habe keine Familie, die sich dazu herablassen würde, heute Nacht hier aufzutauchen. Sie warten darauf, dass ich zu ihnen komme. Als Zirkelmitglied, als King ... Meine Familie, Baby ... Nun, dass mein Vater beim Kaffeekränzchen vor aller Augen erschossen wurde, spricht für sich, nicht wahr?

ACHTUNDZWANZIG

MABLE

Ich zittere am gesamten Körper, als Reece die Hand für mich öffnet. Es ist so magisch und schrecklich zugleich. Ich wünschte, ich könnte in diesem Moment das glücklichste Mädchen sein.

»Heirate mich, Mable«, sagt er laut, sodass ihn die Umstehenden hören. Einige der Gäste kichern, andere tuscheln wie wild. Er? Mich? Heiraten?

Ich nicke, weil ich nicken muss, und kann die Tränen kaum zurückhalten.

Reece berührt besorgt meine Wange. Ich sehe ihm an, dass er Angst davor hat, ich würde die Show platzen lassen. Aber genau das ist das Problem. Ich wünsche mir *so sehr*, dass es keine Show mehr ist.

Dass es kein Spiel mehr ist.

Dass er seinen Antrag ernst meint. Dass er mich liebt. Und dass ich von jedem King einen Ring tragen kann. Alles Dinge, die vermutlich niemals geschehen werden, und es kostet mich unendlich viel Kraft, trotzdem zu lächeln.

Wir stehen im Zentrum der Menge und vielleicht wirken wir wie das glücklichste Paar bei einem romantischen Antrag vor der Kulisse eines traumhaften Feuerwerks. Aber wir sind weder ein Paar noch ist das hier traumhaft. Es ist das absolute Gegenteil von einem Traum.

Als ich ihm meine Hand entgegenhalte, zittert sie so sehr, dass er mir den Ring nicht anstecken kann.

»Was ist?«, fragt Reece und beugt sich an mein Ohr. »Ich sagte dir doch, es geht nur darum, dich zu beschützen. Wenn du mit mir verlobt bist, wird der Zirkel dir nichts tun. Es hat *keinerlei* Bedeutung für alles andere.«

Sein Gesicht wird von all den bunten Farben des Feuerwerks erhellt. »Ich weine nicht, weil ich glaube, den Falschen heiraten zu müssen«, flüstere ich.

Er runzelt die Stirn. »Sondern?«

»Ich weine, weil ich will, dass es echt ist.«

Etwas passiert mit ihm, das ich niemals erwartet hätte. Seine Augen strahlen warm und sein Lächeln weitet sich überrascht. »Wirklich?«

Mein Mund fühlt sich zu trocken an, um es zu wiederholen. »Aber das ist kein Problem. Ich lebe damit.«

Reece lacht auf und sieht dabei aus wie ein Schauspieler aus dem Fernsehen. Wie kann ich überhaupt darüber *nachdenken,* jemand wie er würde mich *aufrichtig heiraten* wollen? Ich kann dankbar sein, dass ich überhaupt in den Genuss seines Körpers und seiner Hingabe gekommen bin. Einfache Geschichte. *Sei dankbar für das, was du bekommen hast.*

»Mable …«, sagt Reece und schüttelt gedankenverloren den Kopf. Und dann tut er es. Langsam. Ganz, ganz langsam sinkt er auf die Knie. Das eine Bein angewinkelt, das andere Knie gerade auf dem Boden, hält er mir den Diamantring entgegen. »Möchtest du meine

Frau sein? Mit mir mein Leben verbringen? Für alle Zeit?«

Ein schrecklicher Lacher hätte sich beinahe den Weg durch meine Kehle gesucht. Warum kann er nicht aufhören zu lügen? Warum muss er mir immer und immer mehr Hoffnungen machen und sie zusammen mit Zayn doch wieder zerstören?

Reece Crescent wird *niemals* sein *gesamtes* Leben mit mir verbringen wollen. Also warum gibt er mir das Gefühl?

Als ich ihm jetzt meine Hand hinhalte, zittere ich nicht.

Dann bin ich eben kalt. Dann ist der romantischste Antrag in meinem Leben eben ein Fake. Okay. Akzeptiere ich.

Reece steckt mir den Ring an und hört nicht auf, zu lächeln, als er sich aufrichtet. »Komm, ich stelle dich meinen Eltern noch einmal vor. Dieses Mal als meine Verlobte.«

Ich verziehe zuckersüß einen Mundwinkel. Schade, dass meine neuen Fake-Schwiegereltern niemals eine Hochzeit erleben werden. Weil alles eine Lüge ist.

Und es immer sein wird. Schließlich hätte Reece nicht gesagt, dass wir erst dann zusammen sein können, wenn auch Zayn einverstanden ist. Damit hat er mir deutlich gemacht, dass diese ganze Verlobung keinerlei Bedeutung hat.

Oder?

Versuche ich gerade, mir einzureden, es wäre anders, aus Angst, dass mein Herz sich zu viele Hoffnungen macht?

Als Reece mich zu dem Stehtisch seiner Eltern

bringt, flattert mein Puls verräterisch. Was ist, wenn es wahr wäre. Was ist, wenn ich Reece Crescent wirklich heiraten würde. Und mit ihm zusammen Zayn. Und dann Sylvian. Und dann Jaxon.

Oh Gott.

Wie kann ich einen von ihnen heiraten und einen anderen nicht?

Und was für bekloppte Gedanken mache ich mir eigentlich? Nicht einmal in arabischen Ländern kann ein Mann mehr als drei Ehefrauen heiraten. Und ich will als *Frau* …?

Absolut von den Geschehnissen überrollt, bekomme ich kaum einen klaren Gedanken zustande. Ich sehe auf. Reece' Mutter lächelt mich zuversichtlich an, sein Vater wirkt erstaunt. Ein paar ihrer Freunde umstehen die beiden. Zum ersten Mal habe ich das Gefühl, dass auch die Elite ganz normal sein kann. Oder vielleicht sind Reece' Eltern einfach ziemlich cool. Jedenfalls abgesehen von den Zwillingen, die sich ihre Identität teilen müssen.

Mein Blick gleitet an den lächelnden Gesichtern vorbei, hoch zu Reece'. Er blickt zurück und für einen Moment glaube ich zu sehen, dass er glücklich ist. Dass das Blau in seinen Augen mehr tanzt als jemals zuvor.

Ich will ihn gerade fragen, ob ich richtigliege, als ich einen Schatten hinter ihm im Publikum bemerke. Eine maskierte Person. Schwarz und Gold zieht sich über ihr Gesicht. Ich sehe sie nur ganz kurz, dann ist sie verschwunden. Dann geschehen mehrere Dinge gleichzeitig.

Die schwarze Gestalt taucht plötzlich direkt vor mir auf. Im dunklen Licht, einzig durch die explodierenden Feuerwerkskörper erhellt und in diesem viel zu kurzen

Augenblick, kann ich nichts an ihr erkennen. Ist sie groß, klein, breit, schlank?

Alles, was ich mitbekomme, ist, wie jemand laut brüllt und mich zur Seite stößt. Dann ein Schuss.

Ich falle gegen Reece, Vance in meiner Nähe, die maskierte Person ist sofort wieder in der Menge verschwunden und dann spüre ich es.

Einen Schmerz.

In meiner Brust.

»Mable!«, schreit Reece, und ich falle.

Falle, falle, falle.

In die Schwärze.

Ende Band 5

PERSONENVERZEICHNIS

DIE KINGS

JAXON TYRELL

Erbe der Kingston-Linie (mütterlicherseits)
Sein Vater hat die Stiftung gegründet, die die Stipendien finanziert
Steht deswegen auf Kriegsfuß mit seinem Vater und will das Stipendiatenprogramm zum Scheitern bringen

SYLVIAN SILVANO

Finanziert sein Studium durch den Verkauf von Drogen
Erbe einer einflussreichen Mafia-Familie, zu der er keinen Kontakt hat

REECE CRESCENT

Milliardenerbe einer Textilkette, Halbschwede
Hat seinen Bruder aus der Psychiatrie befreit

ZAYN
?

ROMEO PORTCHARLES
Jaxons ›Schatten‹
Befolgt Jaxons (teils grausame) Befehle, gilt auf dem Campus als ›Freak‹

DER CAMPUS

AMABELLE WEAVER
Wird von (fast) allen Mable genannt, hat ein Stipendium in Kingston erhalten, wohnt mit ihrer Mutter und ihrer jüngeren Schwester Olive in einem Trailerpark

HARPER MITCHELL
Mables Freundin; Tochter von Robert Mitchell, Richter am Obersten Gerichtshof

CLARISSE CUNNINGHAM
Reiches It-Girl und Jaxons ehemalige On-off-Freundin, früher Harpers beste Freundin

VANCE BUCHANAN
Erfolgreicher Football-Spieler und ›Handlanger‹ für die Kings, ebenfalls Stipendiat aus dem ersten Jahr (war Zayns ›Bauer‹ im Schachspiel)

PROFESSOR GOLDMAN
Professor für Philosophie

HILBREDGE
Versuchte Mable zu nötigen und wurde von Jaxon aufgehalten

DAS CROWNS
Studentenbar auf dem Campus, geführt von der Verbindung der Kings

ALPHA REX
Verbindung der Kings

ALPHA REGINA
Verbindung von Clarisse

WEITERE STIPENDIATINNEN:
Lien, Rachel (ausgeschieden), Brittany, Kady (ausgeschieden)

OFF-CAMPUS

ELEANORE
Ehemalige Stipendiatin und Sylvians ›Dame‹, die im Schachspiel verloren hat
War beim Anschlag auf die Elite beteiligt und wird von den Kings vorerst sicher ›verwahrt‹, damit sie nichts über die Kings beim FBI preisgibt

IRENE
Eleanores Schwester, die auf Rache schwört

DAS SCHACHSPIEL

Die Kings spielen mit den Stipendiaten Schach. Die fünf Frauen und fünf Männer werden zu ›Damen‹ und ›Bauern‹ ernannt. Jeder King erhält eine ›Dame‹ und einen ›Bauern‹. Derjenige, dessen Dame bis zuletzt am Campus studiert (und nicht von den anderen ›geschlagen‹ wird), gewinnt.
Das Schachspiel wurde in Mables Jahr zu einer offenen ›Arena‹ verändert und ist seit Mables zweitem Semester ausgesetzt.

DER ZIRKEL

Geheimorganisation, die ihre Wurzeln in Kingston hat. So gut wie jede Spitzenposition in den USA wird durch ein Zirkelmitglied besetzt. Damit ist diese Organisation sehr machtvoll.

JAXON DARÜBER, WIE LANG DIESE REIHE WIRD …

NACHDEM SYLVIAN IHM MABLES GEHEIMNIS OFFENBART HAT

Ich: Äh, Jax, was soll denn das jetzt? Wir hatten eine Art harmonisches Ende geplant. So als Abschluss vom 2. Semester. Aber du zerstörst … irgendwie … alles?

Jaxon: Bitte?

Ich (ängstlich): Na ja … wenn du es so enden lässt, geht die Reihe ja noch ewig …

Jaxon (ganz ruhig): Ich? Ich zerstöre alles? Wer gebt Amabelle *diesen* Hintergrund?!

Ich: Nun, der Plottwist war ja abzusehen. Du kannst mir keinen Vorwurf machen.

Jaxon (hebt gefährlich eine Braue): Nein? Kann ich nicht?

Ich: Ich …

Jaxon: Du wirst jetzt gut zuhören, Jane.

Ich: …

Jaxon: Du hast mich vier Bücher lang glauben lassen, ich könne mich verändern. Seit Beginn des zweiten Semesters hast du mir Raum gegeben. Du hast mich als verständnisvollen Wichser geschrieben, der nur das Beste für Belle will. Und ja, das war ich. Das war ich, bis mir eben gerade bewusst wurde, dass du nicht DAS BESTE für MICH willst. Was, zugegebenermaßen, zu tolerieren wäre, würdest du nicht DAS SCHLECHTESTE für mich wollen. Alles klar? Du hast mir alles genommen. Nach fünf fucking Büchern! Also beschwer dich nicht, wenn es jetzt erst richtig anfängt.

Ich: Nur ... also ... es darf auch nicht zu viel Hin und Her sein ...

Jaxon (kommt mir sehr nahe): SCHEISS auf das Hin und Her. Du wolltest ein Spiel? Du hast ein Spiel bekommen. Du wolltest mich nicht gewinnen lassen? Dann kann die Reihe noch nicht enden. Denn kleiner Spoiler: Am Ende WERDE ich gewinnen. Du kannst nur dabei zusehen, wie ich diesen Krieg für mich ausfechte.

Ich: Aber die Leser werden die Reihe vielleicht abbrechen, wenn sie zu lange geht ...

Jaxon: SCHEISS AUF DIESE LESER. Es gibt drei Trilliarden Bücher in diesem Universum. Und diese Reihe handelt nun mal davon, wie ICH zum Sieg komme. Wenn du mir absichtlich tausend Steine in den Weg legst, dauert es eben. Du hättest dir vorher dazu Gedanken machen können. Oder du lehnst dich einfach zurück und schaust mir weiter zu. Was ich dir eher empfehlen kann. Du hast sowieso keine Wahl, nicht wahr?

DIE KINGSTON UNIVERSITY-REIHE GEHT WEITER:

VERY BAD KINGS
Erstes Semester

- o Wunschliste
- o Schon im Regal

VERY BAD ELITE
Zweites Semester

- o Wunschliste
- o Schon im Regal

VERY BAD LIARS
Sprnig Break

- o Wunschliste
- o Schon im Regal

VERY BAD CHOICE
Die Entscheidung

- o Wunschliste
- o Schon im Regal

VERY BAD TRUTH
Graduation Gala

- o Wunschliste
- o Schon im Regal

VERY BAD BASTARDS
Drittes Semester

- o Wunschliste
- o Schon im Regal

VERY BAD DEVILS
Der Widerstand

- o Wunschliste
- o Schon im Regal

VERY BAD SINNERS
Winter Break

- o Wunschliste
- o Schon im Regal

VERY BAD REVENGE
Viertes Semester

- o Wunschliste
- o Schon im Regal

MEHR BÜCHER VON J. S. WONDA:

BASTARDS

- o Wunschliste
- o Schon im Regal

SISTERS
Fortsetzung

- o Wunschliste
- o Schon im Regal

CATCH THE BILLIONS, BABY!

- o Wunschliste
- o Schon im Regal

FALLEN
Band 1

- o Wunschliste
- o Schon im Regal

FALLEN DEEPER
Band 2

- o Wunschliste
- o Schon im Regal

FALLEN HEART
Band 3

- o Wunschliste
- o Schon im Regal

LIAM HARSEN
be my fire

- o Wunschliste
- o Schon im Regal

LIAM HARSEN
feel my love

- o Wunschliste
- o Schon im Regal

LIAM HARSEN
only you

- o Wunschliste
- o Schon im Regal

CATCHING BEAUTY
du gehörst mir

- o Wunschliste
- o Schon im Regal

CATCHING BEAUTY
du entkommst mir nicht

- o Wunschliste
- o Schon im Regal

CATCHING BEAUTY
du bedeutest meinen Tod

- o Wunschliste
- o Schon im Regal

HUNTING ANGEL
ich werde dich jagen

- o Wunschliste
- o Schon im Regal

HUNTING ANGEL
du wirst mir verfallen

- o Wunschliste
- o Schon im Regal

HUNTING ANGEL
fürchte dich vor mir

- o Wunschliste
- o Schon im Regal

TAKEN PRINCESS
du bist mein

- o Wunschliste
- o Schon im Regal

TAKEN PRINCESS
mein Herz ist dein

- o Wunschliste
- o Schon im Regal

TAKEN PRINCESS
das Ende ist unser

- o Wunschliste
- o Schon im Regal

SMMOKE
Du bist sein Besitz

- o Wunschliste
- o Schon im Regal

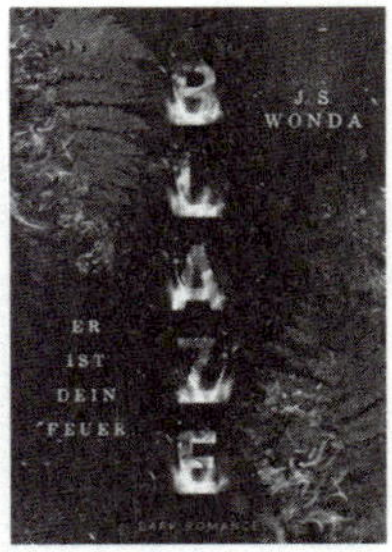

BLAZE
Er ist dein Feuer

- o Wunschliste
- o Schon im Regal

CINDER
Sie ist dein Tod

- o Wunschliste
- o Schon im Regal

WINTER
Sie bringen dein Ende

- o Wunschliste
- o Schon im Regal

UND TÄGLICH
ohne dich

- o Wunschliste
- o Schon im Regal

UND TÄGLICH
mit dir

- o Wunschliste
- o Schon im Regal

MIT DIR UND
doch ohne dich

- o Wunschliste
- o Schon im Regal

NIEMAL WIEDER
ohne dich

- o Wunschliste
- o Schon im Regal

TIMELESS
Liebe gegen die Zeit

- o Wunschliste
- o Schon im Regal

DARK PRINCE
Gefährliches Spiel

- o Wunschliste
- o Schon im Regal

DARK DESIRE
Vebotenes Verlangen

- o Wunschliste
- o Schon im Regal

DARK ROYALTY
Königliches Begehren

- o Wunschliste
- o Schon im Regal

DARK DUTY
Dunkle Pflicht

- o Wunschliste
- o Schon im Regal

DARK PRINCESS
Dunkles Geheimnis

- o Wunschliste
- o Schon im Regal

DARK KING
Königliche Liebe

- o Wunschliste
- o Schon im Regal

BAD PRINCE
Royales Spiel

- o Wunschliste
- o Schon im Regal

BAD PRINCE
Royale Flucht

- o Wunschliste
- o Schon im Regal

DU BIST ALLEIN. UND WIR SIND ...

BASTARDS

Klappenbroschur
ISBN: 978-3-98595-662-3

Der Familienname Carpenter steht in New York für ein reiches, elitäres und verdammt herzloses Elternhaus. Insofern kann ich meiner Mutter keinen Vorwurf machen, dass sie mich nicht wie ihre eigene Tochter behandelt. Und sie kann mir keinen Vorwurf machen, dass ich neben meinem Alibi-Studium an der NYU mit Kokain deale. Das hätte ewig so weiterlaufen können, wäre mir nicht dieser viel zu junge und schrecklich attraktive FBI-Agent Landon Mulvaney vor die Füße gerannt. Er enttarnt mein Geheimnis.
Und dann rettet er mich auch noch vor meinem nicht minder interessanten Entführer.

Ganz ehrlich? Das hat ihn nicht in meiner Gunst aufsteigen lassen. Schließlich muss ich wissen, warum ausgerechnet die Mafia Interesse an mir zeigt.
Ihr wollt spielen?
Dann macht euch aufs
Verlieren gefasst!

MILLIARDÄRE, BAD BOYS, INTRIGEN & GLAMOUR!

heißer Anwalt

Haters to Lovers

Romantik

gerissene Hochstaplerin

Jaden Carter hat der Liebe abgeschworen. Als Scheidungsanwalt hält er weder viel von der Ehe noch von Frauen, die nur an das Geld ihres Gatten gelangen wollen. Als Olivia Bloom vor seiner Kanzlei in seinem Privathaus in Miami Beach auftaucht, weiß er sofort, wer sie ist: eine Heiratsschwindlerin, die sich an seinen Freunden bereichern will.

Mit dem Plan, sie zu überführen, übernimmt er ihr Mandat und muss dabei feststellen, dass die hübsche, gerissene junge Frau ihm selbst gar nicht mal so unähnlich ist. Eine Mission treibt Olivia an, die nichts mit Geld zu tun hat.

Was ist ihr Geheimnis?

Und wieso entwickelt sich aus dem Hass, den Jaden für sie empfindet, Verständnis und schließlich ... Zuneigung? Das kann er definitiv nicht gebrauchen.

Aber Olivia macht es ihm nicht leicht, ihr zu widerstehen. Denn auch sie merkt, dass sie der Liebe nach ihren vielen gescheiterten Ehen wieder eine Chance geben sollte ...

EIN DÜSTERER FREMDER.
EIN GEFÄHRLICHER ROAD TRIP.
DAS ENDE DEINER FREIHEIT.

Hardcover mit Schutzumschlag
ISBN: 978-3966987561

Du hast keine Ahnung, was dich erwartet, als du vor mich trittst und mich ansiehst, als wäre ich ein heißer One-Night-Stand.
Ich werde dich enttäuschen, Kleines. Ich habe nicht vor, dich zu vögeln. Du bist in meine Fänge geraten, weil ich es wollte. Du wirst mir gehören, weil nur ich darüber entscheide, ob du lebst oder stirbst.
Vielleicht werde ich anfangs nett sein. Vielleicht spreche ich dir Warnungen aus. Vielleicht will ich nicht, dass du zerbrichst.
Aber nichts wird dich vor dem Monster in mir beschützen können.
Nicht einmal ich selbst.
Warum bist du nicht gelaufen,
als du es noch konntest?

VERPASSE NICHT DIE
MEGA-BESTSELER-REIHE!

DUNKLE ROMANTIK &
ATEMBERAUBENDE SPANNUNG!

CATCHING *Beauty*

WARNUNG

Sobald du die erste Seite aufschlägst, wirst du gefangen sein. Daher ist es auch völlig überflüssig, dir vorher Warnhinweise mit auf den Weg zu geben oder dir zu erklären, worum es geht. Mach dich auf vieles gefasst, aber verliere nicht den Glauben ans Gute. Denn letztendlich ist es nur ein Buch. Im allerschlimmsten Moment kannst du es auch einfach zuschlagen. Sollten deine Hände nicht gefesselt sein.

DARK ROMANCE

DU SEHNST DICH NACH *der Dunkelheit?*

AUCH ALS HÖRBUCH

Du hast gehofft,
ich wäre der Retter in edler
Rüstung, der dich aus dem
Gefängnis befreit, in das sie dich
verschleppt haben.
Der bin ich nicht.
Ich bin nur ein Arschloch, das
grundsätzlich seine eigenen Ziele
verfolgt, und ich genieße es zu sehr,
wie du dich gegen mich zur Wehr
setzt. Aber dein Widerstand bricht.
Du ahnst längst, dass dir gefallen
wird, was ich mit dir vorhabe, oder?
Dass die Angst dich zwar erzittern
lassen wird, aber auch deine
dunkelste Sehnsucht weckt?
Die werde ich wecken.
Du wirst vor Angst zittern.
Und ich behalte dich.

Oh, hast du etwa geglaubt,
ich ließe dich entkommen?
Niedlich.

ÜBERALL IM HANDEL BESTELLBAR!

BAD PRINCE: ROYALES SPIEL 978-3-96111-826-7
BAD PRINCE: ROYALE FLUCHT 978-3-96111-793-2

TAUCHE EIN INS ROYALE ENGLAND
VOLLER INTRIGEN UND GEFAHR

SIE

Man hat mir meine Identität gestohlen und mich gezwungen, mich in die Royal Family einzuschleusen. Ich habe keine andere Wahl, als zu lügen. Auch nicht, als ich dem arroganten und viel zu attraktiven britischen Prinzen begegne und mein gesamter Körper in seiner Gegenwart entflammt. Mein Geheimnis muss eines bleiben. Nur leider ist der Prinz nicht mein einziges Problem. Jemand ist hinter mir her und er wird nicht ruhen, bis er hat, wonach er sucht, oder sich an mir rächen konnte …

Reich, privilegiert, gutaussehend und gelangweilt.
Der britische Prinz Chester vertreibt sich seine freie Zeit mit ausschweifenden Partys, illegalen Autorennen und wechselt die berühmten Schönheiten an seiner Seite wie Maßanzüge. Er und Prinzessin Rosaline wissen, wie sie sich abseits der royalen Etikette und der Adleraugen der Queen amüsieren können. Doch dann verändert ein schicksalhaftes Ereignis alles und die Royals sind gezwungen, ihr ruchloses Leben aufzugeben – bis ihre adelige Cousine Violet in ihr Leben platzt und dieses auf den Kopf stellt.

Wer ist sie wirklich?
Sind ihre Geheimnisse gefährlicher, als es den Anschein erweckt?
Oder ist alles nur ein Spiel?

Lesezeichen, Planer und weiteres Merchandise
zu meinen Büchern findest du in meinem Online-Shop:

www.wondaversum.de

Scan mich!